CHRISTIANE WIRTZ

WIE SCHWER WIEGT EIN SCHATTEN

CHRISTIANE
WIRTZ

WIE SCHWER WIEGT EIN SCHATTEN

ROMAN

DUMONT

»Würdest du mir bitte sagen, wie ich von hier weitergehen soll?«

»Das hängt im Wesentlichen davon ab, wohin Du möchtest«, sagte die Katze.

Lewis Carroll, Alice im Wunderland

In ihrem ersten Leben hieß sie Kalina. Wer ihr diesen Namen gegeben hatte, konnte niemand sagen. Vielleicht eine Mutter, die zu jung war, um Mutter zu sein. Vielleicht eine Mutter, der es an Zuversicht fehlte, das Mädchen in Armut großzuziehen. Vielleicht waren es auch die Frauen in dem bulgarischen Waisenhaus, als sie den Säugling in ihre Obhut nahmen. Wer wusste das schon. Die Frauen sagten nicht viel, als David Kalina dort abholte. Zu viele Münder wollten gestopft werden, da blieb keine Zeit für Ahnenforschung. Nach dem Leben der Frauen fragte ja auch keiner.

Nur ein einziges Mal hat er von dieser Reise erzählt. Es war Winter gewesen, das Waisenhaus lag in einem Dorf in der Nähe von Plovdiv, die Straßen waren von Schnee bedeckt. David hatte sich von seinem Vater einen Anzug geliehen, schließlich würde er an jenem Tag selbst Vater werden. Der Anzug war zu klein und kein Schutz gegen die Kälte. Wenn er die Hände am Steuer des ramponierten Mietwagens hielt, klaffte ein breiter Streifen nackter Haut zwischen den Ärmeln und den Knöcheln seiner Handgelenke. Ich dachte an die Super-8-Filme meiner Kindheit, doch dieser hier hatte keine Farbe, niemand lachte in die Kamera. Die Aufnahme war leicht verschleiert, ein zweijähriges Mädchen auf dem Boden eines fensterlosen Gymnastiksaals, es saß mit geradem Rücken, die Beine von sich gestreckt, und sah David an.

»Sie war fast zwei und konnte noch nicht laufen.«

David nahm sie auf. Er gab ihr einen neuen Namen, Shiri, ein neues Leben. So wie man Menschen, die schwer krank waren, in Israel den Namen »Chaim« gab. Chaim wie »das Leben«. Shiri wie »mein Lied«.

1

Zwei Jahre später, als Shiri vier Jahre alt war, lernte ich David kennen.

An jenem Morgen war ich auf dem Weg ins Studio in den Tola'at Sfarim gegangen, den Bücherwurm, eine Buchhandlung mit Café am Rabin-Platz. Ich setzte mich an einen der quadratischen Tische nahe der Bar und bestellte bei Anat einen Hafouch, einen israelischen Cappuccino. Das Café erstreckte sich über einen lang gezogenen Raum, an dessen Ende Sprossenfenster den Blick auf einen kleinen schattigen Hof freigaben. Am frühen Morgen waren wenige Gäste hier, einzelne hebräische Worte erklangen, Tassen und Teller klapperten, eine Radiostimme mischte sich ein. Der Duft von frisch gemahlenen Kaffeebohnen, gebratenen Spiegeleiern, sie kamen sunny-side-up aus der Küche.

Die englischsprachige *Haaretz* lag vor mir, auf dem Titel Nachrichten aus Gaza, in den vergangenen Tagen waren wieder Menschen gestorben. Die Hamas feuerte Kassams in den Süden Israels. Ein Kommentator bezeichnete die jüdische Bevölkerung in Sderot als »sitting ducks«, leicht anzugreifende Ziele. Er diskutierte die Optionen der israelischen Regierung: eine militärische Intervention, indirekte Verhandlungen mit der Hamas, und kam zu keiner eindeutigen Antwort. »There is no abracadabra«, war der Artikel überschrieben. Ich blätterte um, sah auf die Rückseite; als ich nichts von Interesse fand, riss ich die fett gedruckten Lettern heraus. Eine Angewohnheit aus jener Zeit, in der ich noch Collagen machte.

Ich legte sie auf die dicke Glasplatte über dem alten Holztisch, fuhr mit dem Daumen über die Zauberformel.

a-bra-ca-da-bra

a, b, c, d

lateinisches Alphabet

Während ich darüber nachdachte, dass die Spätantike dem Alphabet magische Kraft zugeschrieben hatte, ließen sich doch mit Buchstaben alle Dinge der sichtbaren und unsichtbaren Welt benennen, schweifte mein Blick durch das bodentiefe Fenster nach draußen.

Auf dem breiten Gehweg unter den Arkaden stand eine Frau. Sie war klein und eher mager als schlank, vielleicht Mitte fünfzig, über ihren Schultern hingen zwei große Werbetafeln, wie sie Schausteller früher auf Jahrmärkten getragen hatten. Sie bedeckten ihren Körper fast vollständig. »Dream reading« stand in großen Buchstaben darauf geschrieben.

Darunter ihre Telefonnummer.

»Das ist Nancy.« Er saß am Tisch neben mir und war meinem Blick nach draußen gefolgt, streckte mir die rechte Hand entgegen. »Ich bin David. Und wer bist du?«

»Mia.«

Er war ein groß gewachsener Mann mit breiten Schultern und einem Gesicht, das immer in Bewegung schien. In seinen hellen olivgrünen Augen lag Vertrauen, etwas Vertrautes, das ich nicht zu fassen wusste. Wenn ich später an David dachte, an meinen ersten Eindruck von ihm, fiel mir ein Wort ein, das er mir beigebracht hatte. »Ben Adam«, wörtlich »Sohn Adams«, so nannte David einen Menschen, der dem Leben mit ganzem Herzen gegenübertrat, sich nicht wegduckte, in guten und in schlechten Zeiten. Ein »Ben Adam«, das war ein Mensch.

David hatte mit Nancy, der Frau mit den großen Schildern, schon häufig gesprochen.

»Nur einer, der so verrückt ist wie ich, ruft sie tatsächlich an.«

Ihre Gespräche folgten einer eigenen Dramaturgie. David erzählte seinen Traum. Nancy konzentrierte sich auf den Affenbrotbaum an einer Klippe, die Mauersegler in einer Straßenschlucht oder den Schriftzug einer Nachricht und fragte ihn, wo ihm dieses Detail in seinem Leben schon einmal begegnet sei. Manchmal deutete sie den Traum in zwei, drei prägnanten Sätzen, einer Unke gleich, und legte auf. Manchmal schwieg sie ins Telefon, gab David Zeit, seine Frage selbst zu beantworten. Er wusste von ihr nicht mehr als ihre Nummer.

»Vor einigen Wochen habe ich geträumt, dass ich durch einen tropischen Wald irre und meinen Wagen suche. Die Blätter und Äste der Bäume versperren den Weg und die Sicht, ich irre stundenlang durch das Dickicht. Endlich finde ich meinen Wagen, öffne die Türe zum Rücksitz, und der Kindersitz ist verschwunden.«

»Und?«

»Ich denke, jemand will mir etwas nehmen, was mir wertvoll ist«, sagte er, während sich seine Stirn in Falten legte. »Die Idee für meinen Film vermutlich.«

David war überzeugt, dass das Leben voller Zeichen steckte, die es nur zu deuten galt. Und das tat er.

»Du bist Regisseur?«

»Kameramann«, sagte er, ohne von seiner Tasse aufzusehen.

Ich wartete, dass er weitersprach. »Und du willst einen eigenen Film machen?«

»Seit ich zum ersten Mal im Kino war.« Er sah mich an. »Aber Menschen wie ich, die hinter der Kamera stehen, haben große Angst, diesen Platz zu verlassen und selbst die Regie zu übernehmen.« Er lenkte seine Aufmerksamkeit nun auf mich. »Und du? Träumst du auch?«

Ich dachte an meinen Traum der vergangenen Nacht. Er begleitete mich, seit meine Großmutter gestorben war. Darin stehe ich am Grab meiner Familie und komme dort nicht weg. Kann mich nicht bewegen, meine Füße sind wie eingewachsen in die dichte Grasnarbe, meine Beine stocksteif. Vor mir liegt der Grabstein, ein Quader aus grauem Granit, nur dass darauf keine Namen stehen, keine Daten, sondern Punkte wie bei einem Spielwürfel. Die Engelsstatue, die sich dahinter erhebt.

Auch in dieser Nacht war ich von dem Traum aufgewacht, ich hatte mich eine Weile hin und her gewälzt, war schließlich aufgestanden, um mich von dem Bild zu befreien, von diesem Gefühl der Ohnmacht, das es begleitete. Ich hatte ein Glas Wasser getrunken, mich angezogen und war rausgegangen. Raus aus dieser Wohnung, die mir auf einmal erdrückend klein erschienen war. Raus auf den Boulevard Ben Gurion, auf die menschenleere Straße. Kaum war ich am Strand angekommen, hatte ich meine Schuhe abgestreift und war über den Sand gelaufen, am Meer entlang, mit aller Wut, aller überschüssigen Energie, die sich in mir aufgestaut hatte. Als hätte ich meine ganze Kraft gegen jenen Stillstand aufbringen wollen, den mir das Bild vermittelte.

»Träumst du?«, fragte David noch einmal. Er hatte mich nicht aus den Augen gelassen.

»Gelegentlich«, sagte ich. Tatsächlich hatte ich noch nie mit jemandem über meine Träume gesprochen.

Er zuckte mit den Schultern.

»Träume können hilfreich sein«, sagte er. »Sie setzen die Logik aus. Manchmal zeigen sie Auswege, auf die man sonst nicht gekommen wäre.«

In seinem Blick lag eine solche Arglosigkeit, dass ich sicher war, er würde auch für meinen Traum eine beruhigende Erklärung finden. Zur Not würde er wohl selbst zum Spaten greifen und die Grasnarbe aufbrechen. Ich erzählte ihm von dem Spielwürfel im Friedhofsgras, dessen Augen mich anstarrten.

»Wie ist das Wetter in deinem Traum?«, fragte er nach einer

Weile und mit einer solchen Ernsthaftigkeit, als beschäftigte er sich in seinem Leben mit nichts anderem.

»Das Wetter?«

»Ja, das Wetter, das Licht«, sagte er mit Nachdruck. »Du bist doch nicht von hier.«

»Nein.«

»Du bist aus Deutschland.«

Ich nickte.

»Das habe ich mir gedacht«, sagte er und deutete mit seinem Kinn auf den Block, der auf dem Tisch neben der *Haaretz* lag. »Spiralblock«, las David langsam und sah mich fragend an. »Das klingt nach Jeckes.«

»Und was hat das mit dem Wetter zu tun?«

»Deutschland kenne ich aus Filmen über den Zweiten Weltkrieg, da ist immer alles grau. Auch in deinem Traum?«

»Nein, im Gegenteil, es ist eher hell und warm.«

Tatsächlich war das Licht wie bei der Beerdigung meiner Großmutter. Die war vor sechs Monaten gewesen, im August des vergangenen Jahres. Die Sonne hatte geschienen, das Licht war schwer und wohlwollend vom Himmel gefallen. Ein Tag im Altweibersommer. Meine Großmutter hätte ihn gemocht.

»Ich denke, das ist ein gutes Zeichen«, sagte David.

»Das ist alles?«

»Langsam, langsam«, sagte er und atmete tief durch die Nase ein, wobei er den Kopf in den Nacken legte. »Ich glaube, du willst dich an etwas erinnern.« Er lächelte. »Oder etwas vergessen.«

Im Nachhinein dachte ich, häufig sind es die Tage, die so belanglos daherkommen, die das Leben verändern.

2

Mit dem Scherut, einem der gelben Kleinbusse, die als Sammeltaxi dienten, fuhr ich von Tel Aviv nach Jerusalem. Dort sollte am frühen Abend eine Pressekonferenz zum Besuch der deutschen Kanzlerin stattfinden. Sie war eine der ersten Gratulantinnen zum sechzigsten Geburtstag Israels, kam zwei Monate vor dem eigentlichen Jahrestag und noch vor dem amerikanischen Präsidenten.

Ich sah auf die goldene Uhr an meinem Handgelenk. Der kleine Zeiger kurz vor der Fünf, der große auf der Sechs. Die Sonne fiel von der Seite durchs Fenster, das Blatt glänzte, es war rund, vielleicht zwanzig Millimeter im Durchmesser. Vier schmale Ziffern markierten die Viertel. Jeden Morgen, wenn ich aus dem Bad kam, nahm ich die Uhr vom Nachttisch, legte das schmale Netzarmband um mein linkes Handgelenk, drehte die Krone zwischen meinen Fingerkuppen. So wie meine Mutter es mir gezeigt hatte. Ich erinnerte mich an ihren schlanken Zeigefinger, wie er über das Saphirglas fuhr, den schwertförmigen Zeigern folgte. Wenn der kleine Zeiger. Und wenn der große Zeiger.

Jemand tippte mir von hinten auf die Schulter. Ein älterer Herr mit einer beigen Schirmmütze reichte mir zwei Zehn-Scheckel-Münzen, deutete mit dem Kinn nach vorne, auf dass ich das Geld an den Fahrer weiterreichte.

Am Zions-Tor stieg ich aus, lief zum King David Hotel. Am Nachmittag hatte die Kanzlerin in der Knesset gesprochen. Dieses Privileg war bislang Staatspräsidenten vorbehalten, die Geschäftsordnung des Parlaments eigens für diesen Anlass geändert worden.

Martin, der das Studio in Israel leitete, war dort gewesen. Er schrieb eine SMS, die Pressekonferenz beginne in einer Stunde, er sei auf dem Weg ins King David, bat mich, den Beitrag für die Sendung um 23.10 Uhr zu machen. Er werde kommentieren. Ich ging durch die Hotellobby, an deren Ende ich durch das große Panoramafenster auf die Kalksteinmauer der Altstadt sehen konnte. Umrahmt von den schweren hellbeigen Vorhängen wirkte der Ausblick wie eine Theaterkulisse. Davor, auf einem niedrigen Tisch, stand ein üppiges Bouquet weißer Lilien, das einen vanillesüßen Duft verströmte. Den Presseraum fand ich im Gang hinter dem Sabbat-Aufzug. Er fuhr unablässig auf und ab, ohne auf einen Knopfdruck angewiesen zu sein. Ich suchte mir einen freien Platz an einem der langen Tische, klappte meinen Laptop auf, in den Agenturen fand ich erste Meldungen zur Rede der Kanzlerin. Sie sprach vom Zivilisationsbruch der Shoah, der historischen Verantwortung Deutschlands, die Teil der Staatsräson sei. Aus diesem Verständnis für die Vergangenheit sei die gemeinsame Zukunft zu gestalten. Mit Blick auf die nukleare Bedrohung aus dem Iran setzte sie sich für UN-Sanktionen ein, verurteilte die Kassams aus Gaza als Verbrechen. Zwanzig Minuten hatte sie gesprochen, die Rede stand schon im Aufnahmespeicher. Ich setzte die Kopfhörer auf, ging mit dem Cursor an den Anfang der Tonspur, die Kanzlerin hatte sich zunächst auf Hebräisch an das Parlament gewandt, den O-Ton stellte ich für meinen Beitrag bereit.

Später kam die Delegation über den roten Teppich, und die Journalisten standen Spalier. Ich entdeckte Martin auf der anderen Seite. Aus Berlin waren einige Minister mitgekommen, bei der Pressekonferenz saßen sie dicht nebeneinander in der ersten Reihe, als seien sie auf einem Klassenausflug. Kaum war das letzte Wort gesprochen, Kanzlerin und Ministerpräsident vom Podium gestiegen, lief die Zeit. O-Töne abhören, schneiden, den Kollegen von der *Haaretz* um einen Kommentar bitten, ihn zu den bilateralen Beziehungen befragen. »A special normality« sei die Headline für den nächsten Tag, sagte er in mein Mikrofon. Dass sie nicht auf die Eins komme – das sei die eigentliche Nachricht. Kaum hatte ich meinen Text geschrieben, ging ich in den Ü-Wagen der israelischen Kollegen, nahm den Beitrag auf und überspielte ihn nach Berlin.

Martin fand ich im Presseraum, er arbeitete an seinem Kommentar, wir verabredeten, uns später an der Hotelbar zu treffen.

»Eine gute halbe Stunde«, sagte er. »Dann bin ich hier durch.«

Ich setzte mich auf einen der hohen Stühle, mein Spiegelbild hinter drei Reihen von Wodka-, Gin-, und Whiskeyflaschen, bestellte ein Goldstar-Bier. An einem Tisch hinten in der Ecke erkannte ich zwei Minister des israelischen Kabinetts, von einigen wenigen Journalisten umgeben, die ich nicht kannte. Am Abend beim Bier wurden Informationen gehandelt, die es auf keiner Pressekonferenz gab. »Unter drei«, im vertraulichen Hintergrund, wie es im Jargon hieß.

Der Barkeeper stellte Goldstar und Rauchmandeln auf den Tresen. Ich nahm einen Schluck, genoss das Gefühl, keinen Redaktionsschluss und damit die Zeit nicht länger gegen mich zu haben. Für einen Augenblick gab das Leben Ruhe. Die gedämpfte Atmosphäre, die leisen Gespräche an den niedrigen Tischen ließen mich an Adele denken. Sie moderierte Hör-Bar, unser Nachtprogramm, das ich in Berlin hörte, wenn ich nicht schlafen konnte. Nach dem Tod meiner Großmutter hatte ich nachts häufig in meiner Küche gesessen, durch das Fenster in den weitläufigen Park gesehen, dahinter die Lichter der ersten U-Bahn. Adeles Stimme hatte mich beruhigt. Sie war tief, ein wenig verraucht, öffnete Raum, spendete Trost. Assistenzärzte hatten im Studio angerufen, Assistenzärzte im Bereitschaftsdienst, alte Damen mit chronischen Schmerzen, junge Mütter und Väter, Taxifahrer, Nachtreisende. Es waren keine Interviews, es waren Gespräche zwischen zwei Menschen, die am Telefon die Nacht miteinander verbrachten. Sie hatten mich an meine Interrail-Reisen nach dem Abitur erinnert, die Gespräche mit Fremden im selben Abteil. Manchen gegenüber war ich offener gewesen als Menschen gegenüber, die ich lange kannte. Vielleicht war es dieses Gefühl von Freiheit, das mich auch jetzt hatte aufbrechen lassen, das mich dazu bewogen hatte, die Stelle in Israel anzunehmen. Die Freiheit, eine andere sein zu dürfen, alles hinter mir zu lassen, was mich daran erinnerte, wer ich war, wer ich anderen zufolge war.

»Die Regie hat angerufen, alles in Berlin angekommen.« Martins Stimme riss mich aus meinen Gedanken. Er setzte sich auf den Barhocker neben mir, bestellte ebenfalls ein Goldstar. Drei Tage war er mit der Delegation unterwegs gewesen, mit dem abgesetzten Kommentar waren die Regierungskonsultationen auch für ihn abgeschlossen.

»Wie hieß noch mal die Tochter König Davids?«, fragte er, trank einen Schluck Bier.

»Tamar«, sagte ich. »Warum?«

»Vor Kurzem saß ich mit einem Kollegen von der *Berliner Zeitung* hier. Wir hatten ein Hintergrundgespräch mit dem israelischen Regierungssprecher, er wollte uns vor dem Besuch der Kanzlerin treffen, es ging um die Lieferung deutscher U-Boote«, sagte Martin. »Jedenfalls saß ich mit dem Kollegen noch hier an der Bar. Auf einmal wurde es unruhig, in der Halle war irgendetwas los. Wir gingen an die Tür und sahen diese Frau. Sie war groß, hatte lange blonde Haare, sie hätte auch Schauspielerin sein können, jedenfalls schritt sie aus dem ersten Stock die Treppe herunter und behauptete, die Tochter Davids zu sein. Dem Akzent nach vermutlich eine Amerikanerin.« Er lachte. »Sie war splitternackt und ging Richtung Ausgang. Der Manager on Duty konnte sie gerade noch in die israelische Flagge wickeln.«

»Wow.«

»Jerusalem-Syndrom«, sagte er. »Zu viel Religion in dieser Stadt, das tut den Menschen nicht gut. Sie geraten in einen Rausch, werden von Allmachtsphantasien ergriffen, von Schuldgefühlen überwältigt, oder sie erkennen, wie bedeutungslos sie sind angesichts von so viel Heiligkeit.«

»Hatten wir dazu schon was im Programm?«

»Nur zu«, sagte er. »Soweit ich weiß, gibt es im Kfar-Shaul-Krankenhaus eine spezielle Abteilung dafür.«

Martin brachte mich nach Hause. Ich ging in den schmalen Wintergarten meiner Wohnung, schob das Fenster zur Seite, sah auf das Nachbarhaus und setzte mich in einen der beiden senfgelben Sessel. Wie viele andere Möbel stammte er aus dem Nachlass meines Vormieters Ionel Corpus, dessen Name noch an meinem Klingelschild stand. Ich nahm meinen Laptop auf die Knie und googelte das Jerusalem-Syndrom. Davon betroffen waren Menschen, die das religiöse Erleben in der Stadt überwältigte, die sich für eine Figur aus der Bibel hielten oder Engel zu sich sprechen hörten. Im Netz fand ich Bilder, die mich an Freilichttheater denken ließen, Männer mit langen Haaren, in bodenlangen weißen Gewändern auf der Via Dolorosa, Harfe spielend vor der Grabeskirche, einer schleppte ein übermannsgroßes Holzkreuz über das Kopfsteinpflaster der Altstadt.

Ich kopierte einige Links zum Thema, legte sie auf meinem Laptop in einem neuen Ordner ab, den ich »Archiv von Möglichkeiten« nannte.

3

Gelegentlich dachte ich an David. Wir waren vor zwei Wochen auseinandergegangen, ohne Telefonnummern auszutauschen. Zum Abschied hatte er mir einen Kuss auf die Stirn gegeben. Beide waren wir wohl davon ausgegangen, dass wir uns wiedersehen würden. Das Leben war voller Zeichen, die es nur zu deuten galt.

Morgens ging ich jetzt häufiger bei Anat einen Hafouch trinken. Während ich beobachtete, wie sie den Siebträger in die Espressomaschine spannte, dachte ich darüber nach, selbst ein Zeichen zu setzen, bei ihr eine Nachricht zu hinterlassen. Ich nahm die Postkarte aus meinem Tagebuch, die ich im Freud-Museum in Hampstead gekauft hatte, sie zeigte die berühmte Couch. Bevor ich nach Tel Aviv aufgebrochen war, hatte ich mit meinem Vater ein Wochenende in London verbracht. Er lebte inzwischen in Oxford, war Professor für Psychiatrie und Neurologie. Vor einigen Jahren war er an das College gegangen, zunächst für ein Semester, dann hatte er Heather kennengelernt, eine Kollegin. Sie hatten noch zwei Kinder bekommen, Spencer und John.

Die Couch auf der Karte war bedeckt von einem Orientteppich, genauso wie die Wand dahinter und der Boden davor. Überhaupt schien der ganze Raum mit schwerem Teppich ausgelegt.

Anat sah mir über die Schulter, stellte den Hafouch neben das Bild.

»Auch im Shrink-Business?« Mit kurzen, energischen Schritten verschwand sie hinter der Bar. »Kennst du *BeTipul*, die Serie? Jede Folge erzählt eine Sitzung, eine halbe Stunde, Sonntag bis Donnerstag. Seit ich eingestiegen bin, langweilen mich meine eigenen Probleme. Wenn ich dienstags wieder zu meinem Therapeuten gehe, eine Stunde lang im Korbsessel neben der traurigen Grünpflanze sitze, suche ich nach der Fernbedienung, will meine Endlosschleife ausschalten.«

»Und was sagt dein Therapeut?«

»Das es ein gutes Zeichen sei.« Sie hielt das Milchkännchen unter die Düse, ließ den Wasserdruck entweichen, fragte über das Zischen hinweg: »Wusstest du, dass Tanzen Endorphine freisetzt?«

***

Einige Tage später saß David an einem der hinteren Tische. Kaum sah er mich, schlug er ein paarmal mit der flachen Hand auf die Sitzfläche des Stuhls, der neben ihm stand. »Wie meine Tochter im Kindergarten.« Er lachte. »Wo warst du nur? Ich habe schon auf dich gewartet.«

Dieses Mal sah ich ihn mir genauer an, sein offenes Gesicht, die klaren Züge, die sorgfältig rasierte Haut. Seine dunkelblonden Haare trug er kurz geschnitten, an den Konturen waren sie leicht meliert. An seinem rechten Ohrläppchen entdeckte ich ein kleines Muttermal.

Vor ihm lag ein Foto, das einen altmodischen Fernseher zeigte, auf dem Bildschirm ein brennender Jeep. Daneben ein abgebrochenes Hochhaus, Schutt und Asche, im Hintergrund wehte die libanesische Fahne. Rote und weiße Balken, eine grüne Zeder in der Mitte.

Er drehte gerade einen Dokumentarfilm über den Libanonkrieg, in einer knappen halben Stunde wollte er mit seiner Crew in Richtung Norden aufbrechen.

Für diesen Krieg waren Regierung und Militär massiv kritisiert worden. Vor einigen Wochen hatte die Winograd-Kommission ihren Report vorgelegt. Kopflos und unvorbereitet habe Israel seine Soldaten an die Front geschickt. Und das in einem Land, in dem jeder darauf vertrauen musste, dass es auch am nächsten Tag noch auf der Landkarte war. Regierung und Militär genau dafür zu sorgen hatten.

»Wir haben mit einem Reservisten gesprochen«, sagte David. »Nimrod ist sein Name. Er wurde einberufen, und sie haben ihm gesagt, er solle sein eigenes Handtuch zum Duschen mitbringen. Und das in einer Kampfeinheit, das musst du dir vorstellen, das sind die harten Jungs, die gehen hinter die Linie. Nimrod packte also sein Handtuch und kämpfte im Libanon. Als sie sich zurückzogen, zurück über die Grenze, um eine Pause zu machen, gab es Bamba zu essen.«

»Bamba?«

»Aus Erdnuss … Wie nennt man die, Erdnussflips?«

Ich nickte.

»Er hat uns gefragt: ›Kennt ihr das Tor? Das Tor bei Metulla?‹. Und ja, das Tor kannten einige von uns vom Ersten Libanonkrieg. Es ist ein bekannter Grenzübergang, ein großer Baum steht da, dorthin zogen sich Nimrod und seine Kameraden zurück«, sagte er. »Das ist das Bild, das ich von diesem Krieg habe: Soldaten sitzen in einer Kampfpause unter diesem Baum und essen Bamba. Nicht eine Tüte, ganze Säcke.«

Damit war der Zweite Libanonkrieg auch bei mir unter Erdnussflips gespeichert.

»Und was machst du hier?«, fragte David.

Ich erzählte ihm, dass ich fürs deutsche Radio arbeitete, bis zum Herbst eine Vertretung im Studio Tel Aviv machte. Ein Kollege war in Elternzeit gegangen.

Sein Telefon klingelte, er sah auf das Display, nahm den Anruf entgegen. Seine Crew wartete bereits an dem verabredeten Treffpunkt, er sei auf dem Weg, sagte er, während er mich ansah, die Stirn in Falten legte. Schon im Aufstehen zog er einen zerknüllten Zwanzig-Scheckel-Schein aus der vorderen Tasche seiner Jeans, legte ihn auf den Tisch.

»Darf ich dich anrufen?«, fragte er.

»Warum nicht.«

»Weil ich deine Nummer nicht habe.«

Ich suchte in meiner Handtasche einen Zettel, nahm schließlich mein Tagebuch und riss die letzte Seite heraus, schrieb die Zahlen darauf.

»Gestern habe ich von dir geträumt«, sagte er schon im Hinausgehen, zeigte auf das Fenster zum Rabin-Platz, wandte sich noch einmal mir zu. »Ich stehe da draußen, schreibe dir eine SMS: ›Bist du zu Hause?‹ Dann fällt mir ein, dass ich deine Nummer nicht habe. Und dann bin ich nicht sicher, ob du hebräische Buchstaben lesen kannst.«

»Was hat Nancy dazu gesagt?«

»Nichts.«

»Warum?«

»Sie spricht nicht mehr mit mir«, sagte er. »Ich habe von der roten Taste eines Telefons geträumt.«

»Und?«

»›Damit sind wir gemeint‹, hat Nancy zu mir gesagt. Und unsere Zusammenarbeit für beendet erklärt.«

4

Am Morgen erwachte ich von den Stimmen, die durch das offene Fenster aus dem Haus gegenüber zu mir drangen. Das alte Ehepaar stritt, wer an diesem Morgen sauber machen sollte. Wobei: Im Grunde stritt nur sie. Ihr akzentfreies britisches Englisch füllte tagein, tagaus den Streifen zwischen unseren beiden Häusern. Sie stand in der Küche, an dem Fenster über der Spüle, ihr robuster Oberkörper ließ sich durch die Spalten der Blendläden erkennen. Er saß auf der Terrasse hinter den Blumenkästen, sein Gesicht, von Falten zerfurcht, erinnerte mich an das von Samuel Beckett.

Ich hatte die beiden noch kein einziges Mal auf der Straße gesehen, immer nur im Haus gegenüber, er auf der Terrasse, sie in der Küche. Nie hatte ich sie miteinander oder nebeneinandergehen gesehen, aber ich stellte es mir vor, dieses ungleiche Paar. Sie doppelt so kräftig wie er.

»Du kannst froh sein, dass du den Schmutz nicht siehst«, hörte ich sie in der Küche sagen. »Du siehst überhaupt nie irgendetwas.«

***

Ich lief über den Boulevard Rothschild, als ich eine SMS bekam.

Wann sehen wir uns? D.

Am liebsten hätte ich die Zeit angehalten. Auf die Stopp-Taste gedrückt. Jetzt, genau in diesem Moment. Dass wir uns wiedersehen würden, damit hatte ich gerechnet, aber dass es so bald sein würde, das kam unverhofft.

Den Vormittag ließ ich verstreichen, während ich mein Telefon immer wieder aus der Tasche nahm, die Kurzmitteilung auf dem Display öffnete, mich seiner Nachricht versicherte. Nach ziemlich genau dreieinhalb Stunden schrieb ich zurück.

Morgen? M.

Wir verabredeten uns für den frühen Donnerstagabend in seinem Büro – seinem Kloster, wie er es nannte, weil er sich dorthin zum ungestörten Arbeiten zurückzog.

Das Bürogebäude befand sich jenseits des Dizengoff-Platzes. Unten, im Foyer, saß ein Mann hinter einem abgestoßenen Tresen aus Holz, er trug eine blau getönte Brille und löste Kreuzworträtsel. Von mir schien er kaum Notiz zu nehmen. Was mir nur recht war. Mit dem Aufzug fuhr ich in den zweiten Stock.

Raum 232, hatte David geschrieben.

Ich klopfte.

Er öffnete die Tür aus dünnem Holz und ließ mich eintreten, machte dazu mit seinem rechten Arm eine ausladende Geste. Er trug ein blau-grün kariertes Hemd, das gebügelt über seiner Jeans hing. Seine Füße waren nackt. Das Kloster war eher eine Klosterzelle, ein schmaler Raum, vielleicht fünfzehn Quadratmeter, gerade groß genug für einen Schreibtisch neben der Tür und einen Sessel unter dem Fenster. Der Sessel hatte eine orangene Schale, die auf einem Metallgestell auflag. David hatte ihn von der Straße geholt, war den Trödlern zuvorgekommen, die mit ihren Pferdekarren durch die Stadt fuhren und schon früh am Morgen »alte Sachen, alte Sachen« riefen. Er bat mich, Platz zu nehmen, setzte sich im Schneidersitz auf den hellgrauen Teppich vor mir.

»Sieh dich an«, sagte er und zeigte mit beiden Händen anerkennend auf mich, als würde er mich auf einer Bühne präsentieren. »Tel Aviv steht dir gut.«

»Danke.«

»Hast du die *Haaretz* inzwischen in Stücke gerissen?«

Ich lachte. »So eine Angewohnheit von mir.«

»Gibt es mehr davon?«

»Lass mich nachdenken«, sagte ich. »Manchmal hüpfe ich über den Gehweg, hoffe, dass es keiner sieht. Der Stift, mit dem ich Tagebuch schreibe, muss azurblau sein, die Seiten blank. An meinem Geburtstag kann ich nicht arbeiten. Nachts stehe ich auf, um die Zähne zu putzen, so wie andere Menschen auf die Toilette gehen. Ich bin fünf Minuten zu früh, immer, aber das sind alle Radiomenschen. Wenn ich eine Sendung moderiere, lege ich ein Foto meiner Großmutter neben das Mikrofon«, sagte ich. »Links neben das Mikrofon.«

Inzwischen hatte ich meine Flipflops abgestreift, mich in der orangenen Schale in den Schneidersitz gesetzt.

»Das wars?«

»Den Lautstärkeregler meines Radios stelle ich auf Zahlen, die durch zwei teilbar sind.«

»Oiwawoi.«

Ich sah ihn fragend an.

»Der bestürzte Ruf alter Frauen«, sagte er, hielt die Hände an die Wangen, den Mund geöffnet, »oiwawoi, eine lange Schlange vor der Kasse im Supermarkt, ein Jahr ohne Regen, eine unverheiratete Tochter. Überhaupt: der Zustand der Welt.«

Sein Blick ruhte auf mir, er schien alles in sich aufzunehmen, zugleich lag darin nichts Besitzergreifendes.

Hinter ihm an der Wand hing ein Foto in Schwarz-Weiß, ein Mann hinter einer Ladentheke, er trug ein weißes Hemd und eine schmale Fliege, darüber eine lange Schürze mit Latz.

David folgte meinem Blick, drehte sich um. »Mein Großvater«, sagte er. »Meine Eltern haben mich nach ihm benannt. David und David'le.«

»Ihr seht euch ähnlich.«

»Nur dass er in einer anderen Zeit lebte, in einem anderen Land«, er drehte sich wieder mir zu. »Er ist gestorben, da war ich fünf Jahre alt.«

Ich betrachtete das Foto. »Was hat er in seinem Laden verkauft?«

»Käse. Damals, vor dem Zweiten Weltkrieg, lebte er in Dupniza, einer kleinen Stadt südlich von Sofia«, sagte David. »Manchmal sitze ich in dem Stuhl«, er zeigte auf die orangene Schale unter mir, »sehe auf das Foto, betrete den Laden und schaue mich dort um. Zu Gast in meinem eigenen Traum – um es mit Fellini zu sagen.«

»Nimm mich mit.«

»Die Tür geht, vielleicht ein Glöckchen, jedenfalls das vollmundige Aroma von Käse.«

»Bulgarischer Hartkäse?«

»Kaschkawal und Bagazi, in der Auslage liegen nur zwei Sorten. Der Laden ist voll, dienstags ist Markttag, da kommen die Leute aus den umliegenden Dörfern. ›Dobro utro‹, guten Morgen, ich verstehe nur wenige Worte, ›blagodarya‹, danke, ›dovizhdane‹, auf Wiedersehen. Aber ich kann sehen, dass sie freundlich miteinander sprechen, über die ersten Frühlingstage vielleicht, die anstehenden Feiertage oder das nächste Fußballspiel.«

»Wie im Tola'at.«

»Anat hat allerdings keine Ahnung von Fußball«, sagte er. »Sie hat sich nach dir erkundigt.«

»Warum?«

»Sie hat gesagt: ›Du scheinst sie zu mögen.‹«

»Und was hast du gesagt?«

»Das kann schon sein.«

Ich strich meine Haare zurück, fasste sie in meiner rechten Hand zu einem Zopf, knotete sie locker im Nacken zusammen. Von draußen drangen gedämpft Stimmen herein, mit dem frühen Abend schien sich die Bar an der Ecke zu füllen, vielmehr der kleine Platz davor. Ich nahm meine Füße aus der Schale, streckte meine Beine und trat ans Fenster, das über die ganze Breite seiner Klosterzelle verlief.

»Darf ich?«, drehte mich zu ihm. Öffnete das Fenster.

Von draußen strömte warme Luft herein. Worte und Lachen wurden lauter, irgendwo in der Nachbarschaft spielte ein Saxophon. Ich spürte, dass David hinter mir aufstand, neben mich trat. Die Baumwolle seines Hemdes streifte meinen Unterarm. Von oben sahen wir auf den Platz, bunte Girlanden waren einem breiten Fächer gleich von einer Laterne zur Hauswand gespannt. Unter den dichten roten, gelben und grünen Wimpeln standen Menschen auf dem Straßenpflaster, saßen auf Bänken im Gespräch, auf einem Podest rund um die Laterne, ließen die milde Abendsonne auf sich fallen.

5

Inzwischen hatte ich den massiven Esszimmertisch an die Wand unter das Fenster geschoben, Lexika und hebräische Grammatik daraufgestellt, meinen Laptop daneben. Während ich ihn an diesem Samstagmorgen hochfuhr, durch die Nachrichten der Agenturen scrollte, dachte ich daran, was Martin vor einigen Tagen gesagt hatte. Mit Dienstantritt in Tel Aviv habe er beschlossen, nicht auf Wochenenden zu vertrauen. So sei jeder freie Tag geschenkt, an dem kein Soldat entführt, kein Einkaufszentrum von einer Kassam getroffen, nicht gegen die Regierung demonstriert werde.

Der Tag schien ein solches Geschenk zu sein. Auch haaretz.com und ynetnews.com meldeten keine beunruhigenden Nachrichten. Ich wechselte in mein Postfach, fand eine Nachricht von Paul. Er war der jüngste Bruder meiner Mutter, das Nesthäkchen, hatte in Amerika Geschichte studiert, inzwischen lebte er mit seiner Frau in Bochum. Seit dem Tod meiner Großmutter hatten wir häufig telefoniert, gemeinsam die Beerdigung organisiert, zur Testamentseröffnung nebeneinander vor dem schweren Schreibtisch des Notars gesessen. Ich ging davon aus, dass es nun mit dem Verkauf des Hauses in der Mendelstraße voranging. Stattdessen schickte er mir Ruths Mailadresse und richtete aus, ich sei bei ihr in Ein Harod, einem Kibbuz im Norden Israels, herzlich willkommen.

Paul hatte ihr offenbar eine Todesanzeige meiner Großmutter geschickt.

Im vergangenen Herbst hatte ich mit Paul die Mendelstraße ausgeräumt, in einer alten Holzschachtel die Familienchronik und Ruths Briefe gefunden – einen Stapel Luftpost, von einer Kordel zusammengehalten. Meine Großmutter hatte sie zwischen ihren Kleidern verwahrt, unten in dem türkisfarbenen Wandschrank. Die Briefe waren an meine Mutter adressiert, einige wenige später an meine Großmutter.

Ich hatte die Schachtel genommen, war die Treppe hinuntergegangen und hatte Paul im Keller bei den Stahlschränken mit den Akten gefunden. Er saß auf einer alten Truhe, in die Lektüre eines Leitz-Ordners vertieft.

»Kanntest du Ruth?«, fragte ich.

»Wenn wir so weitermachen, werden wir nie fertig.« Er lachte, hob den Ordner an den beiden Metallringen von seinen Knien. »Ruth war eine Freundin deiner Mutter, die letzte Zeugin, wenn du so willst«, sagte er. »Zeit für eine Pause, findest du nicht?« Er stand auf, nahm seine Brille ab. »Lass uns in den Garten gehen.«

Auf dem Weg nach oben holte Paul eine Flasche Fendant aus dem Kühlschrank im Getränkekeller. In der Küche fand ich eine Packung Sesamcracker, meine Großmutter hatte sie zeitlebens im Reformhaus gekauft. Wir setzten uns auf die bemoosten Stufen hinterm Haus, draußen war es noch mild. Ich sah auf den Rosengarten, die ersten Blüten zerfallen, rosa, rote, orange Blätter verstreut in den Beeten, in einigen Wochen mussten die Stöcke zurückgeschnitten werden.

Ich blätterte durch die Briefe, zwischen den Umschlägen fand ich eine Skizze, mit rotem Stift auf das zartblaue Papier gezeichnet. Oben rechts ein Stern. *

Ein Harod stand darunter.

»Soviel ich weiß, ist Ruth nach dem Abitur mit der Aktion Sühnezeichen nach Israel gegangen, hat dort einen Mann kennengelernt«, sagte Paul. »Vorher, während der Schulzeit, kam sie häufig mit Charlotte zum Mittagessen, sie saßen auf diesen Stufen so wie wir jetzt, steckten die Köpfe zusammen, hatten ständig etwas zu bereden. Wenn Mutter zur Kur war, holten sie den Plattenspieler auf die Terrasse, rauchten Ernte 23 und versuchten, Konrad zum Tanzen zu bewegen. Doch der saß lieber mit einem Buch im Schatten unter der Markise.«

Seine Erzählung öffnete ein neues Reich. Das Haus, in dem ich groß geworden war, stand auf einmal in einer anderen Landschaft. Paul war schon früher hier gewesen, so wie meine Mutter und Konrad. Die Vorstellung, dass auch sie hier gesessen, geredet und gelacht hatten, den Blick auf die offene Wiese, die Rosenstöcke beruhigte mich. Vielleicht weil ich mir meiner eigenen Wurzeln bewusst wurde, erkannte, dass sie tief in die Erde reichten.

»Und wo warst du?«

»Auf der Ruhr«, sagte er. »Ich bin rudern gegangen, habe jede freie Minute im Boot verbracht. Als Jüngster hatte ich meine Freiheiten. Konrad war der Stammhalter, er sollte Medizin studieren wie unser Vater, deine Mutter sollte Krankenschwester werden. Hätte Konrad sich nicht für sie eingesetzt, wäre aus ihrem Studium nichts geworden. Er war der große Bruder, er gab auf sie acht.«

Ich nahm die Chronik aus der Schachtel, blätterte darin, auf der ersten Seite waren meine Großeltern zu sehen, es schien ein offizielles Bild, anlässlich ihrer standesamtlichen Hochzeit vielleicht, meine Großmutter Neni mit glattem Haar, das ihr über die Schultern fiel, und hochgeschlossenem Kleid. Die Hand meines Großvaters auf ihrem Unterarm. Ich hielt das Bild in die Sonne, entdeckte den Ehering an seinem Finger, strich mit dem Daumen darüber. Das feierliche Lächeln, mit dem sie einander ansahen. Mein Großvater musste im Zweiten Weltkrieg als Arzt an die Front, war in Frankreich und Russland, kehrte mit kurzem Atem nach Hause zurück. Er starb wenig später an einer Lungenentzündung, vermutlich eine Folge der Typhuserkrankung, die er sich im Krieg zugezogen hatte.

»Wenn ich Neni zu Terminen im Marienhospital begleitete, erinnerten sich viele an ihn, kannten ihn zumindest aus Erzählungen«, sagte ich. »Und Neni war ›Frau Doktor‹ wie eh und je. Unten hinter der Pforte, im Foyer, hängt noch sein Porträt.«

Die Seiten, die in der Chronik folgten, konnte ich nicht lesen. Sie waren in Sütterlin geschrieben. Erst mit der Geburt der Kinder wurde die Schrift leserlich. Ich blätterte vor bis zu Pauls Taufe.

»Gesund und ohne das Heulen der Alarmsirenen kam unser 4. Kind, dem wir den Rufnamen Paul gaben, im Marienhospital zur Welt«, hatte mein Großvater geschrieben. »Charlotte hatte allen das Kommen unseres Jüngsten verkündet, ihren kleinen Freundinnen die Anlegung der Sonntagskleider anbefohlen.«

Eine Walnuss fiel mit dumpfem Schlag auf den Rasen, lenkte meine Aufmerksamkeit auf die vielen anderen, die schon im Gras lagen. Ich stand auf, zog den Saum meines T-Shirts aus der Jeans, sammelte einige Nüsse darin.

»Als ich klein war, kam mir der Baum viel größer vor«, sagte Paul.

»Mir auch«, sagte ich. »Kinderaugen vergrößern.«

»Ich bin oft raufgeklettert, sehr zu Mutters Leidwesen, einmal …«

»… hast du dort oben gesessen, und ihr habt über die Zahl der Schläge verhandelt. Neni konnte dich kaum sehen, die Krone stand in voller weißer Blüte.«

»Das weißt du?«

»Sie hat oft davon erzählt, immer mit einem gewissen Stolz.« Ich setzte mich wieder zu ihm auf die Stufen, er nahm zwei Nüsse, legte die Nähte der Schalen aneinander, knackte sie in seiner rechten Hand. Reichte mir die Kerne. »Es ist eigenartig«, sagte ich. »Lange habe ich die Anekdote so gehört, wie Neni sie erzählte. Du warst sportlich, kühner und schlagfertiger als die anderen. Das war die Moral von der Geschichte. Erst später wurde mir klar, dass sie dich geschlagen hat. Für mich war das undenkbar.«

»So war das damals.«

»Das hat sie auch gesagt«, sagte ich. »Und dass euer Vater früh gestorben sei. Da musste sie durchgreifen.«

6

Kurz vor Pessach fand in Aschdod eine Solidaritätskonferenz für Gilad Shalit statt. Er war Soldat der israelischen Armee. Im Sommer 2006, wenige Wochen vor seinem zwanzigsten Geburtstag, war er von seinem Grenzposten in den Gazastreifen entführt worden. Man vermutete die Hamas dahinter.

Martin hatte mich gefragt, ob ich den Termin wahrnehmen wolle, und ich hatte sofort zugesagt. Das Bild des jungen Soldaten war präsent in Tel Aviv, Transparente hingen in meiner Bankfiliale der Hapoalim und an den Gittern von Balkonen. Er hatte kurzes schwarzes Haar, eine dunkle Brille und ein optimistisches Lächeln. In einem Land, in dem die Wehrpflicht eine Frage der Existenz war, konnte sich jeder mit ihm und seiner Familie identifizieren. Israel setzte alles daran, ihn lebendig zu befreien.

»Du bist ziemlich unerschrocken«, sagte Martin, »dafür, dass du gerade erst angekommen bist.«

Seine Bemerkung verunsicherte mich. Angst konnte ein guter Wegweiser sein. Tatsächlich hatte sich mein Gefühl verändert, seit ich in Israel war. Die Furcht war mir nicht abhandengekommen, aber sie wurde von Tag zu Tag kleiner. In Deutschland hatte ich in unserem Programm von Selbstmordattentaten in Einkaufszentren gehört, im Fernsehen Kassams gesehen, die vom Gazastreifen über die Grenze flogen. Hier gab es noch so viel mehr. Hier war jetzt mein Alltag, der meine Aufmerksamkeit auf anderes lenkte. Als würde mit einem größeren Blickwinkel die Gefahr kleiner. Ob das gut war, wusste ich noch nicht.

Bei Saul Friedländer hatte ich von einer Studie gelesen, sie behandelte die Wahrnehmung von Kindern aus der Schweiz und aus Israel. Man zeigte den Kindern Bilder von Tieren, die mit weit aufgerissenen Augen aus einem Feuer flohen. Und Bilder von einem Friedhof. Die Schweizer Kinder erkannten tödliche Gefahr und einen Friedhof. Die israelischen Kinder behaupteten, die Tiere würden spielen. Auf dem anderen Bild sahen sie einen Park.

Ich fuhr über die Autobahn in Richtung Süden. Die Stadt Aschdod lag etwa auf halber Strecke zwischen Tel Aviv und dem Gazastreifen, weiter südlich war nur noch Aschkelon. Am Himmel entdeckte ich den weißen Zeppelin, von dem ich wusste, dass er verdächtige Bewegungen im Gazastreifen filmte und sie für die Israelis dokumentierte. »Ha-zep-pe-lin metz-a-lem, ha-zep-pe-lin metz-a-lem«, »der Zeppelin filmt, der Zeppelin filmt«, sangen schon die Kinder. Bei Raketenalarm blieben mir fünfzehn Sekunden, um in den nächsten Unterstand zu flüchten, hatte Doris mir eingeschärft. Sie war unsere Redaktionsassistentin, die Mutter der Kompanie, ohne sie lief im Studio nichts. Korrespondenten kamen und gingen, sie blieb, hatte seit dem Ersten Libanonkrieg sämtliche Kriege und Anschläge miterlebt. Im Internet hatte sie einen Audioclip gefunden und mir vorgespielt, wie der Alarm klang: Eine Frauenstimme wiederholte ruhig und eindringlich die Worte »zeva adom, zeva adom«, »rote Farbe, rote Farbe«. Über Lautsprecher wurde die Warnung in die Straßen getragen, fünfzehn Sekunden dauerte eine Sequenz. Auf dem Clip waren auch Raketeneinschläge zu hören.

Kaum war ich in Aschdod, spürte ich, dass sich mein Körper entspannte. Andere Menschen waren hier, ich saß nicht länger allein in meinem Auto, es fand eine Konferenz statt. Keiner schien permanent an rote Farbe zu denken. In der Kongresshalle sah ich ein Plakat mit einem Hai und einem Fisch darauf, sie sahen freundlich aus, schwammen im Meer. Das Plakat warb für eine Ausstellung im Kunstmuseum, das Kinderzeichnungen von Gilad Shalit zeigte. Mit elf Jahren hatte er eine Bildergeschichte gemalt.

Als ich aus dem Museum kam, rief David an. Ich erzählte ihm, dass Hai und Fisch Verstecken spielten, bis im Ozean die Sonne unterging. Er lachte.

»Was ist?«

»Du fährst nach Aschdod«, sagte er, »und kommst mit einer Kindergeschichte zurück.«

7

Nach und nach nahm ich die Wohnung in Besitz. Bei Leah, die seit 1947 unter Ionel Corpus gewohnt hatte und sich als Hausmeisterin verstand, hatte ich inzwischen fünfzig Schekel für die Reinigung des Treppenhauses und die Bewässerung des Mispelbaums in unserem Vorgarten bezahlt. Ich hatte die Fenster und den altersschwachen Kühlschrank geputzt, auf dem Kunstmarkt einen großblumigen bunten Stoff für das zerschlissene Sofa gefunden.

An die Wand im Flur hatte ich mit Stecknadeln Fotos und Zeitungsschnipsel gehängt. Eine zweispaltige Meldung aus der *Haaretz*: »Moses was tripping at Mount Sinai«, ein Psychologie-Professor von der Hebrew-University stellte die These auf, der Prophet habe unter Drogen gestanden, als Gott ihn beim Namen rief. Daneben ein Artikel mit der Überschrift: »What will the Rabbis do?« Er beschäftigte sich mit der Frage, ob religiöse Juden Organe spenden durften. Auf Post-its schrieb ich Empfehlungen und Fundstücke: Giraffe, eine Nudelbar an der Ibn Gabirol. Hanoch Piven, Collage-Künstler aus Tel Aviv. Hukok Beach am See Genezareth. Café Fortuna in Jaffa. Das Restaurant Suzana in Neve Tzedek, Martin hatte mir geraten, bei Sonnenuntergang auf die Dachterrasse zu gehen.

Zwischen die bunten Zettel heftete ich die Skizze, die ich bei den Briefen meiner Mutter gefunden hatte, der Weg nach Ein Harod.

Jetzt lag sie in einer Klarsichthülle neben mir auf dem Beifahrersitz des Mietwagens.

Ich fuhr von Tel Aviv in Richtung Norden bis Afula, das war die eine Linie gewesen, von dort nahm ich die Bundesstraße 71 in Richtung Bet Sche'an, das war die andere. Eine Woche zuvor hatte ich Ruth eine Mail geschrieben, kurz darauf hatte sie geantwortet und mich zu Pessach eingeladen. Am Telefon hatte sie bestätigt, dass es die Tankstelle an der 71 noch gebe, dort der Abzweig zum Kibbuz sei. Linker Hand lagen die Fischbecken, die sich aus dem Harod speisten. Nach ihm war der Kibbuz benannt. Ein Harod hieß so viel wie die Quelle des Harod. Er mündete in den Jordan.

»Ruf an, wenn du am Tor bist«, hatte sie gesagt. »Ich hole dich ab.«

Sie kam in einem dieser Wagen, mit denen Golfer übers Green fuhren.

»Mia!«, rief sie schon von Weitem. »Schön, dass du da bist!«

Ihre grauen Locken waren kinnlang, fielen ihr dicht ins Gesicht. Sie trug einen dunkelroten Lippenstift. Meine Mutter war Jahrgang 44, also musste auch Ruth in ihren Sechzigern sein.

Sie stieg aus und schloss mich in die Arme.

»Lass dich mal ansehen«, sagte sie, legte die Hände auf meine Schultern und schob mich ein Stück zurück. »Du siehst ihr ähnlich.«

***

Am nächsten Morgen ging ich durch die ruhigen Straßen, vorbei an dem Schweinestall und den Kühen auf der Weide. Ruths Atelier lag am Rande des Kibbuz. Von außen sah es aus wie ein Bunker, ein flacher Bau, rechteckig, um den sich ein Streifen Oberlichter legte. Eine Treppe von acht Stufen führte zum Eingang, einer Tür aus schwerem Metall. Ich drehte mich noch einmal um und sah zurück zum Kibbuz, der Kuhdung stieg mir in die Nase. Mir schien es ein friedlicher Ort zu sein.

Ruth stand in dem großen Raum und betrachtete ihre Zeichnungen. Sie hingen an den Wänden, großformatige Arbeiten, sie zeigten abstrakte Landschaften oder architektonische Skizzen, so genau konnte ich das nicht erkennen.

»Störe ich?«, fragte ich.

»Gar nicht«, sagte sie. »Willst du einen Kaffee?«

Neben zwei Hockern, die von Farbklecksen bedeckt waren, standen ein Wasserkocher und einige angeschlagene Becher, daneben ein halb volles Glas Nescafé. Ich hörte das Wasser, das sich brodelnd erhitzte, und ging durch den Raum, blieb vor dem leeren Blatt an der Wand stehen. Es war vielleicht einen Meter zwanzig mal zwei Meter groß und hatte die Farbe von hellem Lehm.

Ruth kam zu mir.

»Es ist immer wieder ein Kraftakt. Ich bin neugierig, was passiert, wohin mich das Blatt führt, und gleichzeitig habe ich Angst.«

»Angst, wovor?«

»Es ist ein unbestimmtes Gefühl, diffus, ich fühle mich im freien Fall. Da ist nichts, was mich hält, nur der Pinsel in meiner Hand«, sagte sie. »Als hätte ich nie zuvor etwas gewusst oder getan.«

»Hört das nie auf?«

»Die Angst?«

»Du machst das doch schon so lange.«

Sie überlegte. »Weißt du, ich habe hier eine gute Freundin gefunden, Nurit, sie beschäftigt sich mit altem Wissen, mit der Kabbala, dem Buddhismus«, sagte sie. »In der Kabbala jedenfalls sieht man in der Angst eine positive Kraft, um sein volles Potenzial zu entfalten.« Sie lachte. »Oder um es einfacher zu sagen: Irgendwann habe ich mir selbst versprochen, der Angst nicht nachzugeben und mich von der Neugierde leiten zu lassen.«

Sie ging zum Wasserkocher, um den Nescafé aufzugießen.

»Milch?«

»Gerne.«

Ich setzte mich zu ihr auf einen der Hocker.

»Zeichnest du?«

»Früher als Kind, aber irgendwann habe ich aufgegeben, ich war nie sonderlich gut. Stattdessen habe ich Collagen gemacht und so kleine Schaukästen. Darüber konnte ich die Zeit vergessen. Ich saß auf dem Boden und schob Passfotos, Glanzbilder, Kinokarten und Beipackzettel über den Teppich«, sagte ich, spürte, wie sich die Sehnsucht einschlich, schon seitdem ich das Atelier betreten hatte, sich mit dem Geruch von Terpentin und Farbe verband. Ich ließ meinen Blick über den Tapeziertisch in der Mitte des Raumes gleiten, Spuren schwarzer Farbe, Pinsel in einer verbeulten Lebkuchendose, Rollen von Kreppband. »Seit Jahren sammele ich Zeitungsschnipsel, getrocknete Blüten und Visitenkarten. Immer hoffe ich auf den Moment, in dem ich sie neu ordnen, Collagen daraus machen kann. Bis sie beim nächsten Umzug im Altpapier landen.«

»Es sei denn …« Sie sah mich an. »Hier ist Platz für zwei.«

»Vor einigen Wochen, während ich mit Paul die Mendelstraße ausgeräumt habe, kam mir tatsächlich mal wieder eine Idee.«

In der Handtasche meiner Großmutter hatte ich eine Postkarte gefunden, sie war in der Mitte gefaltet, das Papier schon weich, die Farbe verblichen. Eine Lufthansa über den Wolken. Auf die Rückseite hatte ich in großen Buchstaben geschrieben: »Ich habe Dich lieb. Deine Mia«. Als Kind war ich häufig nach London geflogen, ein »unaccompanied minor«, mit einem Brustbeutel in Lufthansagelb um den Hals. Ich besuchte meinen Vater in Oxford. Anfangs hatte ich Angst vorm Fliegen, daran konnte ich mich erinnern, an die schlaflosen Nächte davor, aber meine Großmutter ließ jede meiner Reisen zu einem Abenteuer werden. In ihrer Tasche hatte ich auch einen Handspiegel gefunden. Vielleicht konnte ich eine Installation daraus machen, sodass beide Seiten der Karte sichtbar waren.

»Es könnte eine schöne Erinnerung werden«, sagte ich.

Ruth reichte mir den Kaffeebecher und sah mich an. »Wie ging es ihr zuletzt?«

»Sie lebte in der Mendelstraße allein, eine Nachbarin hat täglich nach ihr gesehen, ich bin, sooft ich konnte, aus Berlin gekommen. Es war nicht leicht. Zum Schluss konnte sie kaum noch laufen, die Knie machten ihr zu schaffen, dabei bewegte sie sich für ihr Leben gern«, sagte ich. »Aber sie hat sich nie beklagt, wollte immer wissen, was in meinem Leben vor sich ging.« Wenn ich am Mikrofon saß und moderierte, hatte sie in ihrem Sessel neben dem Radio gesessen. Sonntags hatte sie sich am Telefon nach meinem Dienstplan erkundigt, meine Sendungen mit einem Kugelschreiber im Programmheft markiert. Es lag auf dem Tischchen neben dem Radio. »Eines Nachts ist sie im Bad gestürzt, Oberschenkelhalsbruch, dann ging es ganz schnell.«

»Ist sie zu Hause gestorben?«

»Im Marienhospital.«

»Warst du bei ihr?«

Ich nickte und dachte an das Zimmer auf Station Elisabeth, die Wände und Vorhänge, Bettlaken und Federbetten, alles makellos weiß. Nur über dem Bett hing ein schlichtes Kreuz aus Holz. Über Stunden hatte ich ihre Hand gehalten, das Ave-Maria gesprochen und das Vaterunser, mitunter hatten sich ihre Lippen bewegt. Bis Schwester Karmelita schließlich ins Zimmer kam. Sie legte den Arm um meine Schulter, führte mich hinaus. Wir gingen nur einmal um den Block, das rote Backsteingebäude, auf der Kaiserstraße fuhr die erste Straßenbahn. Als wir zurückkamen, war meine Großmutter tot.

»Sie ging in dem festen Glauben, alle wiederzusehen.«

»Eine schöne Vorstellung«, sagte Ruth.

»Darf ich mir ein Glas Wasser nehmen?« Ich deutete auf eine Flasche, die am Boden neben einer der Säulen stand.

»Sicher.«

»Du auch?«

Ich stand auf, goss zwei Gläser ein, reichte ihr eins. »Wie kam es eigentlich, dass du damals hiergeblieben bist?«

»Uri«, sagte sie, »die Liebe. Sie ist wie eine Naturgewalt über uns hereingebrochen. Ich war als Freiwillige hergekommen, ein Jahr wollte ich bleiben und dann in Düsseldorf an der Akademie Kunst studieren. Ich hatte sogar schon einen Platz. Dann kam Uri, ich war auf dem Feld, das muss im Herbst gewesen sein, jedenfalls ernteten wir gerade die Orangen. Uri war zu der Zeit in der Armee, und solange sie nicht in den Krieg mussten, halfen die Soldaten in den Kibbuzen. Er kam ja selbst aus einem. Jedenfalls sah er mich an, da draußen in dem Orangenhain, und wandte den Blick nicht mehr ab.«

»And the rest is history.«

»Ach was, wir waren zusammen und wieder getrennt. So ging das einige Jahre hin und her. Du hast ihn gesehen, er ist ein echter Kibbuznik.« Als ich ihn am Abend zuvor zum ersten Mal gesehen hatte, stand Uri am Grill, er drehte sich zu mir und strahlte mich an. Ich mochte ihn auf den ersten Blick. »Und ich träumte von Kandinsky, davon, eines Tages selbst eine große Künstlerin zu werden. Auf keinen Fall wollte ich mein Leben lang mit Gummistiefeln im Acker stehen.«

»Van Gogh ist mit Sonnenblumen berühmt geworden.«

»Aber er hat sich auch ein Ohr abgeschnitten.« Ruth lachte. »Versuch mal, in einem Kibbuz ernsthaft Kunst zu machen. Zumal damals, in den Sechzigerjahren, da zählte nur der Dienst an der Gemeinschaft. Malen war allenfalls abends nach der Feldarbeit oder dem Küchendienst akzeptiert. Und dann war ich auch noch eine Deutsche. In einigen Kibbuzen war es damals sogar verboten, deutsch zu sprechen. Als sei die Sprache an allem schuld. Ich bin nach Düsseldorf an die Akademie gegangen, habe mit anderen Männern was angefangen, aber es hat nicht funktioniert. Dann kam Uri und wurde schon nach ein paar Tagen krank vor Heimweh. Was sollte er auch in diesem Nachkriegsdeutschland, ohne seinen Avocadohain und die Bienenstöcke. Er wusste buchstäblich nichts mit sich anzufangen. Also bin ich mit ihm zurück nach Israel, habe mir in Jerusalem ein Zimmer gesucht, um wenigstens etwas Terrain für mich zu sichern, und angefangen, an der Bezalel zu studieren. Es war furchtbar. Wir konnten nicht miteinander, aber auch nicht ohneeinander.«

Eine Szene des Abends zuvor kam mir in den Sinn. Wir hatten noch ein Glas Wein getrunken, einen Chardonnay von den Golanhöhen, prosteten uns zu. »Lechaim!« Ich mahnte, uns dabei in die Augen zu sehen, sonst gäbe es sieben Jahre schlechten Sex. Uri und Ruth sahen sich an, ganz kurz nur. »Das kann uns nicht passieren«, sagten sie wie aus einem Munde. Einen solchen Moment der Intimität hatte ich noch bei keinem Paar erlebt.

»Nach meinem Studium, mit einem guten Abschluss, bin ich zurück nach Ein Harod gekommen«, erzählte sie. »Ich habe eine Versammlung gefordert, in der mein Fall diskutiert werden sollte, im Speisesaal roch es nach gebratenem Fisch. Wenn ich im Kibbuz leben wolle, solle ich in der Küche arbeiten, das war die Beschlusslage. Ich sehe mich noch vorne stehen und sagen: ›Eher sterbe ich, als dass ich meine Kunst aufgebe.‹« Ruth lachte. »Ich weiß, das war pathetisch, aber so fühlte es sich an. Es war eine Frage von Leben oder Tod. Die Versammlung hat natürlich für die Küche votiert, und ich bin gegangen, habe meine Sachen gepackt und Uri verlassen. Dieses Mal sollte es für immer sein«, sagte sie. »Und dann habe ich festgestellt, dass ich schwanger war. Da bin ich wiedergekommen.«

»Kinder suchen sich ihre Eltern.«

»Ohne Yoav wären wir vielleicht nicht mehr zusammen«, sagte sie. »Auch wenn es nie leicht war. Uri ist hier aufgewachsen, auf den Feldern, in diesem Land, er hat meine Welt nicht verstanden. Ich war froh, dass Nurit da war, sie hat mich gerettet. Sie hat damals das Museum wiedereröffnet, das hat viel verändert. Und ich habe mit Uri dieses Atelier gebaut, Mauern errichtet, um mich zurückziehen zu können.« Sie stand auf, kam zu mir, legte ihren Arm um meine Schulter. »Du hörst gut zu, weißt du das? Deine Mutter konnte das auch.«

Ich wurde verlegen. »Erzählst du mir von ihr?«

»Gerne«, sagte sie. »Irgendwo muss ich die Briefe noch haben, die sie mir damals geschrieben hat. Ich suche sie, bis du das nächste Mal kommst.« Sie sah mich an. »Aber erzähl erst einmal von dir. Gibt es einen Mann in deinem Leben?«

Ich schüttelte den Kopf. Ruth sah mich skeptisch an.

Kurz dachte ich daran, ihr alles zu erzählen, aber dann ließ ich es. David war ein verheirateter Mann. Wie verheiratet, das war mir noch nicht ganz klar. Und er hatte Shiri. Oft hatte ich in den vergangenen Tagen den Chor der griechischen Tragödie vernommen, schon hörte ich ihn wehklagen. Noch konnte ich dem Schicksal entgehen. Nur ahnte ich, was der Chor schon wusste, dass ich das gar nicht wollte.

8

Nach den Pessach-Tagen fuhr ich zurück nach Tel Aviv. Kaum war ich in meiner Wohnung, bekam ich eine SMS.

Wir sind raus aus Ägypten. *Wann sehen wir uns? D.*

Wir trafen uns am frühen Nachmittag in Jaffa. Das Restaurant hieß Witoscha, wie das Gebirge vor Sofia, und war bekannt für seine bulgarische Küche.

David wartete an einem der Tische auf mich.

»Willkommen in Little Sofia«, sagte er.

In Jaffa lebten viele bulgarische Juden, sie waren nach dem Zweiten Weltkrieg nach Israel gekommen. David erzählte, dass man die Namen der Geschäfte, auch der Straßen damals mit kyrillischen Buchstaben auf die Schilder schrieb. Er war überzeugt, dass Ben Gurion die bulgarischen Juden mit Absicht hier angesiedelt hatte, in einer arabischen Nachbarschaft, weil sie ein verträgliches Volk waren. Ihre Vorfahren hatten in Spanien lange Zeit friedlich mit Moslems und Christen zusammengelebt. Als viele von ihnen während der Inquisition vertrieben wurden, hatten sie sich in Bulgarien unter die einheimische Bevölkerung gemischt.

David bestellte geröstete Paprika und gefüllte Peperoni. Danach – bitte im zweiten Gang – Moussaka.

»Ich wusste nicht, dass so viele bulgarische Juden die Shoah überlebt haben«, sagte ich.

»Sonst säßen wir nicht hier.«

»Bulgarien stand auf der Seite Deutschlands.«

»Das ist eine lange Geschichte«, sagte er und trank einen Schluck Wasser. »Meine Tante, Doda Cheni, und viele andere glaubten lange, dass es Zar Boris war, der die Juden rettete. Er flog nach Berlin, um Hitler zu treffen, als er drei Tage später wieder in Sofia landete, war er tot. Vergiftet. Lange hieß es, die Deutschen hätten ihn vergiftet, weil er die Juden nicht hatte rausgeben wollen. Aber das scheint nur eine gute Geschichte, die später verbreitet wurde. Der Zar, der Retter der Juden. Eine Legende.«

»Und die richtige Geschichte?«

»Da war diese Nacht im März 1943, es muss der Dritte gewesen sein, oder war es der Neunte? Nicht wichtig, jedenfalls mussten sich in dieser Nacht alle Juden Plovdivs auf dem Schulhof der jüdischen Grundschule versammeln.« Der Kellner kam, stellte eine Platte mit Paprika und Peperoni zwischen uns auf den Tisch. »Die Stadt lag im Tiefschlaf, es blieb kaum Zeit, Brote zu schmieren oder einen Henkelmann zu füllen. Doda Cheni hat mir davon erzählt. Wie alle anderen war auch der Rabbi auf dem Hof, er saß auf einer Holzkiste und öffnete die Bibel, ihm liefen Tränen über die Wangen. Sie waren vielleicht sechshundert Leute, von der Schule sollten sie zum Bahnhof gehen. Und dann mit dem Zug nach Auschwitz. In der Nacht soll Metropolit Kyrill ein Telegramm an den Zaren geschickt haben: Im Namen Gottes bitte er Seine Majestät um Gnade für die Juden. Ich weiß das noch genau, weil ich mich als Kind fragte, welchen Gott er wohl meinte? Den der Orthodoxen oder den der Juden?« David schob die Gemüseplatte in meine Richtung. »Nimm dir, es wird kalt.«

»Und dann?«

»Kyrill drohte, seinen Kopf auf die Schienen zu legen, sollten die Züge den Bahnhof verlassen«, sagte er. »Die Leute auf dem Schulhof dachten, es sei ein Zeichen Gottes. Heute wissen alle, dass die orthodoxe Kirche und die bulgarischen Bürger sie gerettet haben. Es war die allgemeine Stimmung damals. Wenn jemand das Wort

›Jude‹ an die Mauer der Synagoge schmierte, hatten es die Nachbarn am nächsten Morgen weggewischt. Wenn die Nazis Fahnen aufhängten, waren sie nach wenigen Stunden verbrannt.«

»Wie alt waren deine Eltern?«

»Meine Mutter kommt aus Polen, sie haben sich hier kennengelernt. Mein Vater war sieben Jahre alt. Von ihm weiß ich nur, dass er keinen Stern tragen musste, weil er ein Kind war. Das war das Einzige, was er mir erzählte, und auch nur nebenbei, als ich nach dem Tod meines Großvaters in einer Kommode den Judenstern fand. Ein Knopf, klein, gelb, aus Kunststoff«, sagte David. »Mein Vater sprach überhaupt nie über irgendetwas. Wie so viele hier. Eltern sprachen nicht, Kinder fragten nicht. Eine Verschwörung. Unser Code of Silence. Eine Generation versuchte, die andere zu schützen, sie nicht mit Erinnerungen zu belasten oder mit Gedanken, was in Zukunft geschehen könnte. Jetzt ändert sich das langsam, die dritte Generation stellt Fragen.«

Paprika und Peperoni standen unberührt zwischen uns. Ich legte meine Hand auf den Tisch. David nahm sie. Stand auf, ohne auf die Blicke der anderen zu achten, schloss mich lange, fest in seine Arme. Es war ganz einfach. Wir passten perfekt ineinander. Er war ein kleines Stück größer als ich. Seine Schultern ein wenig breiter. Seine Hände kräftig. Noch nie hatte ich mich so aufgehoben gefühlt.

»Wie war Pessach?«, fragte ich, nachdem er sich wieder gesetzt hatte.

»Der Sederabend war schwer«, sagte er. »Shiri hat sich geweigert zu fragen.«

»Was zu fragen?«

»Warum ist diese Nacht anders als alle anderen Nächte?«

»Warum?«

»Weil wir aus Ägypten geflohen sind.«

»Warum wollte Shiri nicht fragen?«

»Sie mag die Geschichte von Moses nicht. Für sie ist er nicht der Prophet, der uns aus Ägypten geführt hat. Für sie ist er der ausgesetzte Junge im Weidenkörbchen.«

Dann erzählte David, wie er Vater geworden war. Von dem Gymnastiksaal, von den vielen Formularen und den Fotos der Kinder, die ihnen zuvor geschickt worden waren. Wie er nach Plovdiv gefahren war, allein, und mit Shiri zurückgekommen war. Seine Frau war nicht mit ihm gereist, sie hatte sich vor den Blicken der anderen Kinder gefürchtet, vor den Blicken derer, die sie zurücklassen würden. Sie wartete am Flughafen Ben Gurion, auch seine Tante, Doda Cheni. Seine Mutter war nicht da, als er mit Shiri auf dem Arm durch das Gate kam. Das hatte ihn verletzt.

»Konntest du Shiri am Sederabend beruhigen?«, fragte ich.

Ich stellte sie mir vor, ein kleines Mädchen an einem Tisch mit weißer Decke. Der siebenarmige Leuchter, die Festtagsteller mit Lammknochen, hart gekochtem Ei und Radieschen. In meiner Vorstellung saßen da nur Erwachsene, in festlicher Kleidung, tunkten Radieschen in Salzwasser, erinnerten an die vergossenen Tränen. Aßen Matzen wegen der eiligen Flucht. Ein Blatt Lattich in Gedenken an die bittere Knechtschaft. So wollte es die Erzählung. Das Kind saß am Kopf des Tisches, alle Blicke waren ihm zugewandt.

»Seder« hieß Ordnung. David sagte häufig »beseder«, in Ordnung, er sagte es in verschiedenen Tonlagen, mal zustimmend, mal beschwichtigend, auch beruhigend. An diesem Abend aber war für Shiri nichts in Ordnung. Ihre Geschichte war eine andere.

»Ich habe ihr schließlich aus der Bibel vorgelesen«, sagte er. »Ihr erzählt, dass die Mutter Moses nur aussetzte, um sein Leben zu schützen, und dass sie das Weidenkörbchen sorgfältig flocht, es mit Erdharz verklebte, alles dafür tat, damit kein Wasser eindrang und es sicher über den Nil schwimmen konnte.«

***

»Komm, ich möchte dir was zeigen«, sagte David, nachdem wir gezahlt hatten.

Wir gingen die Straßen hinunter und bogen links ab, vor einem schmalen Ladenlokal blieben wir stehen. Durch das Fenster sah ich Regale, die voller Bohnen und Nüsse waren, hinten eine Theke mit Käselaiben.

»Hier gibt es das beste Marzipan«, sagte David, »der Geschmack meiner Kindheit.«

Die Ladenbesitzerin war im Alter seiner Tante, auch sie stammte aus Plovdiv. Sie machte das Marzipan selbst, die Mandeln kamen aus der Westbank, aus einem arabischen Dorf in der Nähe von Jenin. Inzwischen führte ihr Sohn Sharon die Geschäfte. Das Marzipan gab es nur zweimal im Jahr, zu den höchsten jüdischen Feiertagen, zu Pessach und zu Jom Kippur. Weil es koscher war, wurde es in einem eigenen Kühlschrank verwahrt. Und der war leer.

»Moment«, sagte Sharon und verschwand hinter einem Vorhang, kam mit zwei handgefertigten Papierschachteln zurück und reichte sie David.

Einmal mehr sah ich den Jungen, der David einmal gewesen war. »Siehst du«, sagte er strahlend, zeigte mit weit ausgestreckten Armen auf Sharon. »Das ist ein Ben Adam!«

Sharon lachte. »Du redest wie mein Großvater«, sagte er, ließ seine Stimme tiefer werden. Machte eine dramatische Geste. »›Wo findet man solche Menschen? Ein Bulgare zu sein, das heißt, ein Ben Adam zu sein.‹«

Die zweite Schachtel wollte David Doda Cheni bringen.

Wir gingen durch die engen Gassen, die gesäumt waren von Art-déco-Lampen, Schaukelpferden und Nähkästchen, am Uhrenturm vorbei. Setzten uns auf einen Felsen am Meer. David öffnete die Schachtel, legte das Einlagepapier zur Seite, bot mir ein Stück an. Wortlos ließen wir das Marzipan auf der Zunge zergehen. Der

Geschmack sämiger Mandeln vermischte sich mit der salzigen Brise.

»Sie ist wie eine Mutter für mich«, sagte David nach einer Weile. »Mit meinen Eltern habe ich mich überhaupt nicht verstanden. Ich bin immer weglaufen, immer zu ihr, schon als kleiner Junge und auch später noch, in der Highschool. Egal, wie lange ich unterwegs war. Weglaufen war mein Hobby.« Er hielt meine Hand in seiner, mit dem Daumen fuhr er über meinen Handrücken, über die hervorstehenden Adern, so wie ich es bei meiner Großmutter getan hatte. »Ich erinnere mich, als ich klein war, bin ich an heißen Sommertagen durch den Hof gelaufen, den Doda Cheni vor ihrem Haus hatte. Ich konnte nie still sitzen. Sie lebte damals in Tel Baruch, im Norden Tel Avivs, viele bulgarische Einwanderer lebten dort. Heute kann sich das keiner mehr leisten«, sagte er. »Doda Cheni saß im Schatten, auf einem Stuhl vor ihrem Küchenfenster, häufig sprach sie mit ihren Nachbarinnen, sie hatte immer viele Freundinnen, manchmal hörte sie Musik. Dann stellte sie den Plattenspieler auf den Küchentisch und spielte Yehoram Gaon.« Er summte eine Melodie. »Ganz leise nur. Ich weiß noch, dass ich zu ihr lief und sie bat, den Plattenspieler lauter zu drehen. Sie sah mich an und sagte: ›Nicht die Musik muss lauter sein, David'le, du musst dich setzen und zuhören.‹«

Ich stellte mir vor, wie David ein Junge war, seine Beine von der Stuhlkante baumelten, wie er neben seiner Tante saß, die ich nur von einem Foto kannte, und hin und wieder von unten zu ihr hochsah. Ein Glas Limonade in der Hand.

»Das gefällt mir.«

»Was?«

»Ihr beiden, wie ihr da im Hof sitzt.«

»Bei ihr war ich zu Hause.«

»Und deine Mutter?«

»Sie hat sich über sie lustig gemacht. Weil sie so klein ist. Und weil sie alles positiv sieht, sie kann sich für so vieles begeistern. Meine Mutter nennt das weltfremd. Die beiden könnten unterschiedlicher nicht sein. M sagt, es ist ein Wunder, dass ich geworden bin, wie ich bin.«

Wie so viele, die ich in Tel Aviv kennengelernt hatte, ging auch David zu einem Psychotherapeuten. Wir nannten ihn M. M für Mandelbaum. »Die Erklärung ist Doda Cheni, sagt er.«

9

Das Klopfen an meiner Wohnungstür gehörte schon bald zu meinem Leben. Früh am Morgen kam David in einer weiten Leinenhose zu mir, während er vermeintlich Qigong im Park machte. Abends waren seine Besuche seltener, zuweilen gab er vor, mit einem Kollegen in die Cinémathèque zu gehen, in seiner Klosterzelle an seinem Drehbuch zu arbeiten, einen Spaziergang am Strand zu machen. Meist aber brachte er Shiri ins Bett. Seine Frau schien viel zu arbeiten, sie war Anwältin, hatte gerade die Kanzlei gewechselt, und wenn sie abends ihr Büro im Millennium Tower verließ, ging sie allenfalls mit einem Freund aus der Armee zum Krav Maga, einem israelischen Kampfsport, oder überließ sich dem Sofa.

Ich war noch zögerlich, wollte meine Gefühle nicht ganz so ernst nehmen. David schien auch eine leichtfüßige Seite zu haben, wir hatten so schnell zueinandergefunden, und ich war nicht sicher, wie tief er sich einlassen wollte. Doch dann stand er wieder vor mir. Diese vorbehaltlose Freude im Gesicht. Eine Tüte vom Bäcker in der Hand. Er schloss mich in seine Arme, sah mir in die Augen und wollte wissen, wie die Nacht gewesen war. Nie reichte die Zeit. Schon bald musste ich mich aus seinen Armen lösen, hastig unter die Dusche. Um 9.30 Uhr war unsere Schaltkonferenz mit Berlin. Wenn ich später in dem überfüllten Bus die Papiertüte öffnete, Croissant oder Zimtschnecke darin fand, erinnerte sich meine Haut an seine Zärtlichkeit. Trug das Gefühl den Tag über in sich.

Häufig ging David jetzt auch freitags in seine Klosterzelle, so hieß es jedenfalls, dann verbrachten wir einige Stunden miteinander. Er legte seine Hände um meine Taille und zog mich ins Schlafzimmer. Mein Vormieter, Ionel Corpus, hatte mir sein eierschalenfarbenes Ehebett, den Kleiderschrank und die beiden Nachttische hinterlassen, die Garnitur erinnerte an eine Filmkulisse aus den Fünfzigern. Über dem Bett war ein Fenster, das ich meist offen stehen ließ, durch die Spalten der geschlossenen Blendläden fiel das Sonnenlicht ins Zimmer.

Unser »dreaming room« war ein sommerkühler Ort.

Wir lagen unter einem dünnen Laken, als von draußen die Stimmen der Nachbarn zu uns drangen. Sie schienen über eine Salatgurke zu streiten. David drehte sich um, sah durch die Ritzen auf die gegenüberliegende Terrasse, erkannte den Mann. Er war Schauspieler am Cameri-Theater gewesen, hatte über Jahre den Krapp gespielt, in Becketts *Das letzte Band*. Das Stück hatte ich vor Jahren mit meinem Vater in London gesehen. Auf der Bühne hatte ein Tisch mit einem großen Tonbandgerät gestanden, daneben die vielen Spulen. Ein einsamer Mann war dieser Krapp, an seinem neunundsechzigsten Geburtstag hörte er die Bänder, die er in den Jahren zuvor aufgenommen hatte, sinnierte über die verstrichene Zeit.

Der Nachbar saß oft auf dem Plastikstuhl in der Sonne. Sein Gesicht von tiefen Falten durchfurcht, seine Miene unbewegt.

»Er sieht ihm ähnlich«, sagte ich. »Findest du nicht?«

David wandte sich wieder mir zu. »Wem?«

»Beckett.«

»Stimmt«, sagte er. »Was dein Nachbar wohl auf sein Band sprechen würde?«

»Vielleicht würde er von seinen schweren Knochen erzählen, der abblätternden Farbe an der Brüstung, den verwaisten Wäscheklammern an der Leine.«

»Wie die Zeit nicht vergeht und sie zugleich zerrinnt«, sagte David, »einzig durchschnitten von der Stimme seiner Frau.«

So wie Krapp wollte ich meine Tagebücher nicht lesen. Eines Tages. Vielleicht erfand ich deshalb mein Spiel mit der Zukunft. Hatte ich einen Wunsch für mein Leben, formulierte ich ihn als Frage, schlug mein Tagebuch einige Seiten weiter hinten auf und schrieb sie an den Kopf eines unbeschriebenen, stillen Blattes. Wiedervorlage. David liebte dieses Wort. Schreibend näherte ich mich meinem Wunsch, über Tage, manchmal über Wochen und Monate, bis ich die Frage blau auf weiß wieder vor Augen hatte. Eine Erinnerung, die mit der Zukunft kam. Fiel die Antwort positiv aus, was häufig der Fall war, diente sie mir auch als Hinweis. Einen Moment innehalten. Mich daran freuen, dass Wunsch auf Wirklichkeit traf.

Tatsächlich war ich vor einigen Tagen zu der Frage gelangt: »Bist du in Tel Aviv?« Ich hatte sie mit Blick auf die Ostsee aufgeschrieben, nach einem langen Spaziergang mit Johanna, ich saß auf einer Bank an der Strandpromenade, die Mauersegler schwebten am Himmel über mir. Johanna und ich waren Freundinnen seit Kindertagen. Unsere Großmütter waren Nachbarinnen gewesen.

Während wir durch den Sand liefen, sich der Geruch von Sonne und Algen mischte, anbrandende Wellen die Steine klackern ließen, hatte ich ihr von den Gerüchten erzählt, dass die Stelle in Tel Aviv frei würde. Johanna hatte mir Mut gemacht. Schon bald lasse mir mein Leben weniger Spielraum. Hätte ich erst einmal eine feste Stelle, ein geregeltes Einkommen, vielleicht eine Wohnung mit Balkon, würde es mir schwerer fallen, noch einmal aufzubrechen, ins Ausland zu gehen.

»Das ist genau die Art von Sorgen, die ich gerne hätte«, hatte ich geantwortet.

Und dann war alles ganz schnell gegangen.

Jetzt lag ich im Bett des Ionel Corpus, David neben mir, und hörte die Nachbarn über die Salatgurke streiten. »Schrei mich nicht an«, sagte sie zu ihrem Mann, den ich kaum vernommen hatte, »ich bin mein Leben lang angeschrien worden.«

Wir sahen uns an. Mussten lachen.

»Ob wir auch so miteinander sprechen würden«, fragte ich in die schattige Dämmerung unseres Zimmers, »irgendwann?«

»Davor hätte ich Angst«, sagte David. »Eigentlich kenne ich es nicht anders. Meine Eltern waren genauso. Meine Mutter schrie, und mein Vater wurde mit den Jahren immer ruhiger. Er hat einmal gesagt, es habe in seinem Leben zwei glückliche Tage gegeben.«

»Das ist traurig.«

»Der Tag, an dem ich geboren wurde, das war der erste Tag. Der Tag, an dem meine Schwester Tami geboren wurde, das war der zweite Tag.«

Wir kannten uns noch nicht lange, aber ich konnte bereits spüren, dass es auch bei David diese Schicht existenzieller Traurigkeit gab. Vielleicht waren wir uns deshalb von Anfang an so vertraut.

»Manchmal sah ich ihn vom Küchenfenster, wenn er abends von der Versicherung nach Hause kam, über den Gehweg lief, die Aktentasche in seiner Hand«, sagte David. »Er kam mir vor wie ein vertrockneter Schwamm.«

Beckett und seine Frau waren inzwischen verstummt. Es war nur noch das Klappern von Besteck und Geschirr zu hören, das monotone Brummen vieler Klimaanlagen.

»Streitest du mit deiner Frau?«

Er winkte ab. »Sie ahnt etwas.«

»Wie kommst du darauf?«

»Sie hat dein Parfüm gerochen.«

»Und?«

»Ich habe gesagt, dass ich eine Freundin getroffen habe. Und sie hat gesagt: ›Das muss aber eine gute Freundin sein.‹«

Vor etwa einer Woche hatte das Telefon geklingelt, das an der Wand neben dem Bett hing. Nur David kannte die Nummer. Normalerweise sprachen wir übers Handy, aber mitunter gefiel ihm die Vorstellung, dieses altmodische Telefon klingeln zu lassen. »Wie in einem dieser Schwarz-Weiß-Filme«, sagte er. Ich nannte seinen Namen, in Erwartung seiner Stimme, doch dieses Mal blieb die Leitung stumm. Kurz darauf hörte ich ein Klacken. Vielleicht hatte seine Frau zu Hause auf Wahlwiederholung gedrückt. Oder, schlimmer, sie war in Besitz seines Handys gekommen, hatte die unbekannte Nummer gewählt, unsere SMS gelesen. Schließlich beruhigte ich mich mit dem Gedanken, Bezeq, meine Telefongesellschaft habe durchgerufen, um die Leitung zu prüfen. Oder ein alter Bekannter meines Vormieters Ionel Corpus, der sich auf einen Zwetschgenbrand mit ihm hatte verabreden wollen. Ich hatte David nichts davon erzählt.

»Was ist mit deiner Frau?« Wir sahen auf die abgehängte Decke über uns. »Es kommt mir vor, als sei sie unsichtbar.«

»Wenn wir nicht über sie sprechen, ist sie das.«

David nahm das Bettlaken in beide Hände. Spannte es wie ein Zelt über uns.

Später brachte ich ihn zur Tür. Ich zog meinen Mantel über, spürte das kühle Futter auf meiner nackten Haut, den kalten Stein unter meinen Füßen. Er setzte sich auf den Boden, zog seine Schuhe an.

»Das mag Shiri bestimmt«, sagte ich.

»Was meinst du?«

»Wenn sich ein großer Mann auf den Boden setzt und die Schnürsenkel zubindet. Genau wie sie.«

Es war nicht so, dass ich unsere Liebe spektakulär genannt hätte, obwohl sie das war. Sie erregte kein Aufsehen, schließlich trafen wir niemanden als Paar. Es war eher ein ruhiges Staunen. Als hätten wir uns schon vor der Zeit gekannt. Zwei alte Seelen. Ich hatte nicht gewusst, dass es so etwas gab. Und von jetzt an würde ich es immer wissen.

10

Den Carmel-Markt hatte ich in den ersten Wochen gemieden, enge Gassen und viele Menschen hatten mich an Sprengsätze unter Auberginen, Karotten und Selleriestangen denken lassen. Inzwischen waren die Berichte über Selbstmordattentate und Anschläge in den Hintergrund getreten, meine Angst im Alltag verblasst. Freitags ging ich auf den Markt, allerdings weniger, um einzukaufen, als um Hebräisch zu lernen. Ich fragte die Händler nach den Namen der Früchte, ihrer Herkunft und auf welche Weise ich sie zubereiten sollte. Lief durch die Gänge mit Bergen von frischen Feigen, aufgeschnittenen Granatäpfeln und Wassermelonen. Scheiben von getrockneter Ananas, Kiwis und Bananen. Hühnerbeine und Eier, gestapelt in grauen Kartons. Pink Pickels, Röschen von rosarotem Blumenkohl, in Weinessig eingelegt. Oliven von Hellgrün bis Tiefschwarz. Es duftete nach Knoblauch und Thymian.

»Mon petit chouchou«, auch meine ersten französischen Worte hatte ich auf einem Markt gelernt. Damals hatte ich mich über die seltsamen Koseworte gewundert, meine Mutter nach der Bedeutung gefragt. »Mein kleiner Kohlkopf«, hatte sie mit einem Lächeln gesagt, mir über die Locken gestrichen. Es war eine blasse Erinnerung, eine kurze Szene nur, die ich behutsam frei schälte, sah die Marktfrau, die mir einen Apfelschnitz hinhielt, vielleicht trug sie eine grobe Strickjacke über ihrem weißen Kittel. Ich spürte meine Hand in der meiner Mutter. Wir waren in Paris. Am deutlichsten erinnerte ich mich an das Gefühl, Beachtung zu finden. Vielleicht trug meine Mutter einen kurzen Rock, mit Sicherheit hohe Schuhe. Ich hörte ihre Pfennigabsätze auf dem Trottoir. Ihre

Stimme in einer fremden Sprache. Sie flirtete mit den Händlern. Ließ sie mit einem leisen Staunen zurück. So wie man vielleicht einem Filmstar hinterhersah, dem man durch Zufall auf der Straße begegnete.

An einem Stand im hinteren Teil des Carmel-Marktes kaufte ich lila-weißen Prärieenzian – am Abend war ich bei Doris zum Essen eingeladen –, als David anrief. Er hatte Shiri zu seiner Schwester Tami gebracht, soweit ich wusste, lebte sie in einem Vorort von Tel Aviv. Jetzt war er auf dem Weg zurück. Wir verabredeten uns am nördlichen Ausgang des Marktes, begrüßten uns hinter einem Stand mit pyramidenförmig geschichteter Baklava.

»Aviv«, der Süßwarenhändler lachte. »Frühling«, und es klang, als würde er das Glück mit uns teilen.

David übernahm meine Plastiktüten, wir gingen über den Kunstmarkt zur Allenby. In einem Hinterhof entdeckten wir ein kleines Café, setzten uns an einen schattigen Platz unter einem Feigenbaum, bestellten Avocado-Sandwich und Wasser.

»Wir haben früher hier gelebt, als ich noch auf der Highschool war«, sagte er. »Ich bin in die Mid-Bar gegangen, ganz in der Nähe. Eine einfache Bar. Der Tresen, ein paar Hocker, das wars. Es gab Fettuccine und Bier. Nick Cave hat gesungen, er trat dort gerne auf. Aus vielen ist was geworden. Philosophen, Autoren, Sänger, Rockstars. In der Mid-Bar, da waren die Jungen.«

»Und die weniger Jungen?«

»Café Kassit. Das lag in einer Nebenstraße der Dizengoff. Nathan Alterman, Avraham Shlonsky, die gingen alle da hin. Die waren schon alt, als ich jung war. Siebzig, achtzig Jahre – wie Ben Gurion. Das Kassit war so ziemlich das einzige Café, das wir hatten. Wir waren wirklich ein kleines Land, drei Millionen Einwohner, weniger als die Hälfte im Vergleich zu heute. Doda Cheni und ich haben dort Kakao getrunken. So habe ich mir Paris vorgestellt, eine andere Welt, wie eines dieser Cafés, in denen Jean-Paul Sartre mit Simone de Beauvoir saß«, sagte David. »Irgendwann würde ich gerne nach Paris fahren, was meinst du, warst du schon mal dort?«

Ich nickte. »Mit meiner Mutter.«

Ein Bistrotisch auf einem breiten Boulevard, die dunkelgrüne Markise, ein Croissant auf meinem Teller. Das tat weh. Was hätte ich darum gegeben, sie an diesen Ort zurückzuholen. Um mir noch einmal zu zeigen, wie man den buttrigen Teig in die Tasse tunkte, bis er sich ganz vollgesogen hatte, der Kakao in die Untertasse schwappte.

»Mia?«, fragte David, legte seine Hände offen vor mir auf den Tisch. »Was ist los?«

Ich schüttelte den Kopf, spürte, dass sich meine Augen mit Tränen füllten.

»Ist es wegen deiner Mutter?«

Ich legte meine Handflächen auf seine Handwurzeln, beugte mich ein Stück vor, ließ sie über seine Unterarme gleiten. »Sie ist gestorben«, sagte ich, ohne vom Tisch aufzusehen.

»Das tut mir leid.« Er nahm meine Hände in seine. »Wie alt warst du?«

»Sieben.«

David legte seine rechte Hand unter mein Kinn, hob es an, sah mir in die Augen.

»Was ist passiert?«

So oft hatte ich diese Frage gestellt, mir selbst und den anderen. Früher, als ich ein Kind war, hatte meine Großmutter mir über die Wange gestrichen und gesagt, das erkläre sie mir später. Wenn ich größer sei. Und später, als ich größer war, hörte ich sie von der »Lebenskraft« oder dem »Seelenfrieden« sprechen, die meiner Mutter abhandengekommen seien. Dass »der liebe Gott sie zu sich genommen habe«, und etwas von »der Bürde der Familie« sagte sie auch. Anderen gegenüber, wenn eine neue Lehrerin oder der

Kinderarzt nach meiner Mutter fragten, war von einem »Unglück« die Rede. Irgendwann reimte ich mir zusammen, dass es wohl ein Unfall gewesen war. Wahrscheinlich im Haushalt. Vielleicht auf dem Dachboden. Die Tür war immer abgeschlossen. Auch warnte mich meine Großmutter bei jeder Gelegenheit, auf einen wackeligen Stuhl zu steigen oder bei Gewitter den Fernseher einzuschalten.

Erst später, als meine Fragen hartnäckiger wurden, erzählte mir mein Vater, was geschehen war. Zumindest das, was man die Fakten nannte.

»Sie hat sich umgebracht«, sagte ich, und es klang brutaler, als es meine Absicht war. David verzog keine Miene, sah mich ruhig an. »Seitdem fühlt sich nichts mehr so richtig an. Nichts mehr so ganz.« Ich merkte kaum, dass meine Hände etwas Rundes formten.

11

We are pregnant!

Als ich erwachte, war ich nicht sicher, ob ich die SMS tatsächlich gelesen oder sie geträumt hatte. Glaubte mich aber zu erinnern, früh am Morgen von meinem Telefon geweckt worden zu sein. Von draußen drang die Stimme meiner Nachbarin herein, während die Nachricht langsam ihre Bedeutung entfaltete.

Wörter in einer fremden Sprache. Ein Ausrufezeichen. Morgenstunde.

Ich drehte mich noch einmal um, zog das Laken fester über meine rechte Schulter, griff schließlich zum Telefon.

We are pregnant!

Die Nachricht kam von meiner Schwester, in England waren sie uns zwei Stunden voraus, ich schickte ein Fragezeichen. Schnell hinterher:

Congratulations!

Lena lebte mit ihrer Partnerin in Dorney, einem Dorf nahe Windsor Castle. Sie hatte Tiermedizin studiert und arbeitete inzwischen am Alma Veterinary Hospital. Und jetzt war sie schwanger. Wobei, vielleicht war nicht sie schwanger, sondern Kate. Ich konnte mir Kate allerdings nur schwer mit Babybauch vorstellen. Sie arbeitete bei einer amerikanischen Biotechfirma und reiste viel. Ich dachte an meinen letzten Besuch, als sie mir die Haustür von dem kleinen Cottage geöffnet hatte, in dem sie seit zwei Jahren lebten, inmitten der Phloxstauden. Sie hatte diesen weißen Anzug mit schwarzem Gurt getragen.

Insgeheim hatte ich meine kleine Schwester immer ein wenig

beneidet. Sie schien unbeschwerter durchs Leben zu gehen. Und ich konnte mir nicht erklären, warum. Vielleicht hatte sie früher und besser gewusst, was gut für sie war. Vielleicht war sie einfach stabiler, kam mehr nach meinem Vater. Mit vierzehn war sie zu ihm nach England gezogen.

Manchmal war es mir vorgekommen, als sei der Tod meiner Mutter, ihr schwerer, lebloser Körper, wie ein Meteorit in unsere Familie gefallen. Meinen Vater hatte er versprengt, über den Ärmelkanal, auf eine sichere Insel. Meine Schwester war ihm gefolgt. Nur ich war stehen geblieben. Angewurzelt vor diesem Krater, von dem ich nicht wusste, ob er sich jemals wieder füllen sollte.

Ich stand auf und ging in die Küche, um die Espressokanne auf den Herd zu stellen, sah auf mein Telefon. Keine neue Nachricht aus England.

Vielleicht hatte Lena einfach Glück gehabt, auch dieser Gedanke kam mir zuweilen, sie hatte meine Mutter kaum gekannt, bei ihrem Tod war sie zwei Jahre alt gewesen. Ihr Leben ging weiter, sie wurde umsorgt und gefüttert, getröstet und gehalten, vielleicht sogar mehr als zuvor. Sie musste nicht zur Schule gehen und zum Ballettunterricht, nicht vernünftig sein und tapfer wie ich.

Auch dieses Vorher und Nachher kannte sie nicht.

Vorher war ich eingeschult worden. Ich erinnerte mich an den Tag, an meine rote Schultüte mit den großen Blumen darauf, daran, dass ein Malkasten darin war, der einreihige von Pelikan. Ich stand auf dem Schulhof, an ihre langen Beine gelehnt, sie hielt ihre Hände flach auf meiner Brust. Da war sie so stark und wunderschön. Vorne stand der Direktor, Herr Kleinschütz, er hatte einen Zettel in der Hand und rief die vier Klassen auf. 1a, 1b … bei 1c stand ich noch immer an den Beinen meiner Mutter und wurde ungeduldig. Ich hatte lange genug auf die Schule gewartet, war erst mit sieben eingeschult worden. Schließlich blieb nur noch eine Lehrerin übrig, und ich löste mich, lief über den Schulhof, noch bevor Herr Kleinschütz 1 d sagen konnte. Ich hörte die Erwachsenen lachen und drehte mich um, sah meine Mutter, in ihrem Blick lag Ermutigung und auch ein gewisser Stolz. Also lief ich weiter. Diese Lehrerin war meine, das hatte ich sofort verstanden, Frau Engelkamp. Ich erinnerte mich an den glänzenden Lidschatten, die langen Korkenzieherlocken und ihren leicht pudrigen Geruch. Den Karabinerhaken mit den Schlüsseln für den Klassenraum trug sie an der Gürtelschlaufe ihres lila Faltenrocks.

Zwei Jahre später stand ich auf demselben Schulhof und sah den anderen Kindern beim Spielen zu. Das war nachher. Sie haben eine Mutter, dachte ich, während sie mit bunter Kreide Himmel und Hölle auf den Asphalt zeichneten, alles andere zählte nicht.

Irgendwann war das Nachher zu meinem Lebensgefühl geworden, zu dem Ort, an dem mich das Schicksal abgesetzt hatte. Mich täglich daran erinnerte. Keine Mutter, die mir das Schulbrot schmierte, mich bei Kindergeburtstagen abholte, die mich zum Kieferorthopäden begleitete oder zu Elternsprechtagen ging. Das erste Blut in meiner Unterhose. Sie war nicht da.

Während der Espresso langsam in die Kanne brodelte, klingelte das Telefon.

»Sorry, die SMS sollte an unsere Frauenärztin gehen«, begrüßte mich meine Schwester.

Wir hatten uns das letzte Mal bei der Beerdigung unserer Großmutter gesehen. Seitdem ein paarmal kurz telefoniert.

»Wir haben schon eine Weile darüber nachgedacht.« Sie sprach, als habe sie keine Zeit zu verlieren. »Und es war auch klar, dass ich die Kinder bekomme. Du kennst ja Kate, sie ist eher der Typ, der auf dem Campingplatz das Zelt aufbaut. Außerdem wollten wir anfangen, solange mein Körper jung ist, damit es leicht geht und wir nicht allzu lange mit der Natur herumspielen müssen. Ach,

Mist, Augenblick …« Sie schien in der Küche zu sein, ich sah sie vor mir, das Telefon zwischen Ohr und Schulter geklemmt, schon die ganze Zeit hantierte sie mit irgendetwas. Vielleicht rührte sie im Porridge. »Sorry, ich musste nur gerade die Milch vom Herd nehmen. Jedenfalls haben Freunde uns die London Women's Clinic empfohlen, und nach dem ersten Termin ging es wie von selbst. Bist du erst einmal in dem Verfahren, ist es, als seist du in einen Bus eingestiegen.«

»Du bist ganz schön mutig«, sagte ich.

»Wieso?«, fragte sie. »Nur weil wir der Natur ein bisschen nachhelfen? Nur weil wir zwei Frauen sind? Warum sollten meine Kinder nicht zwei Mütter haben?«

»So habe ich das nicht gemeint«, sagte ich. »Du bist noch so jung. Bist du dir sicher, auch mit Kate, meine ich?«

Schweigen in der Leitung. »Mia, ich werde im Oktober dreißig.«

Inzwischen ahnte ich, was mich störte, seit ich ihre Stimme im Ohr hatte. Es war ihr Tonfall. Wie damals: »Mia, das Leben muss weitergehen.« Dann hatte sie mir den Rücken zugewandt, mit ihrem schweren Rucksack, und war durch das Gate in Richtung Heathrow verschwunden. Das war, als sie nach England zog. Zwar wusste sie nicht, was sie dort erwartete, Heather mochte sie nicht sonderlich, aber sie war ein Papa-Kind, war es immer gewesen. Während ich der Augapfel meiner Großmutter war. Tatsächlich hatte sie sich bald mit Heather überworfen, sie ging nach Bedford auf die Boarding School, lernte Kate kennen.

Es war dieses Entschiedene in ihrem Ton, dieses kein Raum für Zweifel, das mich schon damals wütend gemacht hatte. Als könnte sie einen Teil ihrer Selbst hinter sich lassen, wegschneiden wie eine bösartige Wucherung, um einem neuen Leben Platz zu machen. Auch Selbstgewissheit sprach daraus. Als könnte sie das. Und ich nicht.

»Und wer ist der Vater?«, fragte ich schließlich. Bemühte mich, meine Stimme von tief unten aus dem Bauch kommen zu lassen, das ließ sie weicher klingen und offener.

»Den zu finden war das Schwierigste. Im Netz gibt es so viele Informationen über die Spender. Ich habe nächtelang recherchiert«, sagte Lena. »Seine Mutter ist Linkshänderin, und seine Augen sind blau. Ein Amerikaner, er lebt irgendwo in Kalifornien, scheint eine Menge Kinder zu haben. Er hat Medizin studiert wie Papa. Das war mir wichtig. Außerdem kocht und reist er gerne. Wie wir«, fasste sie die relevanten Fakten zusammen. »Nach genetischen Defekten habe ich mich auch erkundigt. Die gibt es in seiner Familie nicht.«

»Spürst du schon was?«

»Von dem Baby?« Sie lachte. »Nein, das dauert noch ein paar Wochen.«

Bislang war ich stillschweigend davon ausgegangen, in der Familienplanung ein gewisses Vorrecht zu genießen. Schließlich war Lena es, die früher meine Latzhosen auftrug und den abgegriffenen Diercke-Atlas. Jetzt erklärte sie mir Schwangerschaft. Stellte das gute Leben, das sie mit Kate offenbar führte, auf Dauer. Ich wusste noch nicht, was ich davon halten sollte. Erinnerte mich daran, dass ich die große Schwester war und vielleicht etwas Versöhnliches sagen könnte. »Der eine kommt, der andere geht«, sagte ich schließlich. »Sie hätte sich gefreut.«

Und ich würde Tante werden, unsere Familie es in eine nächste Generation schaffen.

12

Einige Tage später kam ich vom Ulpan Gordon, meinem Hebräisch-Kurs, der mich jeden Sonntag- und Mittwochabend zuverlässig in das Buchstabenhaus von Frau Engelkamp zurückversetzte. Ich ging den Boulevard Ben Gurion hinauf, schlenderte vielmehr, vorbei an Kiosken und Klettergerüsten. Es war nicht schwer, mich dem Tempo der Stadt anzuvertrauen. Die Palisanderbäume standen in violetter Blüte, aus den Hecken stieg der Duft von Rosmarin und Myrte, mischte sich mit einer leichten Brise vom Meer.

Vor mir ging ein Paar, ein Mann und eine Frau, beiläufig hielten sie sich an den Händen, als müssten sie keine Angst haben, sich zu verlieren. Ich stellte mir vor, wie sie nach Hause gingen, diesen lauen Frühlingsabend miteinander verbrachten, sie würden auf dem Sofa sitzen, ihre rot lackierten Fußnägel auf seinen Knien. Und schon bald würde die Unterwäsche auf dem Steinfußboden liegen. Mich überkam eine ungeheure Sehnsucht nach David. Nach seiner Hand in meiner, seinen Armen, seiner Haut. Ich spürte jene Stelle im Nacken, kurz unter dem Haaransatz, von der ich nicht gewusst hatte, dass es sie gab, David hatte sie für mich entdeckt. Seine Lippen. Heute aber war er bei seiner Familie. Und doch rief ich ihn an. Er antwortete nicht, was hatte ich erwartet, eine Stunde später schickte er eine SMS.

Melde mich morgen, D.
Ich vermisse dich.
(...)

Kannst du nicht den Hund ausführen?
Wir haben keinen Hund.
Vielleicht eine gute Idee?

***

Ich fühlte mich bei David geborgen wie bei keinem anderen Mann. Doch umso näher er mir kam, umso mehr fürchtete ich, er könnte plötzlich vom Erdboden verschwinden. Selbst wenn er nicht verschwand, würde er sich entscheiden, seine Familie zu verlassen, in mein Leben zu treten? Würde ich ihm Zutritt gewähren? Und wo würden wir eine Heimat finden, würde er nach Deutschland kommen, ich in Israel bleiben? Wollte ich das?

»An affair is an affair is an affair«, warnte mich eine Stimme, ließ mich innerlich auf Abstand gehen.

Ruth rief an und sagte, sie habe die Briefe meiner Mutter gefunden. Ob ich sie abholen wolle? Die Aussicht, ein Wochenende in Ein Harod zu verbringen, war verlockend, und ich sagte gleich zu.

Am Freitagmorgen nahm ich einen Mietwagen. Während ich über die Autobahn Richtung Norden fuhr, klingelte mein Telefon auf dem Beifahrersitz. »David« erschien auf dem Display. Er wollte einige Tage mit einer befreundeten Regisseurin in die Negev fahren, um eine geeignete Location für ihren nächsten Spielfilm zu suchen. Soweit ich wusste, ging es um die Geschichte einer jungen Beduinin, die gegen ihren Willen heiraten sollte.

Ich nahm den Anruf an. »Bist du schon unterwegs?«

»Wir sind heute Morgen ganz früh los.«

»Kann ich gleich zurückrufen?«

»Noch zehn Minuten«, sagte er. »Dann fahren wir weiter.«

Ich hielt bei einer Tankstelle vor einem arabischen Dorf an.

»Augenblick«, ich hörte eine Hubtastatur, die Schublade der Registrierkasse öffnete sich, das Rascheln dünner Tüten, dann war er wieder da. »Oach, Mia, ich vermisse dich so«, er ließ seine Stimme von Sehnsucht gezerrt klingen. »Du machst dir keine Vorstellung.«

Mein Blick fiel auf ein Kamel, das hinter einer Zapfsäule in der frühen Morgensonne auf dem Asphalt lag. Schon trat ein kleiner Junge mit einem weißen Kopftuch aus dem Schatten. Bot mir an, aufzusatteln, eine Runde zu drehen. Ich winkte ab.

»Mia?«

»Sorry, hier ist nur gerade dieses Kamel an der Tankstelle.«

»Was für ein Kamel?«

»Keine Ahnung, ein Altwelt-Kamel vielleicht. Wusstest du, dass Kamele ihre Ohren schließen können?«

»Warum sollten sie das tun?«

»Damit kein Sand hineinweht«, sagte ich. Solche Sachen lernte ich bei *Xylophon*, unser Kinderprogramm lief samstags nach der Mittagssendung. In dem guten Gefühl, eine Livesendung hinter mir, das Wochenende vor mir zu haben, blieb ich oft im Studio sitzen und sammelte beiläufig Wissen. Die jungen Kollegen saßen im Studio nebenan, winkten durch die dicke Scheibe, die Kopfhörer verschluckten ihre Ohren fast vollständig. Von ihnen hatte ich gelernt, dass man im Flugzeug einen zweiten Sitz buchen musste, wollte man mit einem Cello verreisen. Dass irgendwo im Nordwesten Venezuelas eine Kuh von einem Meteoriten erschlagen worden war und die Erde ohne Menschen und Tiere, nicht aber ohne Pflanzen existieren konnte.

Erst jetzt bemerkte ich das Schweigen in der Leitung. »Mia?«, fragte David.

»Ja?«

»Ich werde da sein, wenn du kommst. Ich werde auf der Treppe sitzen und auf dich warten.«

13

Es war still im Haus, als ich spät am Morgen in Yoavs ehemaligem Kinderzimmer erwachte. Die Erinnerung an den Traum der vergangenen Nacht.

Ich bin im Bauch eines Walfischs, wie in einer Höhle, ich sitze an einem schlichten Tisch aus Holz. An der Decke ist ein breiter Schlitz wie in einer Spardose, von dort dringt Licht ein, ich sehe nach oben, Groschen fallen hinein, einer nach dem anderen, ich versuche, sie aufzufangen, doch sie entgleiten mir, fallen zu Boden. Zugleich kann ich den Wal von außen sehen wie in einem Film, ein Mädchen, das die Münzen hineinwirft.

Durch die Ritzen des Rollos spürte ich das Sonnenlicht, das sanft ins Zimmer drang, ich drehte mich auf die andere Seite. Seit ich David kannte, seit er mir von seinen Träumen erzählte, erinnerte auch ich mich häufiger an meine. Ich liebte es, schlaftrunken zurückzukehren zu den Bildern, sie im Aufwachen gerade noch am Schopf zu packen, als kleines Rätsel mit in den Tag zu nehmen. Es kam mir vor, als würde ich im Traum trainieren, Erinnerungen neu zusammenzusetzen, andere Möglichkeiten auszuprobieren.

Im Haus war niemand. Uri hatte schon am Abend zuvor seinen Rucksack gepackt, er wollte in den Bergen von Gilboa wandern gehen, Ruth vermutete ich im Atelier. Ich ging zu ihr. Sie stand auf einer Leiter mit dem Pinsel in der Hand, war in ihre Arbeit vertieft.

»Einen Augenblick noch«, sagte sie, »ich bin gleich bei dir.« Ich setzte mich auf einen Hocker und sah ihr zu.

Auf der Zeichnung schienen riesige Netze zu entstehen, die sich über das Papier legten. Oder zwei gespenstische Vögel, die sich gegenüberstanden. Erst bei näherem Hinsehen erkannte ich, dass sie an Landkarten erinnerten.

»Was ist das?«, fragte ich, während sie von der Leiter stieg.

»Liniennetze der Reichsbahn von 1933. Ich habe sie auf dem Speicher im Haus meiner Eltern gefunden. Mein Vater hat dort gearbeitet.« Sie ging zu dem langen Tisch, der in der Mitte des Ateliers stand, zog ein Schwarz-Weiß-Foto aus einem Stapel Papier. Es zeigte einen Lokschuppen, dahinter Züge auf parallel verlaufenden Gleisen, die auf ein Signal zur Abfahrt zu warten schienen. Davor ein breites Band. »Der Mann mit der Schere, das ist mein Vater.«

»Das Bild könnte das Deckblatt meiner Magisterarbeit sein.«

»Worüber hast du geschrieben?«

»›Performative Sprechakte – Fallstudie zur Macht der Sprache‹, so der offizielle Titel«, sagte ich. »Dieses ›Hiermit eröffne ich die Bahnstrecke von‹, sagen wir mal, ›Hamburg nach Berlin‹ ist ein typisches Beispiel. Realität, die sich durch Worte verändert, das hat mich immer beschäftigt.« Ich legte das Foto zurück auf den Tisch. »Was hat dein Vater bei der Reichsbahn gemacht?«

»Nach dem Krieg war er für den Wiederaufbau zuständig. Davor? Das weiß ich nicht, das versuche ich gerade rauszufinden.« Sie faltete eine der Eisenbahnkarten auseinander, die ebenfalls auf dem Tisch lagen. »Ich weiß nur, dass er die Faszination für Karten an mich weitergegeben hat. Oft saß er abends in seinem Arbeitszimmer, nur die Lampe auf dem schweren Schreibtisch brannte, und studierte die Liniennetze. ›Wohin, junges Fräulein, soll die Reise gehen?‹, dann nahm er mich auf seinen Schoß. Ich war zehneinhalb, als er starb«, sie ging an das Becken an der Wand, wusch den Pinsel aus. »Daran erinnere ich mich, seine große Hand, sein Finger, der sich im Lichtkegel über das Papier bewegte. Wäre es mit der Akademie nichts geworden, hätte ich Geographie studiert.«

»Bist du deshalb nach Israel gekommen?«

»Wegen meinem Vater?«

»Wegen der Grenzen, die sich dauernd verschieben«, sagte ich. »Es gibt kaum ein Land, das so oft neu vermessen wird.«

»Landkarten geben Orientierung, und das gilt nicht nur für solche Karten.« Ruth zeigte auf die Liniennetze an der Wand. »Wir haben auch eine in unserem Kopf.«

»Wie meinst du das?«

»Unsere Gedanken folgen einem bestimmten Muster, meist nehmen sie den Weg, den sie schon kennen. Einige Muster bewähren sich, andere lassen uns immer wieder in dieselbe Falle tappen.«

Mir fiel auf, wie still es war. Kein Geräusch drang herein. Die Sonne fiel verhalten durch die Oberlichter. Diesen Ort hatte Ruth für sich geschaffen. An der Wand, mit Malerkrepp befestigt, entdeckte ich die Rückseite eine Postkarte. Ich stand auf, um sie mir näher anzusehen.

»Paris, im September 1962«, stand handschriftlich oben rechts auf der leicht vergilbten Pappe.

Ein roter Kussmund, darunter: »C'est moi.«

Ruth trat zu mir. »Die habe ich bei den Briefen gefunden«, sagte sie. »Deine Mutter muss damals Konrad besucht haben. 1962 lebte er noch. In Paris schien er glücklich gewesen zu sein. Niemand rechnete damit. Soweit ich mich erinnere, arbeitete er für Abbé Pierre, einen katholischen Priester, der sich für die Clochards einsetzte. Konrad wohnte einige Wochen bei ihnen, schlief in einem Zelt an der Seine.«

Ruth ging zu dem niedrigen Schrank, der auf der anderen Seite des Raumes stand. Mit einem großen Kuvert, das prall gefüllt war, kam sie zurück. Reichte es mir wortlos. »Charlottes Briefe« stand darauf. Kurz kam es mir vor, als hätte ich die Szene schon einmal erlebt. Oder als sei sie längst überfällig.

In der Hand hielt Ruth einen weiteren Umschlag, der verschlossen war.

»Dieser Brief stand an die Vase gelehnt, auf der Kommode in eurem Flur«, sagte sie. »Ich habe wohl erst in diesem Moment begriffen, dass sie tot ist. Vorher, auf der Fahrt zum Flughafen, im Flugzeug nach Deutschland, selbst als ich deinen Vater in Düsseldorf am Gate sah – ich habe es die ganze Zeit nicht begriffen. Erst beim Anblick des Umschlags verstand ich. Den Brief habe ich nach Afula zur Post gebracht, da lebte sie noch. Als er ankam, lebte sie nicht mehr.«

14

David saß tatsächlich auf den Stufen vor meiner Wohnung, als ich am Samstagabend aus Ein Harod zurückkam. Er wartete in tiefer Ruhe, offenbar bereit, dort noch viele weitere Stunden zu sitzen.

Im Flur war es angenehm kühl, das milde Licht der Abendsonne fiel durch zwei schmale Fenster. Ich sah ihn an. Er war so sehr Junge und doch ein Mann. Vielleicht war es, wie David einmal sagte: Wenn man einen Menschen liebt, ist man ihm Vater und Mutter, Bruder und Schwester, Sohn und Tochter. Vielleicht weil auf einmal alles da war. Ich streckte meine Hand aus, und David nahm sie, zog mich zu sich, gab mir einen Kuss.

»Komm, ich möchte dir etwas zeigen«, sagte er schließlich. Wir gingen die Treppen hoch in den dritten Stock, eine knarzende Holztür führte auf das flache Dach. Ringsum Wasserboiler, Sonnenreflektoren, Satellitenschüsseln und Gasflaschen. Kabel und Rohre, ineinander verschlungen. Ich war das erste Mal hier oben. Wir sahen hinüber auf das klobige Rathaus, die langen Fensterreihen in Grauviolett bis Zartrosa, zwischen Antennenmasten eine riesige gelbe Plastikente. Vielleicht zehn Meter groß, mit großem Schnabel, ihre Beine baumelten vom Dach.

»Die angesagteste Rooftop-Bar der Stadt«, sagte er, nahm zwei Maccabee-Bier aus seinem Rucksack.

Wir setzten uns auf den Estrich, der an vielen Stellen aufgeplatzt war, lehnten uns gegen die Mauer des Treppenhauses. David öffnete die Flaschen mit dem Schlüsselanhänger, reichte mir eine. »Leider nicht mehr ganz kalt.«

»Lechaim!« Ich prostete ihm zu.

»Lechaim!« Er sah mich an, richtete seinen Blick auf meine rechte Augenbraue. »Was hast du da eigentlich gemacht?«

Ich strich mit dem Zeigefinger darüber. Im Laufe der Jahre hatten sich feine Härchen über die Narbe gelegt, waren die drei Stiche nur zu sehen, wenn das Licht in einem bestimmten Winkel darauf fiel. »Ein Unfall mit dem Rad, da war ich vielleicht fünf Jahre alt, lernte gerade, das Gleichgewicht zu halten«, sagte ich. »Es muss in der Bretagne gewesen sein oder in der Normandie, auf einer Strandpromenade, ich verabschiedete mich noch fröhlich winkend von meiner Mutter. Kaum drehte ich mich um, um meinem Vater in die Dünen zu folgen, lag ich auch schon auf den Pflastersteinen, Blut lief über mein Gesicht.« Dann wusste ich nur noch, dass wir ins Krankenhaus fuhren. »In der Ambulanz saß ich auf einem Stuhl unter Neonlicht. Der Arzt sagte etwas von ›tête dorée‹ und ›maman‹.«

Ich erinnerte mich an ihren prüfenden Blick, während die Wunde langsam verheilte, jeden Abend hatte sie dick Linola-Fett darauf geschmiert. »›Es wird nur die Narbe eines Sommers sein‹, sagte meine Mutter immer.«

»Sie hatte recht.«

Von der Kreuzung drang gedämpft der Lärm des abendlichen Verkehrs herauf, einzelne Autos beschleunigten, gelegentlich ertönte ein Hupen, weit entfernt heulte ein Blaulicht.

»Hörst du den Löwen brüllen?«, fragte David nach einer Weile.

Ich lachte. »Wo bist du denn gerade?«

»›Luvut rikoshira‹«, sagte er. »›Der Löwe brüllt.‹«

»Nicht mitten in der Stadt.«

»Riechst du das nicht?« Er hielt sich die Nase zu. »Der Gestank ist unerträglich.«

»Du spinnst.«

»Wirklich, dahinten, am Ende der Straße, war ein kleiner Zoo«, er zeigte in Richtung des Parks am Ende der Straße. »Da bin ich oft mit meinem Großvater hingegangen.«

»David und David'le.«

»Er war der Einzige, der bulgarisch mit mir sprach.« David schwieg einen Moment. »›Maimuna‹, der Affe. ›Mechka‹, der Bär.«

»Klingt nach einem guten Einstieg.«

»Was meinst du?«

»Lass dich von den Wörtern an die Hand nehmen. Sie können helfen, dich zu erinnern. Vielleicht kommst du deiner Geschichte auf die Spur«, sagte ich, »oder einer Frage, die du beantworten willst.«

»Warum eine Frage?«

»Gibt es eine?«

»Schwer zu sagen«, er nahm einen Schluck Bier. »Ich möchte wissen, wer mein Großvater in Bulgarien war, wie der Krieg ihn verändert hat.«

»Was ist damals passiert?«

»Er hatte ein jüdisches Mädchen versteckt.«

»Er war doch selbst Jude.«

»Schon. Aber er war bulgarischer Jude, das war ein Unterschied. Zu der Zeit, das muss Anfang 1943 gewesen sein, war noch nicht klar, was mit ihnen geschehen sollte«, sagte er. »Deutsche und bulgarische Truppen hatten damals auch Gebiete auf dem Balkan besetzt, die jenseits der bulgarischen Landesgrenzen lagen. Die Juden aus diesen Gebieten wurden über die Donau nach Treblinka gebracht. Die Heimatstadt meines Großvaters, Dupniza, lag auf der Strecke.«

»Kannte er das Mädchen?«

»Nein, ich glaube nicht, dass er sie kannte. Sein Laden war wohl in der Nähe einer alten Tabakfabrik, dort waren die deportierten Juden ein paar Nächte untergebracht. Das Lager war streng bewacht, aber er hat es trotzdem geschafft, Lebensmittel und Decken an den Zaun zu schmuggeln.« David trank einen Schluck

Wasser. »Doda Cheni sagt, die Juden kamen aus Thrakien, das Gebiet gehört heute zu Bulgarien, Griechenland und der Türkei. Die Mutter muss das Mädchen in der Fabrik zurückgelassen haben, versteckt zwischen Tabaksäcken. Vielleicht war das mit meinem Großvater verabredet, das weiß ich nicht, vielleicht vertraute die Mutter darauf, dass sie gefunden wurde. Das Mädchen muss ungefähr zwölf Jahre alt gewesen sein. Mehr wissen wir nicht von ihr«, sagte er. »Und dass sie Alena hieß.«

»Hat sie überlebt?«

»Mein Großvater nahm sie mit und versteckte sie in einer Hütte im Wald, etwas außerhalb von Dupnzia, in den Ausläufern des Rila-Gebirges. Am nächsten Tag wollte er sie in ein Kloster bringen. Soweit ich weiß, lebten dort Mönche, die griechisch sprachen. Aber die Polizei muss ihm auf die Schliche gekommen sein. Ob sie nach dem Mädchen suchten, weiß ich nicht. Vielleicht weil er die Lebensmittel geschmuggelt hatte. Vielleicht weil er Kommunist war, daraus hatte er nie ein Geheimnis gemacht. Jedenfalls warfen sie seine Schaufenster ein und nahmen ihn ein paar Tage mit.«

»Und Alena?«

»Er hatte niemandem von ihr erzählt, das wäre vermutlich zu riskant gewesen. Er durfte auch seine eigene Familie nicht in Gefahr bringen. Nach ein paar Tagen wurde er aus dem Gefängnis entlassen. Alena war tot. Erfroren wahrscheinlich. Sie hatte wohl noch versucht, sich warm zu halten, Spuren im Schnee deuteten darauf hin.«

»Furchtbare Vorstellung.«

»Es ist, als würde ich dauernd den Film zurückspulen, ich stelle mir vor, wie er das Mädchen versteckte. Sicher hatte er ihr versprochen zurückzukehren«, sagte David. »Und es nicht getan.«

»Weil er nicht konnte.«

»Sie war ein Kind, sie hat ihm vertraut.«

»Ist das die Geschichte, die du erzählen willst?«

»Ich denke schon.«

»Was hält dich davon ab?«

»Hinter der Kamera fühle ich mich sicher.«

»Das hast du schon mal gesagt.«

»Es ist immer noch richtig.«

Ich erzählte ihm von meinem Spiel mit dem Tagebuch, dem Entwurf einer Zukunft, und dass meine offenen Fragen mich nach Tel Aviv geführt hatten.

»Wie heißt das Kino dahinten, auf der anderen Seite?« Ich zeigte in Richtung des Rabin-Platzes.

»Das GAT?«

»Was hältst du von ein paar Fragen an deine Zukunft? Lass mich nachdenken: ›Läuft mein Film im GAT?‹, zum Beispiel. ›Steht der Titel auf der Leuchtreklame?‹, oder: ›Liegt ein roter Teppich vor dem Eingang? Stehen die Leute Schlange?‹.«

Er wandte sich mir zu. »›Essen sie Popcorn?‹«

Davids Telefon klingelte, er sah auf das Display und entschuldigte sich mit einem Blick. Verschwand hinter zwei großen weißen Wasserboilern. Ich sah nur seine Beine knieabwärts, wie er von einem auf den anderen Fuß trat.

»Family-Business«, sagte er, als er zurückkam.

»Wo bist du eigentlich offiziell?«

»Mit Yossi am Strand.«

»Und wer ist Yossi?«

»Wir waren zusammen an der Filmhochschule«, er setzte sich wieder zu mir, nahm die Bierflasche in die Hand. »Das war meine Frau gerade, sie wird im Sommer einige Wochen ins Silicon Valley gehen, ins Headquarter der Kanzlei.« Ich wartete, dass er weitersprach. »Es ist ihr erster großer Deal, ein israelisches Start-up, das expandieren will. Topsecret.«

»Und du wirst mitgehen?«

»Sie weiß es erst seit ein paar Tagen«, sagte er. »Aber das ist nichts für mich, dieses Amerika. Kannst du dir vorstellen, dass ich mit einem Minivan durch eine dieser Vorstadtsiedlungen fahre, die Garage größer als meine Klosterzelle, kein Mensch auf der Straße, oder ich stehe in der Küche vor der Spüle und sehe dem Rasensprenger im Vorgarten zu, warte, bis ich Shiri abholen kann.«

»Du könntest an deinem Drehbuch arbeiten.«

»Wie soll ich an einem Ort schreiben, der mir nichts bedeutet?«, fragte er. »Ich muss das Marzipan schmecken, Doda Chenis Stimme hören, in Fotoalben blättern, mich in die Bänke der Großen Synagoge setzen, durch die Gassen in Jaffa laufen.« Er sah mich an. »Außerdem wärst du nicht da.«

Ich lehnte meinen Kopf an seine Schulter. »Und Shiri?«

»Für sie ist das auch nichts. Sie hat sich gerade im Kindergarten eingewöhnt, sitzt nicht mehr allein in der Ecke bei den Bilderbüchern, endlich erzählt sie von Noam und Gilah, ihren Freunden. Soll ich sie dort rausreißen, sie für ein paar Wochen in eine Nursery School bringen, alle werden sie ›awesome‹ finden, aber sie wird kein Wort verstehen«, sagte er. »Als ich damals mit ihr von Plovdiv zum Flughafen in Sofia fuhr, sie mich aus dem Kindersitz so verschreckt ansah, habe ich mir eines geschworen: Ich will ihr ein Zuhause geben. Nur so hat sie eine Chance.«

15

The Voice, die Stimme der Nachbarin, weckte mich. Sie schien zu telefonieren, so laut, als würde sie an diesem Samstagmorgen im Bett neben mir sitzen. Ohne die Augen zu öffnen und durch den Spalt der Blendläden zu sehen, wusste ich, dass sie in der Küche hinter der Spüle stand. Ich drehte mich auf die andere Seite, versuchte, wieder einzuschlafen. Vergebens.

Sie erzählte von einem kalten Winter in England, kurz nach dem Krieg, der Ölofen in der Küche, die Eier gefroren in der Vorratskammer. Über Wochen und Monate eine dicke Schneedecke, stahlblauer Himmel. »Das war ein Winter. Mein Gott, war das ein Winter«, sagte sie. »Damals wärmte er mich noch unter der Decke. Und immer wunderte er sich. ›Wie kann man nur so kalte Füße haben?‹«

Eine kurze Pause entstand. Offenbar hatte der Mensch am anderen Ende der Leitung etwas zu sagen.

»Ach, Lynn, das sind so schöne Erinnerungen«, hörte ich sie kurz darauf sagen. »Was ist mit der Orangenmarmelade? Das wollte ich jetzt noch fragen. Ich habe ein Glas für dich aus dem Grocery Store mitgebracht.«

***

Ich nahm den Umschlag, den Ruth mir gegeben hatte, ging in den Wintergarten, schob das Fenster zur Seite und setzte mich in den Sessel.

Es waren an die fünfzehn Briefe, die meine Mutter ihr im Laufe der Jahre geschickt hatte, geschrieben mit dunkelblauer Tinte. Sie hatte eine schöne Handschrift. Auch einige Fotos waren in dem Kuvert, ich nahm sie heraus, eins zeigte Lena und mich, wir trugen weiße T-Shirts, bedruckt mit bunten Luftballons. Stolz lachten wir in die Kamera. Nachmittage im Spätherbst, Kartoffeldruck und der Geruch von Stoffmalfarbe. Das Schnitzen der Stempel, die austretende Stärke, das stumpfe Gefühl auf den Fingerkuppen. Auf einem anderen Bild hockte Lena in einem bunt gestreiften Rock, unter dem ihre Pampers hervorlugte, vor dem Rand des Sandkastens, während ich ihr offenbar Sandtörtchen verkaufte. In meinem Kopf ergänzte ich das Bild, ging über seinen Rahmen hinaus, erinnerte mich an unseren Garten im Rumbachtal. Der Sandkasten, das Vogelhäuschen und der Schuppen mit dem Rasenmäher, in dem es muffig roch. Die japanische Kirsche. Auf einem nächsten Foto stand sie in voller Blüte. Ich lief auf wackeligen Beinen auf eine Hand zu, die sich von der Seite in das Bild streckte, ein langärmeliges T-Shirt, hochgeschoben, damals trug meine Mutter die goldene Uhr. In den Beeten dahinter waren vereinzelt Osterglocken zu erkennen, vermutlich waren wir gerade eingezogen, später wuchsen dort Schleierkraut, Rittersporn, Phlox und Fetthenne. Ein Staudengarten wie im Bilderbuch.

Ein anderes Bild zeigte zwei Frauen, sie trugen Hosen mit breitem Schlag, ich erkannte meine Mutter und Ruth. Hinter ihnen die Anzeigetafel an einem Flughafen. Vermutlich in Düsseldorf.

Mit dem Daumen fuhr ich über das Gesicht meiner Mutter, zeichnete ihre Züge weiter. Wie wäre es gewesen, mit ihr in die Jahre zu kommen? Meine Vorstellung von ihr war bis ins siebte Lebensjahr gediehen, alles, was danach kam, hätte kommen können, war meiner Phantasie überlassen. Und die war vielfältig, häufig widersprüchlich, in einem ständigen Suchlauf, kam nicht zur

Ruhe. Meine Mutter war weg und immer da. Mir fiel auf, dass es bei meiner Grundschullehrerin anders war. Frau Engelkamp war aus meinem Leben verschwunden, als ich aufs Gymnasium kam, da war ich elf Jahre alt. Ihr Bild warf keine weiteren Fragen auf. Sie blieb, was sie immer für mich gewesen war. Die Frau, die mir Lesen und Schreiben beibrachte. Korkenzieherlocken, Lidschatten und Karabinerhaken.

Ich legte die Bilder zu den Briefen auf meinem Schoß, schüttete den Umschlag noch einmal aus. Eine Zeitungsseite fiel heraus. Sie war im Laufe der Jahre gelblich geworden und dünn. Ich breitete sie vor mir aus. Obwohl es eine kleine Meldung war, zweispaltig gedruckt im unteren Drittel, zog sie meinen Blick auf sich.

Die Zeitung war vom 4. Juni 1973. Eine Woche nach meiner Geburt.

Unbekannter warf sich vor Zug
Polizei fand keine Ausweispapiere

Vor den Eilzug D 543 warf sich um 18.36 Uhr ein etwa 25-jähriger unbekannter Mann und war sofort tot. Er wurde von der elektrischen Lokomotive des Zuges im Gelände des Stadtbahnhofs erfasst und überfahren.

Die sofort alarmierte Kriminalpolizei fand bei dem Toten keine Ausweispapiere. Sie bittet jedoch aufgrund der genauen Personalbeschreibung die Bevölkerung um Mithilfe bei der Aufklärung des Unglücksfalles.

Der Überfahrene war 1,78 m groß, schlank und trug mittelblondes Haar. Bekleidet war er mit einem blauen Anorak (Marke Bogner) und langer grauer Hose, die nach dem eingewebten Zeichen von M und B stammen muss.

Weiter trug der Verunglückte einen schwarzen Ledergürtel,

grüne Socken, schwarze Halbschuhe, ein weißes Sporthemd, eine grünblaue Krawatte und weiße Unterwäsche.

Am linken Handgelenk des jungen Mannes fand die Polizei eine Stahlarmbanduhr mit schwarzem Nylonband. In seiner Geldbörse wurde eine Münze aus Messing entdeckt, ein Andenken an eine Wallfahrt nach Werl.

Sachdienliche Hinweise nimmt jede Polizeidienststelle entgegen. Sie werden auf Wunsch auch vertraulich behandelt.

In welcher Situation war meine Mutter, als sie die Meldung las? Noch im Marienhospital in der Obhut von Schwester Karmelita? Damals gönnte man den Wöchnerinnen ein paar Tage Ruhe. Oder war sie zu Hause, mit mir, auf sich selbst gestellt? Der Bahnhof und das Krankenhaus lagen nur wenige Hundert Meter voneinander entfernt. War mein Onkel noch bei ihr gewesen, bei uns, um sich zu verabschieden? Hatte er geahnt, wie tief die Leere wäre, die er im Herzen seiner Schwester hinterließ? Wie die Traurigkeit einsickerte, bis sie eines Tages selbst in ihr ertrank?

Es gab dieses Foto in Schwarz-Weiß, darauf waren wir alle zu sehen: Meine Mutter im Krankenbett, die Haare frisch toupiert, ich liege in ihren Armen, mein Vater sitzt am Kopfende zu unserer Rechten, mein Onkel Konrad zur Linken. Es war einer von fünf Tagen, an denen wir gemeinsam auf der Welt waren. Sie alle prosten fröhlich in die Kamera. Man weiß so wenig von den Menschen, von dem, was in ihnen vorgeht. Es war das letzte Foto von ihm.

Abschied vom großen Bruder. Warum hatte er nicht auf sie achtgegeben? Und auf sich selbst. Oder hatte er geglaubt, genau das zu tun? Schließlich hatte er gewartet, bis ich in den Armen meiner Mutter lag. Hatte darauf vertraut, dass ich ihr Trost sein würde. *Der eine kommt, der andere geht*. In einer großen Familie kamen und gingen viele. Aber wäre da nicht Platz gewesen für uns beide?

Und wie viel Platz blieb im Herzen meiner Mutter, nachdem er gegangen war?

Er war gegangen, wie man das so sagte, es klang harmlos, nicht danach, dass Blut spritzte und Knochen brachen.

Ich stand auf und nahm meinen Haustürschlüssel. Lief zum Strand, sah in der Ferne die Altstadt von Jaffa liegen, erinnerte mich an das, was meine Großmutter mir erzählt hatte, als sie mir beigebracht hatte, eine Patience zu legen, eine Zankpatience. Auch die beiden hatten sie gelegt, meine Mutter und ihr Bruder Konrad, sie saßen im Musikzimmer, in meiner Vorstellung war es dämmerig, das Licht drang nur schwach von der Terrasse herein. Sie saßen an dem kleinen runden Tisch, in den Sesseln, die mit hellgrünem Samt bezogen waren. Später ahnte ich, dass sie eine Patience legten, um die Zeit totzuschlagen. Ich hatte dieses Spiel nie gemocht.

Grüne Socken hatte mein Onkel an jenem Tag getragen, sich eine Krawatte umgebunden. Vielleicht weil er es jeden Tag getan hatte. Warum hatte er nicht einfach weitermachen können, auch wenn es Kraft kostete?

Ich zog meine Schuhe aus, ließ das Wasser meine Füße umspülen. Was hätte ich darum gegeben, jetzt David zu sehen. Doch es war Samstagvormittag. Er war bei seiner Familie.

So wie ich. Meine Familie aber war tot.

16

Ich kam von Jaffa, lief am Strand entlang, am Dolphinarium vorbei, jener Diskothek, in der vor wenigen Jahren eine Bombe explodiert war. Einundzwanzig junge Menschen waren gestorben, während sie dort getanzt hatten. Ich ging an der Bauruine entlang, an der Mauer aus grauem Stahlbeton, den leuchtenden Graffiti.

Lindgrüne Skelette toter Fische. Ein safrangelber Tintenfisch mit Tiroler Hut. Gekreuzigte Heftpflaster. Ein schwindsüchtiger Fliegenpilz in hellem Lila. Die Bilder vermischten sich mit dem salzigen Geruch der Luft, ich spürte eine leichte Brise auf meiner Haut. Auf der Rückseite der Ruine, vor ihrer Nordwand, saßen Trommler vor neonfarbenen Großbuchstaben und springenden Delphinen.

Die Situation kam mir merkwürdig vertraut vor. Langsam, wie aus einem grauen Nebel, kehrten die Bilder der vergangenen Nacht zurück. Tiefrote Prilblumen stachen daraus hervor.

In meinem Traum stehe ich in einer Sporthalle, ich halte eine Spraydose in meiner Hand, will die Blumen auf den Kunststoffboden sprühen. Die Blüten scheinen aus dem Vinyl zu sprießen, ich sehe sie genau vor mir: ein Kreis, um den sich in drei Lagen weitere Halbkreise legen. Doch es geht nicht. Der Zeigefinger meiner rechten Hand liegt auf dem Sprühkopf, ich kann ihn nicht bewegen. Ohnmächtig versuche ich, Druck auszuüben.

Was Nancy dazu sagen würde? Die Frage war zwischen David und mir zur ständigen Übung geworden. Ich lief weiter, ging die Treppen rauf zum Atarim-Platz, dem weißen Elefanten, einer weiteren

Bauruine Tel Avivs. Während des Ersten Golfkriegs, so hieß es, hatte sich der damalige Bürgermeister Schlomo Lahat gewünscht, eine Bombe möge sie treffen.

Zu Hause blätterte ich durch mein Tagebuch, suchte Nancys Nummer. Ich wusste, wo ich sie finden würde, ich hatte sie an jenem Tag aufgeschrieben, an dem ich David kennengelernt hatte.

Ich wählte die Nummer, doch Nancy meldete sich nicht.

Einige Tage später traf ich sie vor dem Tola'at Sfarim. Wieder hingen die großen Tafeln aus dicker Pappe über ihrem schmächtigen Oberkörper. Den Hals hielt sie aufrecht, einem aufgeschreckten Erdmännchen gleich, an den Füßen trug sie Ballerinas aus hautfarbenem Leder. Vorne eine Schleife aus gedrehtem Garn.

»Traumdeutung?«, fragte ich auf Hebräisch.

»Ja«, antwortete sie auf Englisch. Ihre Stimme war leise, sie sprach mit einem amerikanischen Akzent.

Sie gab mir zu verstehen, dass ich ihr durch die Arkaden folgen solle. An deren Ende bog sie rechts ab. Ich lief neben ihr, erzählte ihr vom Blütenmeer in der Sporthalle.

»Es könnte auf einen Wettstreit hindeuten«, sagte sie, »du musst dich selbst überwinden oder deine Kräfte mit anderen messen.«

Ich erinnerte mich an Bundesjugendspiele und Geräteturnen. An Stufenbarren, Schwebalken und die beiden Holzringe, die von der Decke hingen. Am meisten fürchtete ich den Bock. Ich lief auf das Sprungbrett zu, den vierbeinigen Klotz vor Augen, und wusste, ich würde es nicht schaffen. Wieder würde ich Anlauf nehmen, meine Beine spreizen, wieder würde ich mich nicht hoch genug stemmen können und mit meinem Schambein gegen das harte Glattleder prallen.

Ich lief neben Nancy über die Dizengoff. Sie ging langsam. Es kam mir vor, als würden wir uns in einer riesigen Seifenblase durch die Stadt bewegen. Als würde die Wirklichkeit, die bummelnden

Passanten, die 24/7-Supermärkte, die Tische auf dem Bürgersteig vor dem Segafredo ein Stück zurücktreten.

An der nächsten Ampel blieb sie stehen und sah mich aus lindgrünen Augen an, stellte die nächste Frage.

»Wo siehst du rote Farbe?«

Sofort dachte ich an das Rotlicht im Studio, noch liefen die Verkehrshinweise, doch die Punkte der großen Uhr steuerten auf die volle Minute zu, gleich würde es aufleuchten. Meine eigene Stimme vermischte sich mit der jener Frau, die blechern vom Band kam, »zeva adom, zeva adom«, meine Fahrt in Richtung Süden, dem Gazastreifen entgegen. Der Zeppelin am Himmel, meine feuchten Hände am Lenkrad, das Aufnahmegerät auf dem Beifahrersitz.

Wir bewegten uns weiter über den Bürgersteig, bahnten uns langsam, aber zielstrebig den Weg. »Lalechet letajel« sagt man im Hebräischen, wörtlich »reisen gehen«, einen Spaziergang machen. Ich begriff langsam, was Nancy mit mir machte. Sie führte mich durch meinen Traum wie durch eine Landschaft, in der ich mich umsehen konnte. Ich sah die knallblaue Prilflasche mit der orangenen Kappe, sie stand hinter der Spüle zwischen dem schwenkbaren Wasserhahn und der Küchenwand. Dort, wo sich nach dem Abwasch eine kleine Pfütze bildete, das Knallgelb der Arbeitsplatte leicht verwaschen war. Es war die Küche meiner Kindheit, damals lebte ich noch bei meinen Eltern im Rumbachtal.

Die Spüle, der Schwamm, das Abtropfgitter. Hakol beseder, dachte ich. Alles in Ordnung.

Ich folgte Nancy über die Rampe hinauf zum Dizengoff-Platz. Wir setzten uns auf eine der hufeisenförmigen Bänke, sahen auf den verschachtelten Brunnen in der Mitte des Platzes. Den Feuer- und Wasserbrunnen, eine kinetische Skulptur, die zu einem Wahrzeichen von Tel Aviv geworden war. Immer neue, bunt gestreifte Bilder ergaben sich, je nachdem, aus welchem Winkel man auf den Brunnen sah. Wie bei einem Kaleidoskop. Nur dass es nicht die bunten Blättchen waren, die sich bewegten, sondern der Betrachter selbst.

»Wenn der Traum wiederkehrt, schreib ihn um«, sagte Nancy. »Gib ihm ein anderes Ende.«

Schließlich zog ich mein Portemonnaie aus der Handtasche, doch Nancy winkte ab. Gab mir zu verstehen, ich könne gehen, die Session war beendet. Ich stand auf und ließ sie allein auf der Bank zurück, fühlte mich wie eine Agentin nach dem Austausch brisanter Informationen.

17

An der Laterne vor meinem Haus entdeckte ich einen Zettel. Schwarze Buchstaben auf weißem Papier. Eine Todesanzeige. Ich erzählte David davon.

»Ich glaube, im Haus nebenan ist jemand gestorben«, sagte ich. Mein Hebräisch war immerhin so weit fortgeschritten, dass ich einzelne Buchstaben entziffern konnte.

»Habe ich gesehen«, sagte er, »die Nachbarin.«

»Becketts Frau?«

»Ja«, sagte David. »The Voice ist verstummt.«

Erst jetzt fiel mir auf, dass ihre Stimme mich schon einige Tage nicht mehr geweckt hatte. Auch Beckett sah ich kaum noch auf der Terrasse sitzen.

Ich beschloss, zur Schiwa zu gehen. Zwar hatten wir nie miteinander gesprochen, doch hatte ich das Gefühl, dass wir inzwischen gute Bekannte waren. Die einzigen Zeugen des Lebens, das ich mit David führte. Jetzt war nur noch er übrig geblieben.

Die Tür im dritten Stock stand offen. Schon von draußen hörte ich Stimmen und das Klappern von Tellern. Im Wohnzimmer stand ein ovaler Kreis von Sesseln und Klappstühlen vor niedrigen Tischen. Offenbar hatten die Gäste nicht nur Speisen, sondern auch Stühle mitgebracht. Mit so viel Leben hatte ich in der Wohnung nicht gerechnet. Beckett saß vor Kopf, er war der ruhende Pol der Trauergemeinde, nickte mir zu.

Es gab Tee und Kaffee. Auf den Tischen standen Plastikteller, Salatschalen, Platten mit gerösteten Auberginen und Gefiltem Fisch, Kuchen und Blätterteiggebäck. Es herrschte eine gelöste Stimmung.

Man war zusammen. Und nicht allein. Das Zimmer wirkte wie eine Insel außerhalb der Zeit, der Alltag war für einen Moment ausgesetzt. Keiner schien es eilig zu haben. Ich sah zu Beckett hinüber, seine Miene wirkte unverändert, so sah ich ihn jeden Morgen auf der Terrasse sitzen. Auch bei näherer Betrachtung war er ein gut aussehender Mann. Wieder kam mir ein Tonbandgerät in den Sinn, die vielen Spulen daneben, das letzte Band. Was Beckett heute darauf sprechen würde? Würde er von ihrer Stimme erzählen, die seine Ruhe nicht mehr stören konnte? Oder von der Ruhe, die nun zu laut war?

Ich setzte mich auf einen freien Plastikstuhl neben eine Frau in meinem Alter. Ihr Name war Neva, sie war Sozialarbeiterin und hatte ihr Büro in der Nähe der Zentralen Busstation, arbeitete mit äthiopischen Juden. Neben ihr auf dem Boden lag ein Bernhardiner.

»Er hat auf ihre Handtasche aufgepasst«, sagte Beckett gerade und zeigte auf den Hund. Zum ersten Mal hörte ich seine Stimme. Obwohl er leise sprach, zog er die Aufmerksamkeit auf sich. Die Gespräche verstummten. »Wir kamen mit dem Bus aus Netanya, unsere Tochter Lynn lebt dort, wollten noch in den Supermarkt gehen, da fiel Ashley die Tasche aus der Hand.« Auch er sprach akzentfreies britisches Englisch. »Dann wurde sie ohnmächtig.«

Später kehrte die Runde zu ihren Gesprächen zurück, und Neva erzählte, sie habe die beiden an jenem Nachmittag vor einer Woche zufällig getroffen und den Krankenwagen gerufen. Sie war nur eine Passantin mit Hund.

»Er wusste nicht, wohin mit der Tasche, also stellte er sie vor ihn auf den Asphalt«, sie zeigte auf den Hund. »Sagte ihm, er solle gut darauf aufpassen. Als der Krankenwagen kam und er die Tasche wieder mitnehmen wollte, knurrte Crusoe.« Mir fiel auf, dass sie Grübchen hatte, wenn sie lächelte. Überhaupt war sie mir auf den ersten Blick sympathisch. »Er hat seinen Job ernst genommen.«

»Crusoe?«, fragte ich.

Sie streichelte dem Bernhardiner über den Kopf. »Wie Robinson.«

***

»Was war das für ein Hund?«, fragte David. Er saß auf dem grauen Resopalstuhl in meiner Küche und beobachtete, wie ich die Wassermelone aufschnitt.

»Ein Bernhardiner.«

David dachte nach. »Wirkte er einsam?«

»Er war allein unter Menschen.«

»Passt doch hierher, dieser Crusoe. Israel ist eine einsame Insel«, sagte er. »Oder wie Ehud Barak sagt: eine Villa im Dschungel. Es ist ein hoher Preis, den wir zahlen, für diese Villa. Wir schicken unsere Soldaten in einen Krieg nach dem nächsten. Zugleich wissen wir nicht, ob wir die Villa halten können. Eröffnen Bankkonten im Ausland, besorgen uns europäische Pässe.«

»Hast du einen?«

»Einen bulgarischen.«

»Hast du schon einmal daran gedacht wegzugehen?«

»Ich bin hier aufgewachsen, in Tel Baruch bei Doda Cheni, meine Familie hat sich hier ein Leben aufgebaut. Hebräisch ist meine Sprache. Meine Freunde kenne ich aus der Armee, wir saßen nebeneinander im Bus, stanken nach Waffenöl, sahen den Mädchen hinterher. Mein Leben lang atme ich den Duft von Palisanderholz, ohne den Namen der Bäume zu kennen. Egal, wo ich hinginge, ich würde mich immer fremd fühlen. So wie mein Großvater. Er ist nie in Israel angekommen.« David lachte. »Zeitlebens hat er sich geweigert, eine Klimaanlage anzuschaffen. In Bulgarien habe er schließlich auch keine gebraucht. Irgendwann hat Doda Cheni es aufgegeben, mit ihm darüber zu streiten. In der Wohnung meiner Großeltern war es immer dunkel, die Blendläden das ganze Jahr geschlossen. Es war elendig warm. Durch die Lamellen konnte ich schräg runter auf die Straße sehen, den Gehweg unter der Laterne. Mein Großvater stammte aus einem Dorf im Süden Bulgariens, in den Bergen, im Winter lag der Schnee meterhoch. Die Hitze hier, der Staub, es war schwer für ihn, sich zu Hause zu fühlen.« David trat ans offene Fenster, sah hinüber auf Becketts Terrasse. »Bei mir wäre es genau umgekehrt. Ohne die Sonne zu leben, die Wärme, das Licht abends auf der Hayarkon. Schwer vorstellbar. Aber manchmal denke ich darüber nach, wie ihr Name auf Englisch klingt.«

»Wessen Name?«

»Shiris.«

Ich schnitt den Schafskäse auf, legte ihn auf die Scheiben Wassermelone, pflückte Minzblätter vom Stängel. Stellte den Teller vor David auf den Tisch.

»Klingt auch auf Deutsch gut.«

»Wenn du das sagst.« Er gab mir einen Kuss. »Das unterscheidet uns. Du hast dein Land.«

Ich legte eine Hand auf seine Schulter. »Du auch.«

»Israel ist anders«, sagte er. »Jeden Morgen reiben wir uns die Augen, ziehen die Rollos hoch und sehen nach, ob das Land noch da ist. Wir haben so lange davon geträumt.«

»Und dann: keine Milch und kein Honig.«

»Milch und Honig schon. Shakshuka, Hummus, Falafel …«

»… Wassermelone.«

Er nahm ein Stück. »Ohne dieses Essen könnte ich nicht leben.«

»Ich auch nicht mehr.«

»Das ist das Paradox, mit dem wir leben. Einerseits ist es das Land, von dem wir träumten. Andererseits fühlt es sich an wie eine vorübergehende Heimat, falls es so etwas überhaupt gibt«, sagte er. »›Ein Jude muss einen Koffer neben der Tür haben‹, mit diesem Satz bin ich groß geworden. Er ist Teil unserer DNA. Mein Vater ist aus Bulgarien gekommen, meine Mutter aus Polen, in ihrer Generation hat fast jeder seine Heimat verlassen, ist von irgendwo geflüchtet …«

»… eine Generation von Schiffbrüchigen.«

»Genau«, sagte David, beinahe triumphierend. »Ich sage ja, Crusoe passt nach Israel.« Er suchte meinen Blick. »Wie war es eigentlich bei der Schiwa?«

»Es gab viel zu essen.«

»Das Leben muss weitergehen.«

»Für die Lebenden«, sagte ich, »ob sie wollen oder nicht.«

David runzelte die Stirn.

»Für die Toten endet es«, sagte ich.

»Du denkst an deinen Onkel, deine Mutter.«

Im Grunde waren sie die Ersten gewesen, die mich zurückgelassen hatten. Die anderen hatten es ihnen nachgetan. Mein Vater und Lena waren nach England gegangen. Nun war auch meine Großmutter gestorben. »Meine Mutter hat das Abendbrot vorbereitet, Möhren in dünne Stifte geschnitten, die Butter aus dem Kühlschrank genommen. Wir haben den Tisch gedeckt, wie jeden Abend. Dann kam Edda, unser irisches Kindermädchen, und meine Mutter zog den beigen Trenchcoat an, kniete sich nieder, gab mir einen Kuss auf die Stirn. Dann ist sie zu meiner Großmutter gefahren, auf den Dachboden gestiegen und hat sich aufgehängt.«

»Wer hat sie gefunden?«

»Mein Vater. Irgendwann fuhr er los, um sie zu suchen. Vielleicht hat er etwas geahnt, er muss sofort zu meiner Großmutter gefahren sein, jedenfalls entdeckte er dort ihren dunkelblauen Käfer. Er ist dann wohl ins Haus, hat nach ihr gerufen, er sagt, es sei schon dämmrig gewesen. Ein Spätsommerabend. Er rannte die Treppe runter, die zwei Stockwerke, über den rotsamtenen Läufer. Raus auf die Straße. Er bekam selbst keine Luft mehr.«

Für einen Moment war nur das Brummen des altersschwachen Kühlschranks zu hören. »Manchmal stelle ich mir vor, wie es gewesen sein muss. Mein Vater, der unten in der Diele die 110 wählt. Blaulicht vor der Haustür. Der Leichenwagen. Die Nachbarn hinter vorgehaltenen Gardinen. Polizisten auf dem Dachboden.«

David machte einen Schritt auf mich zu, legte seine Arme um meine Schultern, zog mich ein Stück zu sich. »Hast du die Briefe gelesen?«

»Angefangen.«

Schon die an Ruth adressierten Umschläge, ihre Handschrift auf dem dünnen Papier, die Datumszeile auf dem Briefkopf, vor allem die Fotos hatten meine Mutter einen Moment lebendig werden lassen. Ich wusste nicht, ob ich dem gewachsen war. Über die Jahre hatte ich die Sehnsucht in eine Form gegossen. Ihr Verlust, vielleicht war das der schwere Würfel vor ihrem Grab.

»Warum fährst du nicht nach Ein Harod und liest sie dort?«, fragte David nach einer Weile. »Du könntest mit Ruth über deine Mutter sprechen und über deinen Onkel. Wie in der Schiwa, da sprechen wir auch sieben Tage über den Toten, lassen ihn auferstehen. Es ist dann leichter, ihn gehen zu lassen.«

»Warum sollte das so sein?«

»Wenn die Trauer erstarrt, ist sie unbeweglich wie ein Eisblock«, sagte David. »Wenn die Trauer lebendig ist, flüssig, kann sie abfließen.«

»Klingt tränenreich.«

»Wasser ist das stärkste Element«, sagte er. »Nur Wasser überwindet jeden Widerstand.«

»Die Grasnarbe aufschwemmen?«

Er überlegte. »Bei uns sagt man, wenn ein Mensch stirbt, steht auch der Trauernde mit einem Bein im Reich des Todes. In der Schiwa helfen wir ihm, mit beiden Beinen ins Leben zurückzukehren.«

»Wir nennen es Leichenschmaus.«

»Wenn man schon mal hier ist, kann man auch im Leben stehen statt auf einem Friedhof.«

»Ach, David«, sagte ich widerwillig, »immer nur Tod und Traurigkeit.« Ich spürte, wie ich meinen Kopf zwischen die Schultern zog, sich mein Nacken verkrampfte. Als machte ich mich darauf gefasst, jemand könnte mich am Schlafittchen packen. »Ich will da weg.«

»Vielleicht musst du erst einmal hingehen.«

Von draußen drang gedämpft Musik durch das offene Küchenfenster. Ich erkannte Idan Raichel. Klavier, auch Elektronik, ein hebräischer Text. Und immer wieder diese Sehnsucht. David legte seine Hand um meine Taille und führte mich über den Plastikboden, das beige-graue Rautenmuster, das vor den Scheuerleisten ausfranste.

18

Es war Samstagmorgen, wir waren verabredet, gegen 10 Uhr meldete sich David. Er brauchte nicht viel zu sagen, ich hörte sofort, er hatte keine Zeit. Seine Frau müsse kurzfristig in die Kanzlei, ein Call mit dem Silicon Valley. Er müsse Shiri übernehmen.

Kurz darauf rief er noch einmal an.

»Treffen wir uns vor der Gelateria Siciliana an der Ibn Gabirol? Shiri möchte ein Eis essen«, sagte er. »Und ich möchte dich sehen. Unbedingt.«

Ich war nicht sicher, ob es eine gute Idee war. Bislang hatten wir uns nur zu zweit gesehen, das ließ mich die Außenwelt vergessen. Ich wusste nicht, wie Shiri auf mich reagieren würde. Und ich auf sie. Am Ende aber siegte die Sehnsucht.

Sie saßen auf einem Mäuerchen vor der Eisdiele. Shiri trug ein rotes T-Shirt-Kleid. Sie war ein zartes Kind. Dunkelblonde Locken fielen dicht über ihre schmalen Schultern. David sah mich, er stand auf und stellte uns vor.

»Shiri – Mia.«

»Mia – Shiri.«

Ich setzte mich zu ihnen. Shiri sah mich schüchtern an.

»Was für ein Eis isst du?«, fragte ich auf Hebräisch.

»Erdbeere«, sagte Shiri.

»Ist das dein Lieblingseis?«

Sie schüttelte den Kopf.

»Sondern?«

Sie versteckte sich in Davids Armbeuge. Er konnte gerade noch ihre Waffel auffangen. Vorsichtig lugte sie wieder hervor und sah mich aus dunkelgrünen Augen unschlüssig an. David flüsterte ihr etwas ins Ohr.

»Und was ist dein Lieblingseis?«, fragte sie mich ebenso leise.

»Schokolade«, sagte ich, als verriete ich ein Geheimnis. »Ob ich mir auch so ein Eis kaufen kann?«

»Bei dem Mann da …«, flüsterte sie. Drehte sich um und zeigte auf den Eisverkäufer. Ein anderes Kind rief, eine Freundin vielleicht, Shiri lief zu ihr. David nutzte die Gelegenheit, mir einen Kuss in den Nacken zu geben. Ich sog den warmen, vertrauten Geruch ein.

Shiri kam schon bald zurück, zupfte David an seinem T-Shirt.

»Aba«, sagte sie.

»Ja?«

»Welche Augenfarbe habe ich?« Sie hielt sich mit beiden Händen die Augen zu.

»Oh, das ist eine schwierige Frage«, sagte er. »Orange vielleicht?«

Shiri schüttelte den Kopf.

»Zitrone.«

»Nein.«

»Kiwi.«

»Aba.« Sie nahm die Hände von den Augen. »Das ist gar keine Farbe.«

»Ah, jetzt fällt es mir wieder ein«, sagte David, umfasste ihre Schultern und sah ihr in die Augen. »Grün wie zwei Smaragde.«

Wir verabschiedeten uns an dem kleinen Park in der Nähe meiner Wohnung. Dort, wo früher die Löwen brüllten. David wollte Dosentomaten und Salami kaufen, am Abend kam seine Schwester Tami mit ihrer Familie zum Pizzaessen. Ich drehte mich um, sah den beiden nach. Ein großer Mann an der Hand eines kleinen Mädchens.

19

Mein Geburtstag, der 28. Mai, fiel in diesem Jahr auf einen Mittwoch. David würde in der zweiten Maihälfte in der Negev sein, um für den Film über die beduinische Hochzeit zu drehen. Ich verabredete mit Ruth, nach Ein Harod zu kommen, nahm die Woche frei. In den vergangenen Monaten hatte ich viel gearbeitet, die Unruhen um Gaza, Friedensverhandlungen mit Syrien, die Staatsgründung vor sechzig Jahren, der Besuch des amerikanischen Präsidenten, ich hatte viele Überstunden gesammelt. Tatsächlich hatte ich an meinem Geburtstag noch nie gearbeitet. In jedem Kalender, gleich welchen Jahres, umgab ihn ein besonderer Glanz. Verlässlich wie der Kalte Hund, den erst meine Mutter, später meine Großmutter für mich machte, erinnerte der Tag mich an das Glück, am Leben zu sein.

Am Abend vor meiner Abreise öffnete ich das Fenster im Schlafzimmer, ließ die Abendsonne herein, Beckett saß auf seiner Terrasse. Ich wollte meine Tasche packen, Wäsche waschen und die Wohnung aufräumen, die vergangenen Wochen hatte ich entweder im Studio oder mit David verbracht, kaum Zeit dazu gefunden. Aus den Boxen des kleinen CD-Players, den ich inzwischen besaß, sang Ehud Banai. Ich stellte eine Maschine an, goss die Petunien im Wintergarten, legte Sommerkleider auf das Bett, Bikini, Ladekabel fürs Handy, eine Handvoll Briefe.

Es klingelte an der Haustür. Ich nahm an, dass es meine Nachbarin Leah war. Sie nutzte jede Gelegenheit, nach dem Rechten zu sehen. Kaum war die Tür offen, setzte sie auch schon ihren beige karierten Filzpantoffel über die Schwelle, redete in einer Mischung aus Russisch, Hebräisch und Jiddisch auf mich ein.

Es war David, ich musste sein Klopfen überhört haben.

»Sieben Tage«, sagte er, nachdem wir uns begrüßt hatten, streifte die Schuhe ab und folgte mir ins Schlafzimmer, grüßte Beckett. »Das halte ich nicht aus.«

Er setzte sich auf die Bettkante, sah mir beim Packen zu. Am Nachmittag war er bei seiner Tante gewesen, Shiri war geblieben, sie wollte dort übernachten. Eine Premiere.

»Doda Cheni hat sich nach meinem Drehbuch erkundigt«, sagte David. »Sie hat alte Fotos von Bulgarien rausgesucht: der Marktplatz von Plovdiv, das antike römische Theater, die Alexander-Newski-Kathedrale in Sofia, das Witoscha-Gebirge. Weißt du, was Shiri gefragt hat?«

»Sag es mir.«

»Ob man von dort oben, von der weißen Spitze, die Wolken berühren kann?«

»Ein kleiner Mensch«, sagte ich.

Er zog mich mit beiden Händen zu sich auf die Bettkante. »Und hier ist ein großer.«

Ich roch sein Aftershave, wollte aufstehen, bevor wir auf die Matratze zurückfallen konnten. Doch er hielt mich zurück. Zeigte auf unser Spiegelbild im Frisiertisch des Ionel Corpus, im Hintergrund eine einsame Wäscheleine vor abendblauem Himmel: »Ein schönes Paar, findest du nicht?«

***

Doris nahm mich vom Studio mit zur Zentralen Busstation. Der 843er sollte um kurz nach 17 Uhr gehen, er fuhr fast bis Ein Harod. Von der Haltestelle waren es zehn Minuten zu Fuß zum Kibbuz.

Für die Frühsendung hatte ich ein Stück zu den Korruptionsvorwürfen gegen den Premierminister gemacht, im Laufe des Tages waren weitere Details bekannt geworden, für die Abendsendungen hatte ich den Beitrag aktualisieren müssen. Wir waren knapp dran.

Während Doris ihren weißen Hyundai wendig durch die Straßen lenkte, zündete sie sich eine Lucky Strike an. Bevor ich nach Israel gekommen war, hatte sie mich gebeten, eine Stange aus dem Duty-free-Shop mitzubringen. Zigaretten waren teuer in Israel.

Doris kam ursprünglich aus Augsburg. Sie hatte ihren Mann Zvi beim Studium in Kalifornien kennengelernt. Später waren sie gemeinsam nach Tel Aviv gekommen. Ich musste mir eingestehen, dass ich sie heimlich beobachtete. Doris war nicht nur eine Kollegin, sie war auch eine Deutsche, die seit vielen Jahren in Israel lebte. Ich fragte mich, wie das Land sie verändert hatte. Würde sie seltener auf das Display ihres Mobiltelefons sehen oder auf die Hupe ihres Wagens drücken, weniger Zigaretten rauchen oder langsamer sprechen, wäre sie in Augsburg geblieben? Wie würde das Land mich verändern? Vermutlich spürte Doris, was in mir vorging, auch wenn wir nie darüber sprachen.

»Ein Wunder, dass er jemals fertig wurde«, sagte sie, als wir auf den Busbahnhof zufuhren.

Ich beugte mich vor, näherte mich der Windschutzscheibe, sah an dem siebenstöckigen Gebäude empor. Es wirkte wie ein Ufo, das mitten in der Wüste gelandet war, seine Passagiere in alle Himmelsrichtungen entließ.

»Wann war das?«

»Anfang der Achtziger?«, sagte sie. »Kurz nachdem ich nach Israel gekommen bin.«

Sie hielt vor dem Gebäude an einer Bushaltestelle, es dauerte keine zehn Sekunden, schon hupte ein Fahrer hinter uns. Sie hob den rechten Arm in Richtung Rückspiegel, die Fingerkuppen aneinandergelegt, drückte mir einen Kuss auf die Wange. »Pass auf, dass du dich nicht verläufst«, sagte sie, während ich hastig aus dem Wagen sprang, »im Keller hängen die Fledermäuse.«

Ich lief durch den Bahnhof, versuchte, mich zurechtzufinden, Treppen aus Rohbeton verliefen kreuz und quer. Grelle Farben markierten die Geschosszahlen. Vor mir am Fahrkartenautomaten stand eine junge Soldatin, ungeduldig sah ich auf ihren langen Pferdeschwanz, den Gewehrlauf über ihrer Schulter. Sie nahm das Ticket aus der Ausgabeschale, steckte es in den aufgekrempelten Ärmel ihrer Uniform. Der 843er sollte im dritten Stock abfahren. Oben angelangt, sah ich die Busse in den Haltebuchten, als seien sie hier vor Anker gegangen. Nur meiner hatte den Hafen schon verlassen. Der nächste ging in einer Stunde, ich würde in Afula umsteigen müssen.

Auf einmal hatte ich Zeit. Ging zurück in das Gebäude. Viele junge Menschen in Uniform, die auf ihre Anschlüsse warteten, vor ihnen lag ein Wochenende jenseits der Landesverteidigung. Sie standen vor den Café-Bars, legten den Kopf in den Nacken, sahen auf die Fernseher unter der Decke. Soldatinnen probierten Lidschatten und Lippenstift in den Drogeriemärkten. Das ganze Land kam hier an. Stieg um. Zerstreute sich in die Städte Be'er Sheva, Modi'in und Akko. Ultraorthodoxe Frauen mit einer Schar Kinder, philippinische Altenpfleger und Kindermädchen kauften in Supermärkten getrocknete Mangoscheiben, Pak Choi, Kochbananen und Okraschoten. Äthiopische Juden und Tel Avivs Junkies. Ein Studio bot Tattoos von Wüstenblumen und Enneagrammen.

Doris schickte eine SMS, erkundigte sich, ob ich den Bus bekommen hätte. Ihre Fürsorge rechnete ich ihr hoch an. Die Kollegen kamen und gingen, verlässlich wie Ebbe und Flut, sie war da, der Fels in der Brandung. Half bei Wohnungssuche, Kindergartenplatz, Visa-Fragen und Shakshuka-Rezepten. Lange bevor es Relocation-Services gab.

Später würden die Kollegen ihre Container zurück übers Mittelmeer schicken, ein letztes Bier am Strand trinken, noch einmal im Hafen geröstete Paprika und fangfrischen Wolfsbarsch essen. In einem Winkel ihres Herzens spürten vermutlich alle auch Erleichterung. Wenn sie die Kisten in Berlin auspackten, die Tabletts aus dunkelblauen Kacheln, Salatschüsseln aus Olivenholz in die Hände nahmen, vielleicht einen alten Stich vom Hafen in Jaffa über das Sofa hängten, mussten sie keine Sorge mehr vor Anschlägen und Bombenalarm haben. Vielleicht dachten sie im Büro an Doris, wenn die Agenturen Eilmeldungen schickten, in roten Buchstaben, wie sie augenblicklich zum Telefon griff, um zu hören, ob die Tochter in der Computer-AG, der Sohn beim Basketballtraining war.

Ich hatte Doris einmal gefragt, wie sie das aushalte.

»Was?«

»Hier zu leben.«

Es bringe sie manchmal an ihre Grenzen, hatte sie gesagt, aber die Arbeit im Studio, im Team gebe ihr einen verlässlichen Rahmen. Sie musste die Nachrichten einordnen, sie sortieren, verarbeiten. Konnte mit Kollegen darüber sprechen. So fühle sie sich weniger ohnmächtig.

Ich ging die Treppen hinauf in den fünften Stock des Bahnhofs, entdeckte ein jiddisches Antiquariat. Umgeben von unzähligen Bücherstapeln spielte ein Mann Klavier. In der Etage über uns fuhren die Busse, schickten Vibrationen durch die Betondecke. In einem Regal lag ein Stapel Landkarten, ich dachte an ein Gastgeschenk für Ruth, vielleicht könnte ich sie zu einer Collage verarbeiten. Über einem Stapel Enzyklopädien breitete ich eine Karte aus, Israels Klimazonen waren darauf abgebildet: grün, gelb, orange, rot, von Norden nach Süden, einige wenige blaue Flecken. Die Farben verblichen wie bei einem Badetuch, das lange in der Sonne gelegen hatte.

20

Den weißen Pick-up sah ich schon von Weitem, er stand an der Bushaltestelle. Uri war gekommen, um mich abzuholen. Kaum war ich im Haus, rief Ruth aus der Küche, sie stand vor dem Herd und rührte in einem rotorangen Emailletopf mit Hühnerfrikassee. Auf der Anrichte lag ein dickes Buch mit handschriftlichen Rezepten, das am Rücken auseinanderzufallen drohte. Ihre Mutter hatte es ihr vermacht.

Ich setzte mich an den Tisch, schnitt Tomaten und raspelte Karotten, erzählte von der Schiwa im Nachbarhaus und der Passantin mit Hund, erkundigte mich nach der neuen Ausstellung, die Nurit in der vergangenen Woche im Museum eröffnet hatte. Als David eine SMS schickte. Er habe sich vor lauter Sehnsucht ein Kamel genommen, um nach Ein Harod zu reiten. Es grase an einem Grünstreifen an der Autobahn, das könne etwas länger dauern. Ich lachte, spürte Ruths flüchtigen Blick.

Am nächsten Morgen ging ich in den Skulpturengarten des Museumscafés. Es war nach dem Architekten Samuel Bickels benannt, der das Museum in den Vierzigerjahren im Bauhaus-Stil entworfen hatte. Die Tische des Cafés waren um die Zeit frei, die meisten Besucher kamen von auswärts, saßen erst am Nachmittag auf der Terrasse, suchten Schatten unter dichten Baumkronen und beige-weißen Sonnenschirmen. Nurit stand an diesem Morgen hinter der Theke. Ich bestellte eine Limonade aus frischer Minze.

Der Granatapfelbaum zeigte erste Blüten, schon bald würde er in vollem Rot stehen, ich setzte mich an den Tisch darunter, beobachtete eine Eidechse, die sich auf die breiten Holzstufen vorwagte, dann im dichten Efeu an der Wand verschwand. Ich griff in den großen Umschlag und nahm die Briefe heraus, der oberste stammte von August 1973. Da war ich drei Monate alt.

Meine liebe Ruth,
es ist früh am Morgen, ich sitze an Mias Bett, finde nicht zurück in den Schlaf. Seit sie auf der Welt ist, schlafe ich kaum, obwohl sie ein friedliches Kind ist. Fast beneide ich sie um ihre Ruhe.
Wie geht es Dir? Ich denke häufig an Dich und komme selten dazu, Dir zu schreiben. Immer bin ich müde. Ging es Dir bei Yoav auch so? Oder bei Roni? Sie sehen kräftig aus auf dem Foto, sonnenverwöhnt, zwei richtige Kibbuznik. Wie hast Du es bloß geschafft, sie vom Kinderhaus fernzuhalten? Kommt Ihr mit dem Bau des Ateliers voran? Du hast gut daran getan, Uri Ziegelsteine und Zement einfach vor die Füße zu stellen.
Ich wünschte, Du wärest hier, ich vermisse Dich. Deinen Kampfgeist, Deinen Sinn für das Lebenspraktische. Manchmal habe ich Sorge, mich in mir selbst zu verheddern. Seit Konrads Tod ist nichts mehr, wie es war. Es gibt Momente, in denen will ich weglaufen, weg von den Gedanken, die mich ständig begleiten. Und dann wieder weiß ich, dass es keinen Ort gibt, an dem ich sein kann ohne mich. Erinnerst du Dich an das Wort von der »verwaisten Liebe«? Deutsch bei Frau Vorrath. Jetzt verstehe ich, was Goethe meinte. Auch meine Liebe darf nicht mehr lebendig sein. An manchen Tagen fühle ich mich wie in einem Sog, als ziehe Konrad mich zu sich. Während zugleich das Kind an mir saugt, ans Leben will. (Mich schon bald mit »schlaffen Altersbrüsten« zurücklassen wird, wie mein damaliger Oberarzt, der alte Barkow, so feinfühlig zu sagen pflegte.)

Konrad war noch bei mir im Krankenhaus gewesen, ich hatte ihn gebeten – da war er schon im Hinausgehen –, mir bei seinem nächsten Besuch Nivea mitzubringen. Es müssen meine letzten Worte gewesen sein, eine letzte Bitte an ihn. Hätte ich doch gewusst.
Dann denke ich an das Bild, das ich von meiner Tochter habe. Schwester Karmelita zeigte sie mir durch die Scheibe der Säuglingsstation. Sie wirkte so friedlich, eingewickelt in die weißen Tücher, ein kleiner Engel. Und so weit weg. Wird sie mir jemals so nah sein, wie Konrad es war? Niemand kannte mich so gut, dieses unausgesprochene Wissen voneinander, das nur Geschwister haben. Ich bin keine kleine Schwester mehr.
Aber Ehefrau und Mutter – höre ich Dich sagen, und Du hast ja recht. Ich bin dankbar für Mia und dass sie gesund auf die Welt gekommen ist. Aber manchmal habe ich Angst, sie nicht genug lieben zu können. Ist zu viel Traurigkeit in mir? Kannst Du es mir sagen? Der Mensch, den ich kannte, ist nicht mehr da. Den Menschen, für den ich jetzt da sein muss, für den ich Tag für Tag aufstehe (und häufig fällt es mir schwer), diesen Menschen kenne ich noch nicht.

Sonntagnachmittag

Einige Tage sind vergangen, der Brief lag in der Schublade, es fehlte mir die Kraft. Eben ist mir Deine Skizze in die Hand gefallen. Ein Harod scheint wie ein Fixstern darauf. Eines Tages werde ich kommen. Aber jetzt muss ich hier sein, bei Mia. Sie ist ein zartes Kind, knapp 3000 Gramm hat sie bei ihrer Geburt gewogen, aber in ihren Augen kann ich sehen, dass sie stark ist. Sie blickt so neugierig in die Welt.
Manchmal denke ich, eines Tages wird sie die Daten auf dem

Grabstein lesen, und auch sie wird sich fragen, warum? Siehst Du, ich fange schon wieder an, so geht es die ganze Zeit. Wäre Konrad auch gegangen, hätte ich Mia nicht bekommen? Fürchtete er, unsere Bande würden reißen, ich würde ganz im Muttersein aufgehen? Dieses Warum immerzu, es bringt mich um den Verstand. Warum ist er nicht am Leben geblieben? Und sei es nur mir zuliebe. Tun Menschen das nicht füreinander? Füreinander am Leben bleiben? Manchmal fühle ich mich an die Vorlesungen in Anatomie erinnert. Der ständige Versuch treibt mich um, Konrads Leben zu sezieren, es in seine Einzelteile zu zerlegen. Mutter sagt, »die Nerven«. Was ist das nur mit diesen Nerven? Es macht mir Angst, nicht zu wissen. Ich stelle mir vor, im Keller der Rechtsmedizin zu stehen, Desinfektionsmittel können den süßlichen Geruch nicht überdecken, der Obduktionstisch leer und glänzend. Konrad ist gegangen. Er hat die Tür offen stehen lassen. Es zieht kalt herein.

Dabei hätte alles auch gut gehen können. Unsere gemeinsame Reise in die Schweiz, in die Sommerfrische, erst ein Jahr ist das her. Da war er fröhlich. Riss Milchbrötchen in kleine Stücke. Schnürte sie an eine Rute. Angelte Krebse. Ruderte Dodo über den Caumasee. Er hat ihr einen Antrag gemacht, auf dieser Reise, habe ich Dir davon erzählt? Endlich! Endlich hatte er sich das Priestertum aus dem Kopf geschlagen. Immer nur Weihrauch und Beichtstuhl und Monstranz. Dodo konnte lachen wie ein Backfisch (um es in Mutters Worten zu sagen). In diesem Sommer wollten sie heiraten. Stattdessen haben wir ihn zu Grabe getragen. Ihre Eltern waren von Anfang an gegen die Verbindung, sie führen eine Gastwirtschaft in der Nähe von Heidelberg, wünschten sich einen Nachfolger. Kannst Du Dir Konrad hinterm Tresen vorstellen? Besser als in einer Soutane, höre ich Dich sagen. Dann erfuhren sie von seiner Schwermut und haben wohl endgültig versucht, Dodo die Hochzeit auszureden. Wie es ihr wohl ergeht? Ich habe sie seit unserer Reise nicht wiedergesehen.

Mutter rief gerade an, sie lässt Dich grüßen. Sie geht so tapfer durch die Zeit. Manchmal, in stillen Momenten, beobachte ich sie in ihrem Sessel, ihr Blick verliert sich in der Ferne, den Kopf in die Hand gestützt. Auf dem Regal gegenüber, neben dem Bild meines Vaters, steht jetzt eins von Konrad, in Schwarz-Weiß. Es soll nicht sein, dass Kinder vor den Eltern sterben. Aber dann macht sie weiter, geht in den Garten und schneidet die Rosen.
Sie hilft mir sehr mit Mia, hütet das Kind wie ihren Augapfel. Vor wenigen Tagen weinte Mia fürchterlich, ich wusste mir keinen Rat. Doch Mutter ließ sich nicht aus der Ruhe bringen, hielt sie in ihren Händen und strahlte: »Sieh mal, wie kräftig das Kind schreien kann!«
Da hatte ich für einen Augenblick das Gefühl, sie könnte alles vergessen. Das Bild hat Henning gemacht, er ist ganz vernarrt in die Kleine, immerzu betrachtet er sie durch seine Leica. Leider ist er nur selten zu Hause, er schreibt an seiner Dissertation, oft ist er bis spät in den Abend in der Klinik.

21

Ich ließ den Brief sinken, ein leichter Wind ging durch die Blätter des Granatapfelbaums, ihre Schatten schwebten über die hellblauen Bögen. Nahm das Foto aus dem Umschlag. Meine Großmutter saß auf der Terrasse, im Hintergrund die weißen Blendläden, sie hielt mich mit ausgestreckten Armen, eine Hand unter dem Kopf, die andere stützte mein Rückgrat, und sah mich an. Ich schrie wie am Spieß.

Kräftige Lungen, frische Luft und kaltes Wasser.

Das war meine Großmutter. Die am Waschtisch stand, den nassen Lappen über ihre Schulter schlug. Erst rechts. Dann links. Das Klatschen konnte ich bis heute hören. Erinnerte mich an meinen nackten Po in der Kloschüssel, während ich ihr dabei zusah. Auch das Badezimmer konnte ich noch riechen. Sauber roch es dort, nicht rein. Schon damals kaufte meine Großmutter die Seife im Reformhaus.

»Da bist du.« Ich sah Ruth auf mich zukommen. Die Lippen rot, eine enge Jeans betonte ihre schlanken Beine, die Locken fielen ihr über die Schultern. »Darf ich?« Sie zeigte auf den schmiedeeisernen Stuhl neben mir.

»Gerne.«

»Du hast die Briefe mitgebracht«, sagte sie.

»Wie hat sie das nur geschafft?«

»Was meinst du?«

»Meine Großmutter. Uns großzuziehen, Lena und mich, uns trotz allem das Gefühl zu geben, zu Hause zu sein. Pausenbrote zu schmieren, Seepferdchenabzeichen auf den Badeanzug zu nähen, Topflappen zu häkeln, Weihnachtskekse zu backen«, sagte ich. Die Sonne war ein Stück gewandert, ich rückte meinen Stuhl zurück in den Schatten, näher an den Baumstamm. »Ich habe sie nie weinen sehen, nicht ein einziges Mal.«

Vielleicht hatte sie mit Schwester Karmelita über ihren Schmerz gesprochen, dachte ich jetzt. Nach dem Tod meiner Mutter hatte sie uns besucht, über Wochen, vielleicht waren es Monate. Wie eine Hebamme, die ins Haus kommt, um nach dem Säugling zu sehen, aber auch nach der Wöchnerin. Schemenhaft erinnerte ich mich an ihre Gestalt, die seltsam deplatziert in dem tiefen Wohnzimmersessel wirkte. Für mich schien ihre Person untrennbar mit den Fluren des Marienhospitals verbunden. Manchmal schloss sich die Tür zum Wohnzimmer, sie stand sonst immer offen; wenn ich hereinstürmte, verstummte das Gespräch. Im Rückblick kam es mir vor, als hätte die Uhr im Flur lauter getickt, wenn Schwester Karmelita da war. Zum Abschied machte sie uns Mädchen mit dem Daumen ein Kreuzzeichen auf die Stirn.

»Sie hat einfach nicht aufgehört«, sagte Ruth.

»Womit?«

»Nicht aufgehört weiterzumachen.« Sie sah mich aus ihren dunkelbraunen Augen an. »Ich denke inzwischen, es ist nicht der eine große Kraftakt, mit dem wir das Leben meistern. Es sind die täglichen leisen Anstrengungen, die zählen.«

»In den Garten gehen und Rosen schneiden.«

»Auch das.«

»So werde ich sie immer vor mir sehen, im Beet stehend, mit Gummihandschuhen, altrosa, und der Rosenschere. Der Garten war ihre Zuflucht«, sagte ich. »Die Rosen hat sie gehegt und gepflegt bis zum Ende, bis sie das Bett nicht mehr verlassen konnte.«

»Die Geschichte einer großen Liebe.«

»Die kennst du?«

»Sicher. Deine Mutter hat sie mir erzählt, sie war eine große Romantikerin. Der Heiratsantrag deines Großvaters …«

»… mit einem Gardinenring und einem Rosenstock. Außerdem hat er zuerst sie gefragt, nicht ihre Eltern, wie es damals üblich war.«

»Dieses Detail ist mir neu.«

»Doch, das hat sie oft erzählt. Erst ein paar Tage später hat er bei ihren Eltern vorgesprochen, ist vor Aufregung über den Läufer in der Diele gestolpert. Davon hat sie mit Wonne gesprochen.« Ich lachte. Wonne, das war so ein typisches Wort meiner Großmutter. »Es war ihre kleine Rache.«

»Wofür?«

»›Na, Fräulein, das ist wohl Ihr erster Ball.‹ Das waren seine ersten Worte, als er sie beim Medizinerball kennenlernte. Und er hatte recht: Es war ihr erster.« Ich blickte in den Garten, der über Holzterrassen angelegt war. Am Rand wuchs eine Stechpalme, deren Zweige in hellgrüner Blüte standen, ihre Schatten fielen auf die Mauer. Sonne schien auf eine Skulptur, ließ die Bronze leuchten. Eine Frau, ein offenes Buch auf den Knien, zwischen Klebsamen und Fetthenne in die Lektüre vertieft. »Früher bin ich oft zu ihr gegangen, wenn sie in den Beeten war. Die goldgelbe Rose mit rotem Rand war mir die liebste, im Laufe des Sommers bleichte sie aus, bis sie blassgelb war mit rosa Rand. Ihren Duft aber verlor sie nie.« Ich spürte einen Stich, Sehnsucht nach Neni, ihrem selbstverständlichen Dasein. »Gloria Dei.«

»Gloria Dei?«

»So heißt die Rose.«

»Die dein Großvater ihr geschenkt hat?«

»Ich habe sie nie gefragt. Es stand immer für mich fest, dass es seine Rose war«, sagte ich. »Zum Schluss hat sie häufig von meinem Großvater erzählt, dass er an der Front war, sie oft wochenlang kein Lebenszeichen von ihm erhielt. Eine Zeit lang hat sie im Marienhospital gewohnt.«

»Warum eigentlich?«

»Über der Stadt gab es Luftangriffe, mein Großvater wollte wohl nicht, dass sie allein zu Hause blieb, zumal sie gerade schwanger mit Konrad war. Sie lebte bei den Schwestern ›unterm Dach juchhe‹, half in der Zentralküche. Sie war froh, in den Kriegstagen nicht untätig rumsitzen zu müssen«, sagte ich. »Und dann kam diese Bombennacht im Juni 1943. Auf einmal erzählte sie davon, ich hatte sie zu einem Termin im Krankenhaus begleitet, wir saßen im Warteraum der kardiologischen Abteilung, da sagte sie plötzlich, sie habe nicht zu ihm gekonnt. Das kam zum Schluss häufiger vor, plötzlich stellten sich Erinnerungen ein, als wollten sie sich noch einmal zeigen. Vielleicht auch weil die Kraft nachließ, sie zu verdrängen. Sie sagte, es sei kurz nach Konrads Geburt gewesen, er habe auf der Säuglingsstation gelegen, und eine Bombe habe den Ausgang der Küche verschüttet, der Schutt habe sie mit einigen anderen Schwestern und Lehrköchinnen im Keller eingeschlossen.«

»Grauenvoll.«

»Schwester Martha hat schon die Sterbegebete gesprochen. Drei, vier Stunden müssen sie in der Küche festgesessen haben. Das Wasser stieg, reichte ihnen bis zu den Knien. Der Holztisch schwamm, erzählte sie, auch die Isolierkannen, die darauf gestanden hatten. Während von der Decke die Flammen schlugen. Der Hausmeister, ich glaube, Lahn hieß er, fand sie schließlich und half ihnen, durch ein Loch hinauf in den Hof zu klettern«, sagte ich. »Später fiel mir ein, dass wir ihn zu Weihnachten immer besuchten. Ihm Wein und Spritzgebäck brachten, auch noch, als er im Franziskushaus, im Altenheim an der Ruhr, lebte und uns schon lange nicht mehr erkannte.«

Andere Gäste kamen, ich beobachtete, wie sie mit einem Ausdruck dankbaren Staunens in den Garten traten, einen Platz im

Schatten suchten, bei Nurit ihre Bestellung aufgaben. Ein friedlicher Ort. Irgendwann wollte ich ihn David zeigen.

»Konrad muss ein Junge gewesen sein, vielleicht fünfzehn oder sechzehn, da verbot Neni ihm, ein bestimmtes Buch zu lesen«, sagte ich. »Sie war der Meinung, dafür sei er noch zu jung.«

»Klingt nach deiner Großmutter.«

»›Woher willst du wissen, wie alt ich werde‹, soll er gesagt haben. Das hat sie in ihren letzten Jahren sehr beschäftigt.«

Nurit kam, brachte zwei Flaschen Wasser, erinnerte uns, bei der Hitze viel zu trinken. Ich nahm den Brief, der offen auf dem Tisch lag.

»Hattest du Angst, du könntest Yoav oder Roni nicht genug lieben?«

»Nein, aber ich habe mit der Geburt keinen Menschen verloren«, sagte sie. »Du warst ihr erstes Kind, und sie hat lange auf dich gewartet. Sie wollte alles richtig machen. Schon in der Schule, sie hatte einen hohen Anspruch an sich selbst. Sie wollte dich aus vollem Herzen lieben.«

»Und plötzlich war ihr Herz leer«, sagte ich. »Wie war es bei dir?«

»Ich war damit beschäftigt, Roni und Yoav vor dem Kinderhaus zu bewahren. Im Kibbuz trennte man damals Eltern und Kind nach vier Tagen. Familienleben war nicht vorgesehen. Die Erwachsenen sollten sich ganz auf Arbeit und Gemeinschaft konzentrieren«, sagte Ruth. »Wie eine Löwin habe ich für meine Söhne gekämpft. Ich war der festen Überzeugung, dass ein Kind bei seiner Mutter sein muss. Nicht nur zwei Stunden am Nachmittag, wie es damals üblich war. Vermutlich hatte auch ich eine verschwommene Vorstellung davon, dass eine Mutter einem alles geben muss, was man zum Leben braucht. Vor allem Urvertrauen. Das war die gängige Auffassung. Wenn das fehlt, ist die Mutter schuld. Dann ist sie gescheitert.«

»Würdest du es heute anders machen?«

»Nein.« Sie schüttelte den Kopf. »Aber ich würde nicht mehr so dogmatisch argumentieren.«

»Wenn sie auch so dachte, wurde es vermutlich eng«, sagte ich. »Eigenartig, dass die Vorstellung, wie etwas zu sein hat, uns dermaßen unter Druck setzen kann. Es ist doch nicht das Leben selbst. Ist es das Bild, das man selbst entwirft, oder das Bild der anderen?«

»Vermutlich beides. Jeder ist ein Kind seiner Zeit. Vielleicht sind einige Menschen unabhängiger, haben einen größeren inneren Spielraum«, sagte Ruth. »Aber den wenigsten ist wohl ganz egal, was die anderen denken.«

»Vielleicht hatte sie auch Sorge, sie könnte ihre Traurigkeit an mich weitergeben. Ich könnte sie mit der Muttermilch aufsaugen.«

Ruth sah mich an. »Und, hast du?«

»Manchmal fühlt es sich so an. Als sei die Traurigkeit eine Melodie, die mein Leben begleitet. Mal ist sie lauter, nicht zu überhören. Mal leiser, aber ich weiß, sie ist da, ich muss nur genau hinhören«, sagte ich. »Und dann gibt es Momente, in denen denke ich, jetzt geht es auch bei mir los. Dann habe ich das Gefühl, in einem großen Haus zu sein, alle Zimmer hell erleuchtet, nur ich sitze in einer dunklen Kammer und komme da nicht raus.«

»Sperrt dich jemand ein?«

»Ich sperre mich selbst ein.«

»Und was holt dich da wieder raus?«

»Ich will wissen, was da draußen los ist«, sagte ich. »Wissen, wie es weitergeht.« Mir fiel eine Szene auf dem Friedhof ein, nach der Beerdigung meiner Mutter, ich hatte lange nicht mehr daran gedacht. Wir waren zum Parkplatz gelaufen, und diese Frau sah mich an, vielleicht eine Kollegin meines Vaters, ich erinnere mich nur daran, dass sie ihre Haare streng zurückfrisiert hatte, zu einem Dutt geschlossen. Jedenfalls strich sie mir über den Kopf und fragte mit einem unterdrückten Seufzen in der Stimme: »Wie soll es denn jetzt mit dir weitergehen?« Ich erinnerte mich, dass mir für einen Moment der Atem stockte. Es klang weniger wie eine Frage als eine Feststellung. Dabei hatte ich bis dahin keinen Zweifel, dass es weitergehen würde. Auch mit mir. Die Frau mit dem Dutt habe ich nie wiedergesehen.

»Wie was weitergeht?«, fragte Ruth.

»Mein Leben.« Über uns, in der dichten Baumkrone, raschelte es, ein Vogel schien sich auf einem Ast niedergelassen zu haben, rote Blüten fielen auf unseren Tisch. »Früher habe ich manchmal gedacht, das verzeihe ich ihr nie. Ich wollte so gerne sein wie alle anderen. Mich auf die Sommerferien freuen, den Kofferraum packen, voll bis obenhin, und drei Wochen nach Frankreich fahren. Mich auf den Passstraßen koddrig fühlen und ›La mer‹ ins Kassettendeck schieben. Auch wenn es peinlich war, mit den Eltern zu singen. Es war genau das Leben, nach dem ich mich sehnte. Stattdessen verbrachten wir die großen Ferien in Sankt Märgen, einem Luftkurort im Schwarzwald. Meine Großmutter hielt mehr vom Wassertreten als von Sandburgen. Sollte ich am ersten Schultag erzählen, dass ich spazieren gegangen war?«, fragte ich. »Je älter ich wurde, umso mehr habe ich geschwiegen. Die Geschichte war ein Partykiller. Danach will keiner mehr mit dir Blues tanzen. Selbst wenn ›Reality‹ läuft.«

Ich faltete den Brief zusammen, steckte ihn zurück in den Umschlag.

»Einfach ganz normal sein. Das war es, was ich mir immer gewünscht habe. Leben, wie normale Familien leben.«

»Was ist schon eine normale Familie?«

»Eine, in der sich keiner umbringt.«

»Das kann in jeder Familie passieren.«

»Trotzdem sucht man nach Gründen, auch die anderen Menschen tun das. Nach dem Motto: Da muss doch irgendetwas sein. Haben sie dieses Irgendetwas erst einmal gefunden, müssen sie wenigstens nicht fürchten, dass ein solches Unglück über ihre Familie kommt.«

»Und wenn es diese Gründe nicht gibt?«, fragte Ruth. »Vielleicht gibt es bei einem Selbstmord keine schlüssige Erklärung.«

Ich spürte, wie sich Widerstand in mir regte. So leicht würde ich mich nicht zufriedengeben. Wohl auch, weil mir die Frage nach dem Warum eine gewisse Sicherheit gab, vielleicht sogar Zuversicht. Wenn es eine Frage gab, dann musste es eine Antwort geben. So hatte ich es gelernt. Im Radio war Schweigen Sprachlosigkeit. Ein Zeichen von Schwäche. Wenn es aber eine Antwort gab, hatte ich eine Strategie. Dann würde ich zu vermeiden wissen, dass mir geschah, was meiner Mutter geschehen war, meinem Onkel. Insgeheim führte ich schon jetzt eine Checkliste. Ich hatte zu Ende studiert. Anders als meine Mutter. Ich hatte einen Beruf, der mir Freude machte, mir Struktur gab. Ich war nicht in meine Heimatstadt zurückgekehrt. Ich würde nicht im Marienhospital entbinden, in demselben Krankenhaus, in dem ich zur Welt gekommen war. Wenn überhaupt. »Ich will wenigstens die Umstände kennen, will wissen, wie sie gelebt hat«, sagte ich schließlich.

Ruth legte ihre Hand auf meinen Oberschenkel. »Wissen allein wird dir nicht helfen.«

»Sondern?«

»Was wünschst du dir denn?«

In meiner Kehle bildete sich ein Kloß. »Dass die Zukunft offen ist«, sagte ich, »dass ich mein Schicksal selbst in die Hand nehmen kann.«

»Sieh dich doch an«, sagte sie. »Das machst du schon dein Leben lang. Und du machst das so gut.« Ich spürte, dass sich meine Augen mit Tränen füllten. »Aber alles kannst du nicht selbst bestimmen, Mia. Ein bisschen darfst du dem Leben auch vertrauen.«

Sie nahm meine Hand. »Komm, wir sehen uns die Ausstellung an.«

Im Museum war es angenehm kühl, das Licht der mediterranen Sonne drang gedämpft durch milchige Oberlichter. Wir gingen durch drei länglich geschnittene Räume, die über wenige Stufen verbunden waren. Vor der Stirnseite des hinteren Raumes blieben wir stehen. Auf einer großen Leinwand lief ein verschwommenes Schwarz-Weiß-Video, vermutlich eine Installation von Fischli und Weiß. Konservendosen schepperten, fielen schicksalsergeben ineinander, ließen Funken sprühen, eine Schnur zündete. Eine Wippe senkte sich auf die andere Seite, das gleichmäßige Rollen eines Balls. Abgesehen davon war es still im Museum. Es tat gut, Ruth an meiner Seite zu spüren, ich war gerne mit ihr zusammen, die Vertrautheit zwischen ihr und meiner Mutter schien auf uns überzugehen.

»Es muss Spaß machen, so ein Experiment zu bauen, es ist ein bisschen wie Gott spielen. Das eine führt zum anderen.« Mein Blick folgte dem Lauf der Dinge. »Ist es im Leben auch so?«

»Dass Gott das Schicksal bei deiner Geburt besiegelt?«

»Gott oder Gene.«

»Nein, das glaube ich nicht«, sagte Ruth. »Sicher, uns widerfahren Dinge, die wir nicht ändern können. Was wir aber ändern können, ist die Interpretation dessen, was uns geschieht. Das ist das Entscheidende. Es ist unsere Möglichkeit, der Ohnmacht zu begegnen.« Sie sah mich an. »Kennst du die Geschichte vom guten und vom bösen Wolf?«

»Nein.«

»Eine Studentin fragt Shimon Peres nach der Zukunft im Nahen Osten. ›Die Zukunft‹, sagt Peres, ›ist wie der Kampf zweier Wölfe. Der eine ist der böse, ist Gewalt, Furcht und Unterdrückung. Der andere ist der gute, ist Frieden, Hoffnung und Gerechtigkeit.‹ ›Und welcher Wolf gewinnt?‹, fragt die Studentin. Peres antwortet: ›Der, den du fütterst.‹«

22

Uri verließ das Haus meist vor uns, er war bei einer Hightechfirma in Afula beschäftigt. Soweit ich es verstanden hatte, stellten sie Chips her, die man Pflanzen auf den Feldern einsetzte und die anzeigten, welche Nährstoffe diese brauchten. Ich begleitete Ruth morgens ins Atelier und arbeitete an einer Collage. Früher, auch noch während des Studiums, hatte ich mich häufig tagelang in mein Zimmer zurückgezogen. Hatte geschnitten, geklebt und gezeichnet. Dann kam die Magisterarbeit, die vielen Praktika, der erste Job. Zeit und Ruhe waren mir abhandengekommen.

Das Licht war noch mild um diese Zeit des Tages. Eine friedliche Wohnsiedlung. Die meisten Häuser waren eingeschossig, einfach gebaut, Klimaanlagen, Gasflaschen und Satellitenschüsseln standen in den Vorgärten, verschwanden hinter üppiger Bougainvillea, Oleanderbüschen und Sommerflieder.

Wir gingen die Treppen rauf zum Atelier, die Tür war nicht abgeschlossen, Ruth schaltete das Licht an. Ich wollte eine Arbeit zu dem Traum machen, den ich vor einigen Wochen in Ein Harod hatte. Das Bild vom Walfisch war hartnäckig geblieben.

In der Bibliothek des Museums hatte ich eine hebräische Bibel gefunden. Das Buch Jona. Seine Berufung und seine Flucht vor Gott. Er hatte sich geweigert, nach Ninive zu gehen, dort zu predigen, stattdessen war er im Hafen von Jaffa an Bord eines Schiffes gegangen. Da sandte der Herr einen Sturm aufs Meer, und die Schiffsleute warfen Jona über Bord.

»Aber der Herr ließ einen großen Fisch kommen, Jona zu verschlingen. Und Jona war im Leib des Fisches drei Tage und drei Nächte«, so stand es in der Bibel geschrieben.

Ich machte Kopien der Textstelle in verschiedenen Größen und Schattierungen, legte sie auf einen dünnen Bogen weißer Pappe und strich mit einem in Lavendelöl getränkten Fetzen Stoff über die Rückseite, bis sich die Druckerschwärze auf der Pappe abzeichnete.

Ruth stand auf der Leiter. Sie arbeitete weiter an den Schienennetzen, die sie inzwischen »Mental Maps« nannte. Der Geruch von Farbe mischte sich mit dem von Lavendel. Es war schön, zusammen zu arbeiten, ich genoss die konzentrierte Ruhe.

»Uri hat angeboten, an deinem Geburtstag zu grillen«, sagte Ruth.

»Das würde er machen?«

»Wollen wir Gäste einladen?«

»Eine lange Tafel im Garten«, sagte ich, »ja, das gefällt mir.«

Es musste der Abend des 28. Mai gewesen sein, ich stand im Elternschlafzimmer, im Haus meiner Kindheit. Fast konnte ich den Flokati-Teppich unter meinen Füßen spüren, meine Zehen gruben sich in die weiche Wolle, Tränen liefen über mein Gesicht.

»Warum weinst du denn?«, hatte meine Mutter gefragt.

»Weil ich gleich nicht mehr Geburtstag habe.«

Immer war es ein besonderer Tag gewesen. Ich musste nicht in den Kindergarten, stattdessen machten wir einen Ausflug. In den Duisburger Zoo oder den Märchenwald nach Altenberg, ich saß auf der Rückbank des dunkelblauen Käfers, den meine Mutter inzwischen übernommen hatte. In der Vase auf dem Armaturenbrett ein Buschröschen aus dem Garten. Wenn sich unsere Augen im Rückspiegel trafen, hatte ich mich unverwundbar gefühlt.

Ich tunkte den Lappen noch einmal in das Öl, fuhr damit über die Kopien, dachte an meinen Traum, einen Groschen mit dem Eichenzweig auf der Rückseite.

Was kann man dafür kaufen?

Fühlte ihn in meiner Hand, die ich in meiner Vorstellung kleiner werden ließ, hielt die Münze darin wie einen Schatz. Steckte sie vielleicht in einen Kaugummiautomaten, vielleicht hing er an dem Kassenhäuschen des Märchenwaldes, spürte den klobigen Griff in meiner Hand. Drehte fest daran.

Auf dem Tapeziertisch hatten sich inzwischen einige Bögen Papier gesammelt, ich trat einen Schritt zurück. Langsam, eigenen Gesetzen folgend, fanden die Teile zueinander. Mit Bleistift skizzierte ich einen Wal.

»Verrate dein Schicksal und siehe, wie lange es dauert, bis du im Sturm ertrinkst«, hörte ich Ruth hinter mir sagen. Ich drehte mich zu ihr. »Jonas Geschichte«, sagte sie. »Nurit hat sie mir immer wieder erzählt in den ersten Jahren hier in Ein Harod. Sie wurde nicht müde, mich zu ermutigen, mein Atelier, meine Arbeit zu verteidigen.« Ruth nahm einen Fetzen Stoff, wischte ihre Finger daran ab. »Komm, wir gehen einen Moment raus, an die Luft.«

Wir setzten uns auf die Stufen vor ihrem Atelier. Um diese Zeit war es dort noch schattig. Nur das Grunzen der Schweine, das Blöken der Kühe war zu hören. Es roch nach Vieh.

»Kanntest du meinen Onkel Konrad eigentlich?«

Sie nickte, lächelte. »Du lässt nicht locker.«

»Nein, es ist nur, kannst du mir etwas von ihm erzählen, etwas Schönes? Seit ich die Nachricht in der Zeitung gelesen habe, sehe ich nur den einsamen Mann am Bahnsteig.«

»Futter für den guten Wolf?«

»Sozusagen.«

»Habt ihr zu Hause nicht über ihn gesprochen?«

»Kaum«, sagte ich und trug zusammen, was ich über ihn wusste. Viel war es nicht. Er rauchte Pfeife. Wollte Priester werden, bei den Jesuiten. Dann aber studierte er Soziologie in Heidelberg. Weil Sozialstrukturen keine Frage des Glaubens waren. Lernte an der Uni Dodo kennen. Königsberger Klopse aß er für sein Leben gern (wie es meine Großmutter formulierte). In seinem Portemonnaie trug er eine Münze der Wallfahrtskirche in Werl und einen Zettel mit dem Namen der Menschen, für die er beten wollte. Aber das war es auch schon. »Früher habe ich mir das ewige Leben immer so vorgestellt, dass ein Mensch so lange lebt, wie man über ihn spricht. Solange es auf der Welt jemanden gibt, der sich an ihn erinnert.« Ich lachte, die glänzenden Augen meiner Großmutter vor Augen. »Von ›meinem Kurt‹ sprach sie häufig. Auch den doppelten Ehering trug sie bis zu ihrem Tod. Und darüber hinaus. Wir haben den Ring mit ihr beerdigt.«

Der Gestank der Schweine verflüchtigte sich für einen Augenblick, die Ställe verblassten, die Hitze zog sich zurück, während ich ein paar Zentimeter schrumpfte, zu dem Mädchen auf dem Friedhof wurde, das neben meiner Großmutter stand. Ich betete das Vaterunser, gleich darauf das Ave-Maria, das ich schon vor dem Kommunionsunterricht auswendig konnte. Sah die Zahlen auf dem Würfel und rechnete. In meinem Kopf sortierte ich die Jahreszahlen in vier Kästchen wie in meinem Matheheft, subtrahierte das Jahr der Geburt vom Jahr des Todes. 46 Jahre für meinen Großvater, 30 für meinen Onkel Konrad, 35 für meine Mutter. Ich spürte ein leichtes Ziehen im Unterleib, es hatte mich auf dem Friedhof häufig begleitet, auch an die Krämpfe erinnerte ich mich und die Blässe, die ich in meinem Gesicht spüren konnte. Jener Nachmittag, es musste Winter gewesen sein, vielleicht November, ich konnte nicht an mich halten, schlug mich zwischen den Gräbern in die Büsche und erbrach mich in das vereiste Gras. Meine Großmutter, die mir ihr gutes Taschentuch reichte.

»Merkwürdig«, sagte ich. »Wir sind so oft zum Grab gegangen, aber wir haben nie gesprochen, auch über die Verstorbenen nicht, wir haben immer nur gebetet. Kerzen in den roten Plastikbechern angezündet und Hortensien gegossen. Im Grunde haben wir sie totgeschwiegen.«

»Hast du gefragt?«

»Schon, immer mal wieder, ich weiß gar nicht genau. Aber irgendwann war es einfach so, ich bin damit aufgewachsen. Und meine Großmutter schien nicht gerne darüber zu sprechen«, sagte ich. »Wie man als Kind eben glaubt, man werde nicht gesehen, wenn man sich die Augen zuhält.«

»Unterschätze nicht das Kind, das du warst«, sagte Ruth. »Auch tote Götter regieren.«

Ich legte meine Handkante auf die Stirn, um die Sonne auszublenden, und sah Ruth an. »Weißt du, jetzt, wo wir die Mendelstraße auflösen, frage ich mich, wie sie dort wohnen konnte, wie sie mit uns dort wohnen konnte …«

Ruth war mir in Gedanken gefolgt. »Es war auch das Haus, das sie mit deinem Großvater gebaut hat«, sagte sie, sah mich an. »Aber warst du nicht auf der Suche nach einem schönen Bild, wolltest du nicht etwas über Konrad wissen?«

Ich nickte.

»Er war lebenslustig.« Ruth überlegte. »Sehr humorvoll, wenn er in Gesellschaft war. Er hatte einen scharfen Verstand, es war schwer, ihn von etwas zu überzeugen. Er hat jedes Argument zerpflückt, aber auf spielerische Art, aus Freude am Denken. Ein Anarchist im intellektuellen Sinne. Und immer den Menschen zugewandt.« In der Ferne war das Mähen eines Dreschers zu hören, Kinderstimmen mischten sich hinein, die Schule machte wohl gerade Pause. »Bei unserem letzten Treffen kam er nach Düsseldorf zu einem der Rundgänge an der Akademie. An dem Nachmittag trafen wir Beuys auf dem Flur. Er lehrte damals dort«, sagte Ruth. »Später, es dämmerte schon, sind wir am Rhein spazieren gegangen. Frag mich nicht, warum, aber ich erinnere mich, dass wir über den Rasierspiegel im Portal des Kölner Doms sprachen. Das war Thema damals an der Akademie. Beuys hatte ihn nach dem Krieg dort eingebaut. Das gefiel Konrad.«

»Warum?«

»Der Spiegel war nicht mehr das Stückchen Glas, in dem man morgens Bartstoppeln sah. Stattdessen spendete er Licht, brachte das Kapitelkreuz im Domportal zum Leuchten.« Ruth strich eine Locke zurück, die ihr ins Gesicht gefallen war. »Es muss Januar gewesen sein, die Rundgänge fanden gewöhnlich zum Ende des Wintersemesters statt, Konrad trug einen dicken Wollmantel, ein erster Ansatz von Geheimratsecken in seinen kurz geschnittenen Locken, immer wieder blieb er stehen, um einen Gedanken zu formulieren, die Hände in die Taille gestemmt. Die Idee, mit gewohnten Sichtweisen zu spielen, sie zu enttäuschen, das gefiel Konrad. Ich sehe noch die Frachter hinter ihm über den Rhein fahren, ihre Positionsleuchten, die über den dunklen Fluss glitten.« Sie machte eine Pause. »Er war so anders als Uri.«

»War da was zwischen euch?«

Sie sah mich unschlüssig an, dann war der Moment wieder vorbei.

»War er dir zu schwermütig?«

»Nein«, sagte sie und stutzte. »Das war es nicht. Wie kommst du darauf?«

»Nur so.«

»Er war der große Bruder meiner besten Freundin. Ich habe immer für ihn geschwärmt, aber Konrad war eher ein Spätzünder, Frauen gegenüber zurückhaltend.«

»Er wollte Priester werden.«

»Wir sind an dem Abend noch was trinken gegangen, ich wollte ihm das Creamcheese zeigen, hast du davon gehört?«

»Die Künstlerkneipe in der Altstadt?«

»Es war weniger eine Kneipe, eher ein Happening. Viele Künstler, die heute bekannt sind, gingen dorthin. Günther Uecker, Gerhard Richter, Blinky Palermo. Es sollte so sein wie The Dom, die Bar, die Andy Warhol in New York eröffnet hatte. Das war eine wilde Zeit damals. Männer mit Koteletten, die sich über ihre Wangen zogen, Frauen mit dick geschminkten Smokey Eyes. Und Katharina Sieverding hinter der Theke. Ich war nicht sicher, ob Konrad der Laden gefallen würde. Es war laut, man konnte sich kaum unterhalten, aber die Musik war gut. Pink Floyd, Deep Purple, der frühe Frank Zappa, solche Sachen spielten die da. Irgendwann haben wir das Reden aufgegeben, ließen die elektrischen Gitarren wummern und tranken Alt. Konrad kam mir auf einmal so anders vor, plötzlich war er nicht mehr der große Bruder, der brave Theologiestudent, er tanzte, sein weißes Hemd war durchgeschwitzt. Und auf einmal küssten wir uns.«

»Das Bild gefällt mir besser.«

»Am Morgen danach war ich beseelt, aber auch vollkommen verwirrt. Wir kannten uns doch schon so lange.«

»Und Konrad?«

»Zog sich zurück. Damals hat mich das gekränkt, aber heute denke ich, er wusste einfach nicht, wie ihm geschah. Wie du schon sagst, er wollte Priester werden. Und über Sex sprach man nicht, in eurer Familie schon gar nicht. Vielleicht war es ihm auch peinlich.«

»Gut möglich«, sagte ich, erinnerte mich an meine eigene Pubertät. »Neni war die beste Kindermutter, die man sich wünschen konnte, aber gänzlich überfordert damit, einen Teenager über seine Hormone aufzuklären.«

»Und dann tauchte Uri plötzlich auf, besuchte mich in Düsseldorf.«

»Hast du Mama davon erzählt?«

»Nein«, sagte Ruth. »Ich wollte es wohl für mich behalten. Und sie war so stolz auf ihren großen Bruder, er war sehr charmant, auch ihr gegenüber, sie strahlte neben ihm. Genoss seine Aufmerksamkeit. Tief in ihrem Herzen war sie vielleicht glücklich, dass er keine Freundin hatte. So hatte sie zwei Männer.«

Im hohen Gras neben den Stufen beobachtete ich einen Schmetterling, der Nektar aus einer Blume saugte, die so gelb war wie er.

»Kanntest du Dodo?«

»Nein, Konrad hat sie erst in Freiburg kennengelernt, das war ein, zwei Jahre später. Da war ich schon zurück in Israel. Für sie muss es auch furchtbar gewesen sein. Als sie die Verlobung löste, war er am Boden zerstört. Er setzte sich auf eine Bank an der Ruhr, ließ sich einschneien. Den Ring trug er in seiner Manteltasche.«

»Er hätte um sie kämpfen können.«

»Dazu fehlte ihm wohl die Kraft, auch das Selbstvertrauen, er war bereits angeschlagen«, sagte Ruth. »Er hatte das Priestertum aufgegeben, das war ein riesiger Schritt, er musste noch einmal von vorne anfangen. Andere Männer in seinem Alter verdienten schon Geld. Ich hoffte, er würde in der Soziologie eine neue Heimat finden, anfangs war er so begeistert, voller Wissensdurst.«

»Du hast viel über ihn nachgedacht.«

»Ich mochte ihn sehr.«

»Das muss kurz vor meiner Geburt gewesen sein.«

»Da kam alles zusammen«, sagte Ruth. »Du hast auf dich warten lassen, dich ein wenig geziert, sie haben lange probiert. Dann spürte deine Mutter dich endlich in sich, ihre Freude war riesengroß.«

»Ob sie Schuldgefühle hatte?«

»Es gab keinen Grund.«

»Sie war glücklich«, sagte ich. »Hätte es sein können.«

23

David rief an, während ich am nächsten Morgen ins Café Bickels ging, um die Briefe weiterzulesen. Er hatte Shiri in den Kindergarten gebracht, war in seiner Klosterzelle, um die Ausrüstung für den Dreh in der Negev zu packen. Ich freute mich, seine Stimme zu hören. Mehr als das. Alles in mir fand zur Ruhe. Das Telefon am Ohr setzte ich mich auf eine Bank am Rand des Basketballfeldes unter eine Zeder im Schatten.

»Ich habe nachgedacht«, sagte er, als sei er zwischen den großen Taschen, zwischen Kamera, Kabeln, Objektiven und Filtern, zu einer wichtigen Erkenntnis gekommen. »Du bist ein Mensch, der viel geben kann.«

Ich schwieg in die Leitung, wollte gerade ansetzen, mich zu bedanken.

»Einen Augenblick bitte …«, sagte er. »Der Satz ist noch nicht zu Ende.«

»Aber …?«

»Kein Aber«, sagte er. »Ich wollte nur sagen, du kannst geben und nehmen. Das ist selten.«

Es folgte ein Moment der Stille. Dann legte er auf.

Ich blieb sitzen, sah zwei Jungen zu, die Körbe warfen. Sie waren vielleicht dreizehn oder vierzehn Jahre alt, groß und schlaksig, verständigten sich schweigend. Hielten den Ball vor die Brust, die Arme zur Seite angewinkelt, den Blick konzentriert auf den Korb gerichtet. Gingen in die Knie, warfen ab, trippelten weiter. Fingen wieder von vorne an. Würden diese Stunden auf dem Basketballfeld irgendwann ineinanderfließen, zu einem Gefühl der Kindheit werden? Oder würde ein Nachmittag herausgehoben, weil etwas Besonderes geschah? Vielleicht ein Mädchen am Spielfeldrand, ein anvertrautes Geheimnis oder ein unerwarteter Raketenalarm.

Ich dachte an die Sommer mit Johanna. Auch sie war häufig bei ihrer Großmutter gewesen, die Eltern hatten sich getrennt, da war sie acht, neun Jahre alt. Ich erinnerte mich an das Gartentörchen, das meine Großmutter in den Zaun zwischen unseren Häusern hatte schneiden lassen. Oft fuhren wir mit den Rädern ins Freibad, ketteten sie an den Jägerzaun, kauften für zwei Groschen eine Eintrittskarte und überließen die Nachmittage getrost sich selbst. War es heiß, gingen wir ins Wasser, wanderte die Sonne, rückten wir die Handtücher in den Schatten der ausladenden Eiche. Wir tranken Flöckchen-Limonade, aßen Pommes rot-weiß, radelten schließlich mit der untergehenden Sonne nach Hause.

Inzwischen sahen wir uns selten, obwohl wir beide in Berlin lebten. Wenn ich abends aus dem Studio kam, war Johanna meist am Theater oder bei Karl, ihrem Partner. Aber wir wussten umeinander. Es gab eine Nummer, die wir Tag und Nacht wählen, einen Küchentisch, an den wir uns setzen konnten, wenn wir eine Klausur verpatzt hatten, unter Lampenfieber oder Liebeskummer litten. Als meine Großmutter im Sterben lag, stieg Johanna in den Zug und holte mich am nächsten Morgen im Marienhospital ab. Gemeinsam gingen wir zum Bestatter, suchten einen Sarg aus und das hellblaue Seidenkleid, das meine Großmutter tragen sollte. Bis spät in die Nacht saßen wir in dicke Wolldecken gehüllt auf der Terrasse und redeten.

Der Basketball rollte in meine Richtung, ich gab ihm einen kurzen Tritt, die beiden Jungen hoben die Hand zum Dank. Ich dachte an meine Gespräche mit Ruth, das Gefühl von Heimat, das sich gleich zu Anfang eingestellt hatte. Warum war meine Mutter nicht zu ihr, nach Ein Harod gekommen? Hatte sie Ruth um Hilfe gebeten, ihre Positionsleuchten gesetzt?

Ich nahm den Umschlag mit den Briefen aus meiner Umhängetasche, strich mit dem Daumen über ihre schöne Handschrift. Tatsächlich hatte sie sich im Laufe der Jahre kaum verändert. Was ging in meiner Mutter vor, wenn sie Ruths Adresse auf ein Kuvert schrieb? Zwischen den Briefen, auf dem langen Postweg war sie mit ihren Gedanken allein.

Mir fiel eine Passage ein, meine Mutter musste sie in der Berliner Studienzeit geschrieben haben, ich fand den Brief im Stapel, er datierte vom September 1968, sie hatte Nachtdienst im Kreißsaal gehabt, bei einer schweren Geburt assistiert.

Entschuldige, dass ich mit der Tür ins Haus falle, aber wieder bin ich heute Mittag mit dem Gedanken aufgewacht: Ich muss Ruth davon erzählen. So tief hat mein Hirn Dich abgespeichert, es scheint Dir nachzusehen (im Gegensatz zu mir), dass Du nicht hier bist. Fünf Jahre! Und noch immer sortiere ich meine Gedanken, wie ich in der Waschküche die weiße von der bunten Wäsche trenne, lege einzelne Stücke zur Seite, über die ich später mit Dir sprechen möchte.

Niemand hatte später Ruths Platz eingenommen. Darüber hatte ich bisher nicht nachgedacht. Meine Mutter hatte eine Freundin gehabt. Und das war Ruth gewesen.

***

Im September 1974

Meine liebe Ruth,
meinen herzlichen Glückwunsch zu Deinem Geburtstag. Verzeih, dass er verspätet kommt, aber ich wünsche Dir, dass es ein gutes Lebensjahr werde. Vor allem friedlich. Zwei Kriege hast Du schon erlebt, wie hältst Du das bloß aus? Ach, Ruth, hätte ich Uri nicht gleich in mein Herz geschlossen, ich würde ihm niemals verzeihen, dass er Europa und ein ganzes Meer zwischen uns gelegt hat.
Glaub mir, in meinem Geiste habe ich unendlich viele Briefe verfasst. So viele Abende ging ich ins Bett mit dem Gedanken: Ich schreibe Dir morgen. Aber kaum lag ich im Bett, nahm die Schlaflosigkeit mich in ihren Besitz, eine Nacht um die andere, um mir meine Kraft zu rauben. Beinahe auch den Verstand. Jetzt geht es mir etwas besser, und ich staune über die Macht, die sie besitzt. Kein Mensch vermag mir so viel Angst einzujagen, wie sie es kann. Seit ein paar Wochen aber komme ich nachts ein wenig zur Ruhe, und auch bei Tag schlafe ich viel. (Vielleicht eine Nebenwirkung des Medikamentes, das Henning mir aus der Klinik mitgebracht hat.)
Die Kleine ist wohlauf, wenn sie es könnte, sie ließe Dich grüßen! Sogar einen kleinen Spaziergang haben wir heute gemacht. Ich wage kaum zurückzudenken an jene Tage, an denen ich keinen Boden unter den Füßen spürte, als habe er sich über Nacht entzogen, diese Tage scheinen noch so nah und nur darauf zu lauern, in mein Leben zurückzuschleichen. Glaub mir, es gab Momente, in denen hätte ich mich am liebsten neben die Kleine in das Gitterbettchen gelegt.
Entschuldige, das Telefon klingelte – Mutter rief an, um zu fragen, ob ich mit Mia zum Tee komme.
Ja, um vier Uhr werden wir bei ihr sein, wie fast jeden Nachmittag. Zu unserer Teestunde. Kannst Du Dir das vorstellen? Über Wochen war diese Verabredung der Grund, mich anzuziehen und aus dem

Haus zu gehen. Die Zeit ist so lang, seit Konrad fehlt, wo sie doch früher nie reichte. Ich wünschte, ich wäre in die Wissenschaft gegangen, ich würde dieses seltsame Phänomen erforschen, es unter ein Mikroskop legen und kluge Aufsätze darüber verfassen – denn während jene Stunden ohne Sinn vor mir lagen, erschreckte mich zugleich der Gedanke, den Geschirrspüler zu öffnen. Jetzt bin ich dankbar, nur weil ich mit leichter Hand Teller und Tassen in den Schrank räume, Gabel und Messer in die Schublade.
Die brennende Neugierde darauf, was der Tag mir bringt. Sie ist verschwunden.
»In der Depression fehlt der Vektor, die Richtung.« Die Worte von Konrads Arzt kommen mir in den Sinn. Das Gefühl dahinzutreiben, ohne Kompass, ohne Ziel.

Von der Straße hörte ich meinen Namen rufen. Ruth hielt mit ihrem Golfwägelchen am Spielfeldrand, grüßte die beiden Jungen und fragte mich, ob ich mit ihr nach Afula fahren wolle. Vor einigen Tagen hatte sie eine Arbeit nach Göttingen verkauft, sie wollte sie zur Post bringen, im Künstlerbedarf Leinwände und Terpentin besorgen.

Ich setzte mich neben sie in den Wagen, gemeinsam fuhren wir ins Atelier, legten die Skizze im DIN-A3-Format zwischen zwei Pappdeckel, schlugen sie in reichlich Luftpolsterfolie und Packpapier ein, wickelten schließlich eine Kordel mehrfach um Länge und Breite.

»Wie ist es, die Briefe zu lesen?«, fragte Ruth, während wir im Auto an den Fischbänken entlang über die Bundesstraße Richtung Afula fuhren.

»Es ist tough«, sagte ich. »Ich lese die Worte, die sie vor vielen Jahren geschrieben hat, habe ihre Schrift vor Augen, und sie wird wieder lebendig. Sie steht in der Küche vor dem Geschirrspüler, liegt am helllichten Tag im großen Ehebett, mir kommt sie verloren darin vor. Ich höre ihre Stimme. Spüre ihre kühle Handfläche, die mir über die Wange streicht. Mit einem Blick, in dem alles liegt. Und dann, immer wieder, ist sie mir so nah, als säße sie am Tisch neben mir, und ich habe das Gefühl, ich könnte sie davon abhalten …«, sagte ich, »… bis mir klar wird, dass ich es nicht mehr kann. Als würde ich aus einem Traum erwachen.«

Sie strich mit der Hand über meinen Oberschenkel. »Lass dir Zeit«, sagte sie. »Du musst nicht alle Briefe auf einmal lesen.«

»Verstehst du, was ich meine?«

»Natürlich«, sagte sie, »ich habe mir doch dieselbe Frage gestellt.« Sie hielt den Blick auf die Fahrbahn gerichtet. »Aber ich war hier, Joav und Roni waren klein, ich hätte nicht einfach meine Koffer packen und nach Deutschland fliegen können.«

»Hast du dir Vorwürfe gemacht?«

»Auch ich habe mich gefragt, ob ich mehr für sie hätte tun können.«

Vermutlich hatte dieses Gefühl mich in meiner Kindheit begleitet, das wurde mir jetzt erst klar. Momente, in denen ich ihre Traurigkeit gewittert hatte. Nach Lenas Geburt war sie immer müde gewesen. Ich hatte versucht, leise zu sein, wenn sie schlief. Hatte mir meine Enttäuschung nicht anmerken lassen, wenn Edda mich vom Kindergarten abholte. Und jeden Abend, wenn sie auf meiner Bettkante saß, hatte ich ihr versichert, wie lieb ich sie hatte, einmal bis zum Mond und zurück.

»Es war eine Krankheit«, sagte Ruth.

»Das hat mein Vater später auch gesagt.«

»Haben sie mit dir darüber gesprochen?«

»Mein Vater war damals nicht sehr präsent. Er hat immer gearbeitet«, sagte ich. »Aber Großmutter hat versucht, es mir zu erklären, den Elefantenschmetterling für mich erfunden. Dort, wo Elefanten ihre Ohren haben, hatte er wunderschöne bunt schillernde

Flügel, aber er war so groß und schwer, dass sie ihn nicht trugen. Ich wollte die Geschichte nicht hören.«

Rechts der Fahrbahn beobachtete ich einen Heißluftballon, er warf seinen Schatten auf die Getreidefelder. Bis Afula waren es noch acht Kilometer.

»War sie bei einem Arzt?«, fragte ich.

»Ich glaube, da hatte sie wenig Vertrauen«, sagte Ruth. »Konrad war eine Zeit lang in Behandlung. Der Arzt hatte ihm wohl gesagt, dass es keine Hoffnung auf Heilung gebe, er lernen müsse, mit der Krankheit zu leben. Diese Vorstellung war für Konrad unerträglich. Für deine Mutter wird es nicht anders gewesen sein.«

»Weißt du, was ich mich frage?«

Ruth sah zu mir.

»War sie vor Konrads Tod ein glücklicher Mensch?«

»Kein Mensch ist immer nur glücklich«, sagte Ruth. »Genauso wenig ist ein Mensch immer nur unglücklich. Die Traurigkeit kommt in Schüben.«

Abends im Bett dachte ich an die Zeilen meiner Mutter, meine Gespräche mit Ruth, fand nicht in den Schlaf.

Ich schickte David eine SMS, fragte, ob wir telefonieren könnten. Er antwortete nicht, und ich setzte mich auf, schaltete die Nachttischlampe ein, nahm den Brief wieder zur Hand.

Manchmal treibt mich die Sorge um, ich könnte meine traurige Seele an Mia weitergegeben haben. Dabei ist sie ein Sonnenschein, vor allem für Mutter. Wirklich, wenn ich sie mit dem Kind beobachte, denke ich, sie ist eine andere. Aber (und das vertraue ich nur Dir an) zuweilen gibt es mir einen Stich. Dann beobachte ich die beiden, wie sie sich gegenseitig zum Lachen bringen. Lacht die eine. Lacht die andere. Selbst wenn ich Mia stille, was mir ohnehin selten gelingt, fühle ich mich außen vor. Bei alledem tut Mutter

ganz unbedarft, dabei war sie es, die mich immer gewarnt hat. »Wenn du Kinder bekommst, Charlotte, keine drei. Drei sind immer zwei gegen einen«, ihr Reden.
Henning ist mir keine Hilfe, er ist selten zu Hause. In der Klinik widmet er sich ganz seinen Patienten, aber mir geht er aus dem Weg. Sein Mitgefühl legt er mit dem Kittel ab. Stumm scheint er mir vorzuwerfen, ich gönne mir eine Weile Traurigkeit. Als hätte ich eine Wahl. Und dann wieder frage ich mich, wo der Mann geblieben ist, den ich geheiratet habe. Mit dem ich durch Paris gestreift bin in jener Nacht, als der Schnee fiel und die Stadt so leise war. Sogar seine Kamera vermisse ich.

Aber ich gebe mir Mühe, genau wie er. Zu Mias erstem Geburtstag hat er mir Karten für die Oper geschenkt, Orpheus und Eurydike, *wir haben sie vor Jahren in Berlin gesehen. Aber der Zauber von damals – verflogen. Jetzt scheint mir, von Anfang an habe eine Drohung über dem Abend gelegen. Wundert mich das? Meine Gedanken waren bei Konrad, sie kamen nicht fort von dort, ein Jahr ist seit seinem Tod vergangen. Ich konnte nicht anders, musste mich nach ihm umsehen. Dabei hatte ich extra ein Kleid gekauft, sehr kurz und sehr bunt, hohe Stiefel, dazu die Handtasche aus schwarzem Lack. Mutter hat sie mir zum Abschlussball geschenkt, erinnerst Du Dich?*
In der Pause lud er mich zu einem Glas Sekt ein, wir aßen einen Krabbencocktail, und später, kaum saßen wir auf unseren Plätzen, stieg die Mayonnaise mir die Speiseröhre hoch. Bis in die Kehle. Ich wusste mir nicht anders zu helfen, erbrach mich in die Tasche. Seine Hand, die mir über den Rücken strich. Mechanisch. Wie man ein Pony streichelt, obwohl man Angst vor Pferden hat. Einsamkeit, die mir bis ins Mark kroch.

24

»Den hast du von deiner Mutter«, hatte meine Großmutter oft bemerkt, wenn mein Magen vor einer Mathe-Klausur oder der Führerscheinprüfung jegliche Zufuhr verweigerte.

Ich legte den Brief auf den Nachttisch, sah meine Eltern in der Oper sitzen, die roten Samtsessel, fast konnte ich den Kammerton hören, den die erste Geige an das Orchester weiterreichte. Bestimmt hatte meine Mutter ihre Nägel lackiert. Ich hatte mich daran nicht sattsehen können. Ihre langen Finger, der feine Pinsel, den sie in den kaminroten Lack tunkte. Sorgfältig Farbe auftrug. Mit den gespreizten Fingern wedelte. Doch immer mischte sich in den Anblick ihrer schönen Hände auch Abschiedsschmerz. Ich wusste, am Abend würde sie mit meinem Vater ausgehen, mich Edda überlassen. Ein vorsichtiger Gutenachtkuss, einen für mich, einen für meine Babypuppe Jule, ihre geschürzten Lippen, um die rote Farbe darauf nicht zu verwischen. Das Stockbett, in dem ich erst allein und später mit Lena geschlafen hatte.

Drehte mich auf die andere Seite, schlüpfte zurück in den Schlafanzug aus hellblauem Frottee, spürte die Vaseline in meinem Gesicht, sah mich in meinem Kinderzimmer um. Roch ihr Parfüm, von dem ich inzwischen wusste, dass es »Bois des Iles« hieß. Die Regale, deren Kanten kanariengelb gestrichen waren, mein Sommerkleid mit der Schleife im Rücken, das auf einem Bügel daran hing. Die Vorfreude, es am nächsten Tag tragen zu dürfen. Die vielen alltäglichen Details, mit denen sie mich begleitet hatte.

In diesem Zimmer mit den dunkelbraunen Blendläden waren wir wohl auch, als sie mich in die Luft warf und ich nicht wusste, warum. »Jetzt darfst du ein Jahr länger spielen!«, sie warf mich ein zweites und ein drittes Mal. Wir mussten zuvor bei der Schulärztin gewesen sein. Ich sah das Gebäude vage vor mir, es lag an einem Rondell am anderen Ende des Rumbachtals. Die Ärztin stellte mich ein Jahr zurück, weil ich ein Sommerkind war. Irgendetwas von »zart« sagte sie wohl auch. Damals verstand ich nicht, warum sich meine Mutter so freute. Schließlich hatte ich mein Leben lang gespielt. Dachte vermutlich, dass es Spannenderes gab. Die Vormittage, an denen ich nicht in den Kindergarten musste, zum Beispiel, und ich meine Mutter ganz für mich hatte. Wir die Blendläden öffneten und die Träume aus den Plumeaus schüttelten. Kirschmarmelade einkochten, Streusel kneteten für ein Blech Apfelkuchen, mit einer zerknüllten *WAZ* die Fenster putzten. Das Kribbeln auf meiner Haut, wenn sie den Rüssel des Staubsaugers an meine Hose hielt. Das Klappern des Briefkastens und Bubas grimmiges Knurren. Es waren diese Vormittage, an denen ich lernte, dass der Postbote der einzige Mensch war, den unser gutmütiger Labrador nicht leiden konnte. Und dass es im Sozialismus keinen Bohnenkaffee gab: Manchmal fuhren wir in die Metro, legten Jacobs Krönung in den Einkaufswagen, dessen Stange so hoch war, dass ich kaum danach greifen konnte, kauften Filtertüten und Schogetten. Packten im Keller Pakete, schickten sie über die Grenze nach Ostberlin zu Reinhards oder Reindards, an ihren Namen konnte ich mich nicht genau erinnern. Nur daran, dass sie Bekannte meiner Großtante Clara waren und ich sie später noch einmal besuchte.

Vermutlich wollte mir meine Mutter Zeit verschaffen, dachte ich heute, um den Raum meiner Kindheit auszubauen. Vielleicht ahnte sie, dass ich ihn brauchen würde. Ein Jahr später, kurz nach meiner Einschulung, war sie tot. In den Jahren, die darauf folgten, im Studium, später im Beruf, wenn ich in Redaktionskonferenzen und nach Frühsendungen meinen Ansprüchen begegnete, hatte ich das Gefühl, als Kind wohlwollender mir selbst gegenüber gewesen zu sein.

Eine Weile wälzte ich mich von einer Seite auf die andere, stand schließlich auf, zog ein Kleid über und ging durch die ruhigen Straßen des Kibbuz. Über Ein Harod zeigte sich ein klarer Sternenhimmel. Hinter dem Speisesaal lag das Freibad. Der Sprungturm wirkte verloren, die weiße Farbe blätterte von den Stufen, ich stieg auf drei Meter Höhe, setzte mich auf das schwarze Brett. Ließ die Beine baumeln. Unter mir lagen die hellblauen Kacheln, von einzelnen weißen unterbrochen, sie gaben die Bahnen vor. Der halb volle Mond spiegelte sich auf der Wasseroberfläche. Im Grunde war das Leben wie ein Besuch im Freibad, dachte ich, für das man mit der Geburt eine Eintrittskarte bekam. Mit den anderen Kindern spielen, Eis essen, im Gras liegen, schwimmen lernen. Hin und wieder unter die kalte Dusche, manchmal wurde man untergetaucht. Und irgendwann, ein paar Jahre später, wer wusste das schon, war das Ticket abgelaufen.

Warum war meine Mutter nicht eingetaucht? Warum war sie am Rand stehen geblieben? Ich dachte an die vielen Fotos, die mein Vater von ihr gemacht hatte. Gott, wenn es ihn gab, hatte es gut mit ihr gemeint. Sie wäre doch der Star jedes Freibades gewesen.

25

Es war ein Universum, das in mir aufstieg, seit ich die Briefe las, ein untergegangenes Königreich, von ihren Zeilen geborgen. Ich erinnerte mich an meine Mutter, ging Jahrzehnte zurück und stellte mir die junge Frau vor, die sie gewesen war, lange vor meiner Geburt. Sie war in Berlin, neugierig auf das Leben. Vielleicht trug sie den dunkelblauen Bikini, den ich von Fotos kannte, er hatte weiße Punkte und war im Nacken geknotet. Ihr buntes Badetuch ausgebreitet auf einer Wiese, vielleicht hielt sie es über sich, ließ es im Wind flattern. Um sie herum stieg Lachen in den wolkenlosen Himmel. Sie lief durch das Gras ins Wasser. Ließ sich von der Sonne trocknen und die Blicke der jungen Männer gerne gefallen. Ich sah sie eingehakt mit Clara über den Ku'damm bummeln, vielleicht im Café Kranzler einen Kaffee trinken. Draußen nur Kännchen.

Ich ging zurück zum Haus, nahm eine Flasche Wasser aus dem Kühlschrank und setzte mich an den Küchentisch, suchte aus dem Stapel jene Briefe aus den Sechzigerjahren.

Meine liebe Ruth,
ich sitze bei offenem Fenster, die Linden blühen, ich bin so glücklich, hier zu sein. Endlich! Weißt Du noch, wie wir die Schritte zählten auf dem Weg zur Bushaltestelle? Tagein, tagaus. Hier laufe ich manchmal über die Straße und hüpfe, hoffe, dass es keiner sieht. Nur, warum musst Du so weit weg sein? Gleich bis nach Israel. Sieh zu, dass Du dort nicht Dein Herz verlierst, hörst Du, dass

Du wiederkommst, wie versprochen. Iwo, höre ich Dich sagen, aber glaub mir, solche Dinge geschehen!
Stell dir vor, ich habe ihn gestern gesehen, mit eigenen Augen, den amerikanischen Präsidenten. »Ken-Ne-Dy, Ken-Ne-Dy!«, wir standen in der Menge vor dem Schöneberger Rathaus, ein Amerika-Fähnchen in der Hand. Das Papier flatterte im Wind. Genau wie seine Haare. Was für ein Mann! Für ihn würde ich auch »Happy Birthday« singen.
Wir wohnen nicht weit vom Rathaus, im Bayerischen Viertel, zum Glück hat Tante Clara nach Berlin geheiratet. Mutter hätte mich sonst niemals ziehen lassen, allein der Gedanke an die Kuba-Krise bringt sie um den Schlaf. Schon Stunden vorher sind wir auf den Platz gegangen mit einer Thermoskanne Kaffee und Stullen. Menschen, soweit das Auge reichte. »Civis romanus sum«, sagte der Präsident, vor 2000 Jahren sei das der stolzeste Satz gewesen. (Selbst Schwester Ursula wäre wohl angetan von ihm, meinst Du nicht? Denk nur, sie steht noch immer im Habit vor dem Kreuz im Klassenraum, quält die armen Mädchen mit Vokabeln und Konjunktionen. Während uns die Welt sperrangelweit offensteht!) Und so bin auch ich stolz, Dir zu schreiben: »Ick bin ein Berliner!«
Wenn nur die Mauer nicht wäre. Vergangene Woche bin ich mit Onkel Leo (Claras wunderbarem Mann, ihrer späten Liebe, hast Du ihn eigentlich kennengelernt?), jedenfalls sind wir zur Bernauer Straße gefahren. Ein Freund aus dem Studium war gestorben, Herzstillstand, von jetzt auf gleich. Er lebte auf der anderen Seite, sie haben ihn auf dem Sophien-Friedhof beigesetzt. Leo durfte nicht zur Beerdigung rüber, also haben wir eine Stehleiter in den Wagen gepackt und sie auf den Bordstein gestellt. So konnte er wenigstens ein »Vaterunser« über die Mauer schicken. Von wegen »keiner hat die Absicht«, gerade mal zwei Jahre ist das her, erinnerst Du Dich an unser Gespräch mit Konrad? Er sollte recht behalten.

Was soll bloß dran sein an diesem Kommunismus, wenn sie die Leute einsperren müssen? Vor Ken-Ne-Dy rennt keiner weg.
Apropos Konrad. Es geht ihm gut, er hat gerade aus Paris geschrieben, im Herbst werde ich ihn besuchen. Er widmet sich weiter den Obdachlosen und Entrechteten und seinem Gebetszettel.
Am Montag beginnt meine Ausbildung, das Gertrauden-Krankenhaus ist ganz in der Nähe, ich kann mit dem Rad durch den Volkspark fahren. Die ersten vier Wochen in der Geburtshilfe. Da hat Mutter ihren Willen, sie traut mir einfach nicht zu, Ärztin zu werden.
1. Weil sie denkt, dass ich keine Verantwortung für andere übernehmen kann.
2. Weil sie denkt, ich werde gleich heiraten und Kinder kriegen. So wie sie.
3. Ist das ein Widerspruch in sich.

Aber wozu Schlachten schlagen, die schon geschlagen sind! (Um es in den Worten meines Vaters zu sagen, Gott hab ihn selig.) Nach der Schwesternschule werde ich an die Uni gehen. Clara ist meine Alliierte. Und Du, vergiss über Sonnenblumen und Olivenernte nicht die Arbeit an Deiner Mappe. Bitte mach weiter! Ich bin sicher, auch Ackerfurchen lassen sich wunderbar zeichnen.
Meine liebe Ruth, ich schicke Dir einen schnellen Gruß, jetzt muss ich rennen, wir wollen im Strandbad Wannsee baden gehen. (Das ich Dir zeigen werde und auch den Schlachtensee, wenn Du mich besuchen kommst. Wann kommst Du endlich?)

Ich vermisse Dich: C.

In Berlin schien meine Mutter glücklich gewesen zu sein. Warum hatte sie nicht auf ihre Tante gehört? Clara hatte versucht, ihr Bremsklötze vor die Füße zu legen, sie davon abzuhalten, das Audimax zu verlassen. Vielleicht wäre alles anders gekommen.

Clara war es auch gewesen, die mir zur Firmung mein erstes Aufnahmegerät schenkte, einen ITT-Kassettenrekorder mit Mikrofon, mich nach Berlin einlud. Der Rekorder lag schwer in der Hand. Daran erinnerte ich mich. Ein schwarzer länglicher Kasten mit großen Tasten. Am Tränenpalast waren wir über die Grenze gegangen, der Mindestumtausch fiel mir ein, von dort liefen wir zum Alexanderplatz. Der Geruch von Braunkohle stieg mir in die Nase, hinter uns ragte der Fernsehturm auf, das Wahrzeichen des real existierenden Sozialismus. Schien die Sonne, glänzte golden ein riesiges Kreuz auf der Turmkugel, das Licht brach sich in der Edelstahlbeschichtung. Das sei »die Strafe Jottes«, hatte Clara gesagt.

Vage erinnerte ich mich an ein schmales Wohnzimmer, es musste irgendwo in Pankow gewesen sein, jetzt fiel es mir wieder ein, wir waren über die Grenze gegangen, weil ich die Familie kennenlernen wollte, denen wir Pakete schickten. Tatsächlich führte ich mit Reindarts oder Reinhardts mein erstes Interview. Ein Teller Mohnkuchen auf dem Tisch, ein Körbchen Erdbeeren, das wir vom Markt am Mexiko-Platz mitgebracht hatten. Heute fragte ich mich, wie ich das Aufnahmegerät über die Grenze bekommen hatte. Vielleicht hatten wir es in einer Tasche versteckt. Vielleicht war ich unverdächtig, weil ich ein junges Mädchen war. Wie alt war ich damals? Vierzehn, vielleicht fünfzehn, es musste kurz vor dem Fall der Mauer gewesen sein. Ich erinnerte mich, dass der Mann über andere Dinge reden wollte, seine Frau ihn aber zurückhielt. Der Sohn musste unten auf dem Gehweg Schmiere stehen, Westbesuch war nicht gern gesehen. Jahre später erzählte Clara, dass die Frau das KZ 's-Hertogenbosch überlebt hatte.

Am Checkpoint Charly gingen wir zurück über die Grenze, und ich hatte das Gefühl, dass der Film in Farbe weiterlief. Ich erinnerte mich, dass das damals eine große Sache für mich war, die ganze Reise. Auch wenn es nur Bruchstücke waren, die aus meinem Gedächtnis aufstiegen, sie ergaben eine Stimmung. Sonntags kochte Clara Spargel mit zerlassener Butter und Semmelbröseln, Leos Tochter kam zu Besuch. Das Bild meiner Mutter stand in der Küche auf dem Büfett: Sie trug eine ärmellose weiße Bluse, roten Lippenstift, ihre blauen Augen ganz nah, kurz davor durch die Linse zu kommen. Im Profil war ein Mann zu erkennen. Mein Vater vielleicht, er drückte ihr einen Kuss auf die Wange.

In Berlin war sie glücklich gewesen, vielleicht fühlte ich mich ihr deshalb so nah, als wir in Leos altem Mercedes durch die Stadt fuhren, sie mir die Schwangere Auster zeigten und die Hungerharke am Tempelhofer Flughafen, das Strandbad Wannsee und die Pfaueninsel. Zu Mittag aßen wir im McDonald Drive Inn auf der Clayallee, aber vielleicht war das auch bei einem meiner späteren Besuche gewesen.

26

Ich saß mit Ruth und Nurit im Garten, als mein Telefon klingelte. Davids Stimme kam als fröhlicher Jingle durch die Leitung. »Hallo, wie gehts alles in Ordnung?« Ich musste lachen. Verließ den Tisch und ging in Richtung der Beete, die am Rand des Gartens waren. Grub meine nackten Zehen in die trockene Erde zwischen den Stockrosen.

Er war auf der Autobahn in Richtung Süden, der weiße Zeppelin am Himmel über ihm, ich hörte seine Stimme über die Freisprechanlage. Die Crew war schon vor Ort, einem Beduinendorf in der Nähe von Beer Sheva, am nächsten Morgen wollten sie anfangen zu drehen.

»Ich bin für einen neuen Film angefragt«, sagte David. »Mit dem Regisseur war ich an der Hochschule. Er wollte schon immer, dass ich für ihn drehe.«

»Vielleicht weil du der Beste bist?«

»Immer habe ich die Filme anderer gemacht«, sagte er. »Ich habe keine Zeit mehr, Ja zu sagen.«

»Dann sag Nein.«

»Ich bin achtunddreißig.«

»In zehn Jahren bist du achtundvierzig.«

»Wenn dann keiner mehr mit mir drehen will?«, fragte er. Ich ging in den hinteren Teil des Gartens, setzte mich auf die Bank im Schatten des Zitronenbaums. »Hallo?«, vergewisserte sich David, ob ich noch in der Leitung war.

»Ja, ich bin da.«

»Meine Frau hat Amerika jetzt festgemacht, sie wird August,

September ins Silicon Valley gehen. Zu Rosh Hashana will sie zurück sein.«

»Und Shiri?«

»Wir haben einen Deal«, sagte er. »Ich bin für ein paar Wochen die Heimatfront. Wenn meine Frau wiederkommt, kann ich mir drei Monate Zeit nehmen, keine weiteren Drehs, nur an meinem Skript arbeiten. Ein Stipendium, wenn du so willst.«

»Klingt gut.«

»Den Sommer über werde ich mich um Shiri kümmern, die ganze Zeit in Tel Aviv sein«, sagte er. »Wir können uns häufiger sehen.«

»Und dein Skript?«

»Du bist meine Muse«, sagte er. »Alfred Hitchcock, Roberto Rossellini, Woody Allen, alle hatten eine.«

Ich ließ mich gegen das Kissen an der Armlehne sinken, stellte die Füße auf, sie waren braun geworden, seit ich in Israel lebte, die Flipflops hatten ein offenes Dreieck auf dem Spann hinterlassen.

David hatte angehalten, von der Freisprechanlage aufs Telefon gewechselt. »Und wie läufts bei dir?«, fragte er.

»Es ist unglaublich, so vieles kommt zurück, lauter Kleinigkeiten, die zweiflüglige Terrassentür, die Mausefalle in unserer Speisekammer, der breite Schlag ihrer Jeans, der Duft ihres Parfüms. Alles trage ich in mir, und trotzdem habe ich das Gefühl, ihr nicht gerecht zu werden. Sie war so viel mehr, sie war zentral, mein Leben war voll von ihr, sie war das Haus, in dem ich wohnte, das Rumbachtal, die Schöpferin meiner Welt«, sagte ich. »Und dann erinnere ich mich an Momente, aus denen ich nicht schlau werde.«

»Zum Beispiel?«

»Ich erinnere mich an einen Ausflug in den Zoo vielleicht oder in den Zirkus, jedenfalls war ich allein mit ihr unterwegs, saß hinten auf der Rückbank unseres Käfers und fragte, ob ihr der Tag auch Spaß gemacht habe.«

»Das ist eine traurige Frage für ein Kind.«

»Die Traurigkeit war ihr Grundton«, sagte ich. »Sie hatte mit sich zu kämpfen, wie sehr, das wird mir jetzt klar. Je mehr ich lese, umso größer wird mein Mitgefühl.«

»Auch für dich selbst?«, fragte David. »Mit dem Kind, das du warst?«

Durch die Leitung hörte ich seinen ruhigen Atem, ich zog die Beine ein Stück heran, legte meine Arme um die Knie.

»Weißt du, wie gerne ich jetzt bei dir wäre?«, fragte er. »Wo bist du?«

Ich legte meinen Kopf in den Nacken. »Unter einem Zitronenbaum.«

»In Gedanken rede ich ununterbrochen mit dir, seit du weg bist, als würdest du im Auto neben mir sitzen. Es gibt so vieles, was ich dir sagen möchte«, sagte er. »Aber jetzt fällt mir nur eins ein. Ich vermisse dich.«

***

»Das klang aber nett«, sagte Ruth, als ich zurück an den Tisch kam. Auch Nurit sah mich neugierig an.

Endlich erzählte ich von David.

»Es fühlt sich einfach richtig an«, sagte ich schließlich und erinnerte mich an den Tag im Tola'at, David am Tisch neben mir, wie wir mühelos miteinander ins Gespräch gekommen waren. Schon damals gab es diesen Augenblick, in dem ich wusste: Das ist mein Mann. Ruth und Nurit sahen mich erwartungsfroh an. Ihre Wissbegierde schien noch nicht befriedigt. »Manchmal habe ich das Gefühl, diese Glasscheibe verschwindet langsam. Zwischen mir und der Welt, sie war immer da, ich konnte sie nicht wegschieben. Aber jetzt, auf einmal, bin ich mittendrin. Als dürfte ich alles vergessen, müsste auf nichts mehr warten.«

»Oh, Mia, du bist verliebt«, sagte Ruth.

»Ich habe immer geglaubt, dass es kompliziert sein muss. Alle meine Beziehungen waren kompliziert, ein Ziehen und Zerren. Und immer habe ich gedacht, es liegt an mir. Ein menschlicher Makel, eine Überdosis Traurigkeit, irgendetwas, das es kompliziert macht. Aber auf einmal, zum ersten Mal in meinem Leben, fühlt es sich leicht an.«

Für einen Moment konnte man das feine Sirren der Hitze hören. Ich wunderte mich über mich selbst, hatte nicht vorgehabt, so viel preiszugeben. David nahm mehr Raum ein, als ich mir zugestehen wollte. Er versöhnte mich mit mir. Allein dafür liebte ich ihn. Ruth und Nurit hatten mir gespannt zugehört, jetzt sahen sie mich unschlüssig an.

»Wäre er nicht verheiratet«, sagte ich pflichtschuldig.

»Laufen lassen«, sagte Nurit nach einer Weile.

»Die Frage wird sein, wie sehr er an dem Mädchen hängt«, sagte Ruth.

»Hast du ein Foto?«, fragte Nurit.

Ich ging ins Haus, nahm mein Tagebuch aus der Handtasche, kam mit einem Bild von David zurück. Es zeigte ihn in einem schattigen Raum, das Licht fiel durch die Spalten der Blendläden. Seine Lippen, nur ein wenig geöffnet, ließen Zuversicht ahnen. Ceci n'est pas une affaire, dachte ich.

27

Weihnachten 1965

Meine liebe Ruth,

was würde ich darum geben, jetzt die Straße hinunterzugehen, links in die Wasserstraße einzubiegen, und schon stünde ich vor Eurem Haus! So oft habe ich dort geklingelt, und schon warst Du draußen, konntest die Türe nicht schnell genug hinter Dir ins Schloss ziehen. Wir würden mit der 110 in die Stadt fahren, in die Lichtburg gehen an diesem verhangenen Nachmittag, erinnerst Du Dich? Sie haben dort die »Journées de cinéma français« erfunden, alles nur, um die Feiertage in unserem verschlafenen Nest zu überleben, sie zeigen noch einmal Jules und Jim. *Komm schon, Ruth, lass uns mit Catherine über die Eisenbahnbrücke laufen, die Blendläden im Sommerhaus aufreißen, mit den Rädern durch das hochstehende Gras fahren. Ein paar stattliche junge Männer im Schlepptau. Aber Du bist nicht da! Ich kann klingeln, soviel ich will, Deine Mutter wird öffnen, schon höre ich sie klagen, dass Du die Feiertage nicht achtest, die jüdischen gegen unsere eingetauscht hast. Ausnahmsweise bin ich auf ihrer Seite, das hast Du nun davon, mich mit Weihnachtsbaum und Verwandtschaft allein zu lassen. Ha, Abhilfe muss her! Aber nicht einmal das Spritzgebäck will schmecken ohne Dich. Und Konrad: macht sich gleich aus dem Staub, schon nach dem Essen fährt er zurück nach Trier. An den Feiertagen herrscht bei ihm Hochkonjunktur. Was habt Ihr Euch nur dabei gedacht? Der einen ist Weihnachten nicht mehr heilig. Dem anderen ist Weihnachten heiliger als seine Schwester.*

Vergiss bloß nicht, im April zurückzukommen! Hörst Du? Und warum landest Du nicht gleich in Tempelhof? Ich werde zwar studieren (!) und ein paar Leichen aufschneiden, aber wir werden schon Zeit finden, die Stadt gemeinsam zu erkunden.
Außerdem … muss ich Dir jemanden vorstellen! Ja, Du hast recht gelesen! Erinnerst Du Dich an unser Spiel, damals in der Frühmesse? Unsere spitzen Knie auf hartem Holz. Wie wir unsere Augen auf den Rücken einer Vorderfrau (am liebsten Schwester Ingeborg) gerichtet hielten, bis sie sich umdrehte? Das wird mir erst jetzt klar, genau so muss er es gemacht haben. Anatomie I. Quer durch den Hörsaal hat er mich angesehen, er saß ein paar Reihen hinter mir, bis ich mich umgedreht habe. Er hat nicht aufgehört mit diesem Mich-Ansehen, bis heute nicht, auf eine sanfte Art.
»Mädchen, schlagt die Augen nieder, der Teufel naht in Mannsgestalt!«
Hörst du Ingeborg rufen? Ich sehe uns den Hof queren, ohne rechte Lust auf Schwebebalken und Stufenbarren, Höhepunkt der Gymnastikstunde war doch der Weg in die Sporthalle. Die Pfiffe aus dem Don Bosco, die Jungs in den Fenstern, bis die Lehrer sie am Kragen packten. Und dieser Teufel hier sieht aus wie Cary Grant! In jungen Jahren, versteht sich von selbst. Ein paar Tage später haben wir uns in der Mensa getroffen, er hat mir die Türe aufgehalten, seitdem macht er mir den Hof.
Er fährt einen VW Käfer, glänzendes Dunkelblau, damit steht er vor dem Schwesternheim, um mich abzuholen. (Du solltest die neugierigen Blicke hinter den Gardinen sehen! Ich kann sie auf meinen Fesseln spüren.) Häufig fahren wir ins Grüne, soweit die Mauer uns eben lässt. Manchmal machen wir auch rüber, am dritten Advent waren wir in der Lindenoper, haben uns La Traviata *angehört. Henning liebt die Oper! Überhaupt, dieses Studentenleben, es ist herrlich. Warum hat mir das niemand gesagt? Ich hätte Mutter*

doch die Hölle heißgemacht! Die Krankenschwester niemals mit mir machen lassen.
Von unten höre ich die Geschäftigkeit der Feiertage, den Mixer schlagen, Teller klappern, Paul will den Tisch nicht decken. Gleich setzts was. Schon zieht mir der traditionelle Reibekuchengeruch in die Nase. Suche Trost bei meiner Klarinette.

Une bise, C.

Weihnachten im Haus meiner Großmutter, damals waren ihre Kinder noch jung. In meiner Vorstellung drehte ich den Lautstärkeregler nach rechts, stellte das Familienfest lauter. Beiläufig füllte sich das Haus mit Musik. Was meine Mutter wohl spielen würde? Vielleicht ein Stück zu den Feiertagen, so wie sie es früher im Rumbachtal getan hatte. Erst wenn am Heiligen Abend die Klarinette spielte, durfte ich ins Wohnzimmer kommen, von Kerzen hell erleuchtet, die bunten Pakete unter dem Baum.

Ich zoomte sie an mich heran, da war sie noch so jung, auch ich war in diesem Zimmer groß geworden. Vor ihr stand der Notenständer, sicher fiel ihr Blick durchs Fenster, die Wiese mit den Apfelbäumen, vielleicht hörte sie die Straßenbahn. Hinterm Bismarckturm bog sie um die Kurve, quietschte in den Schienen. Wollte mich zu meiner Mutter schleichen, mich auf die Bettkante setzen, doch schon hörte ich meine Großmutter zum Essen rufen. Vielleicht würde meine Mutter sich noch einen Moment schenken, erst dann das Mundstück absetzen, die Lippen aufeinanderpressen, das Instrument in den länglichen Koffer legen, er war mit violettem Samt ausgeschlagen. Die Treppen hinunter. Als würde jemand in einer Filmkulisse die Scheinwerfer einschalten, sie auf die lange Tafel im Esszimmer ausrichten, die Brüder saßen schon zu Tisch. Konrad und Paul. Die Farben sättigten sich, ich drehte den Regler noch ein Stück weiter nach rechts, meine Mutter gesellte sich zu ihnen. Vielleicht würde sie nach dem Essen noch mit Konrad dort sitzen, bald würde er nach Trier aufbrechen. Vielleicht eine vergessene Gabel auf dem Tisch, eine Karaffe mit Wasser, Krümel auf der weißen Decke. Die Tischbürste, auf der Klappe trug sie dasselbe Muster wie Tassen und Teller, eine zarte rote Rose. Vielleicht senkten die Geschwister die Stimme, wenn meine Großmutter beiläufig durchs Zimmer lief, vielleicht teilten sie Geheimnisse.

Wann hatte ich die Klarinette zum letzten Mal gehört? Alles hatte sich verändert, seit Lena auf der Welt war. Unser Haus war so viel stiller geworden. Meine Mutter verkroch sich in ihren Mittagsschlaf, der bis in den frühen Abend dauern konnte. Stand auf, um Lena zu versorgen. Edda war häufig bei uns. Ich erinnerte mich an meine Mutter in dem großen Sessel, wenn sie Lena fütterte, er stand im Schlafzimmer. Sein Muster, die großen bunten Blüten wollten nicht zu ihrer blassen Haut passen. Der Flaschenwärmer auf der Fensterbank. Manchmal reichte ich ihr die lauwarme Milch. Hielt Lena die Flasche an den Mund.

»Gut machst du das«, sagte sie anerkennend.

Als würde sie mein Potenzial vermessen, meine Möglichkeiten. Im Nachhinein klang es wie ein Vermächtnis. Etwas, das sie nicht miterleben würde.

Noch ein Mal hatte ich die Klarinette aus ihrem Zimmer gehört. Erinnerte mich, wie ich an der Tür lauschte, die Klinke vorsichtig nach unten drückte. Ihre Augen lächelten. Sie wandte sich mir zu, wechselte die Melodie, später fand ich sie wieder, sie spielte »Les Toreadors« von Georges Bizet. Beugte sich zu mir wie in einem Spielmannszug, legte die Fingerkuppen auf die Klappen und scheuchte mich sanft über den weißen Flokati-Teppich.

28

Um Mitternacht war ich mit David am Telefon verabredet, er wollte der erste Gratulant zu meinem Geburtstag sein. Ich zog den Bikini an, mein Kleid darüber und ging zum Freibad, setzte mich auf einen Startblock, sah auf das hell leuchtende Blau. Der Geruch von Chlor stieg mir entgegen. Die Stille, getragen von Wärme, nur Zikaden zirpten in Büschen und Bäumen. Mein Telefon meldete eine SMS. David schrieb, er sei auf dem Weg zu einer Telefonzelle, leider habe das Kamel einen falschen Abzweig genommen. Er verspäte sich einen Augenblick.

Ich streifte mein Kleid ab, ließ es auf einer Sonnenliege zurück, nahm die zwei Stufen auf den Block. Sprang kopfüber ins Wasser. Mit dem ersten Zug gab mein Körper seine Schwerkraft ab, ließ sie auf den Grund sinken. Immer wieder tauchte ich unter, zog meine Bahnen, genoss diesen Moment Zwischenzeit.

Das Klingeln des Telefons drang dumpf zu mir und zog mich an die Wasseroberfläche, ich schwamm an den Rand, ließ meine Haare nach hinten gleiten, sah in die schmale Sichel des Mondes. Die Sterne, stecknadelgroß am tiefblauen Himmel.

Der Klingelton drängte sich in den Vordergrund, David gab nicht auf. Ich stieg aus dem Wasser, griff nach dem bunt gestreiften Badetuch, legte es mir um die Schultern. Nahm das Telefon von der Liege.

»Ufff.« David klang gehetzt, als habe er tatsächlich eine Telefonzelle in der Wüste gesucht. »Ich dachte schon, ich habs vermasselt.« Er wechselte die Tonlage, ließ seine Stimme offiziell klingen.

»Augenblick mal«, ein imaginäres Klemmbrett mit einer Liste vor Augen. »Alles da, Kuchen, Kerzen, Geschenke?« Dann stimmte er das Geburtstagslied an, »Yom Huledet«, zwischendurch riss die Melodie ab, ich hörte einen scharfen Wind in der Leitung, Füße auf Schotter. Er trug seine Wünsche zusammen, legte sie behutsam vor mir ab, prophezeite mir eine glückliche Zukunft, »eine nahe glückliche Zukunft«, jubelte ins Telefon.

»Simcha«, sagte er nach einem Moment des Schweigens. »Weißt du, was das Wort bedeutet? Freude. Aber es ist mehr als Happiness, tief empfundene Freude, die Freude der Schöpfung, des Lebens«, sagte er. »Du trägst sie in dir.«

Ich genoss es, ihn am anderen Ende der Leitung zu wissen, stellte ihn mir vor, das Telefon am rechten Ohr, das Muttermal an seinem Ohrläppchen. Ließ seine Wünsche nachhallen, fügte im Geist hinzu, was in der Leitung verloren gegangen zu sein schien, gab seinen Worten Gelegenheit, sich in mir auszubreiten.

»Weißt du, was ich mir wünsche?«, fragte ich.

»Sag es mir.« In seinem Atem hörte ich eine leichte Anstrengung, stellte mir vor, wie er einen Hügel hinaufstieg.

»Wo bist du?«

»Ich gehe ein Stück raus auf die Straße, sie sagen, an der Bushaltestelle sei der Empfang besser. Hörst du mich?«

Die Leitung war offener, der Wind schien abgefangen zu werden, von einer Mauer vielleicht oder einer Scheibe. »Gut«, sagte ich.

»Ein Sendemast, vertrocknete Dornenbüsche und ein Wartehäuschen, das ist alles weit und breit. Schwer vorstellbar, dass hier jemals ein Bus hält«, sagte er. »Also, was wünschst du dir?«

Ich zog das Badetuch fester um meine Schultern, spürte, wie meine Haut sich zusammenzog, das Wasser langsam trocknete. »Dass du Teil meiner Zukunft bist.«

»Das ist längst geschehen.«

Er erzählte, dass der Generator ausgefallen sei, es im Dorf keinen Strom gebe und sie den Drehplan umgestellt hätten. Am nächsten Tag wollten sie in die Wüstenstadt Beer Sheva fahren und auf dem Campus der Uni drehen.

»Heute war ich mit der Regisseurin dort, um die Location festzulegen. Auf dem Weg zurück ins Dorf ging die Sonne unter, es war schön, mit dem Pick-up durch die Wüste zu fahren. Sie hat gesagt, allein diese Momente seien es, die zählten, darum mache sie Filme. Die Schatten auf den Felsen, die Zäune aus Wellblech, das Krähen des Hahns, der Wind, der sich in der trocknenden Wäsche auf der Leine fängt. Das alles, dieses intensive Erspüren, sei viel wertvoller als der rote Vorhang später, das lange Abendkleid, die Scheinwerfer auf der Bühne.«

»Also kein Popcorn?«

»Doch, Popcorn ist wichtig. Sie sagt, sie habe es erst nach der Premiere ihres ersten Filmes verstanden, nachdem sie ihren Namen im Abspann las«, sagte er. »Jeder Film, den sie macht, ist am Ende vielleicht neunzig Minuten lang, aber in ihrem Leben sind es Jahre. Eine frühe Notiz, ein vorsichtiges Träumen, frustrierende Gespräche mit Produzenten, wochenlanges Warten auf Rückrufe, ein überzogenes Konto, eine erste Förderung, herbe Rückschläge, kritische Nachfragen. Und dann, wie aus dem Jenseits geschickt, ein stimmiges Bild. Das Glück, es gefunden zu haben. Sie sagt, jeder Film sei die abenteuerlichste Reise, die sie je gemacht hätte.«

»Genießt sie die Reise?«

»Sie macht den Eindruck.«

»Die Glückliche.«

Auf meinem Oberschenkel spürte ich ein leichtes Kribbeln, ich bemerkte eine Ameise, die über meine Haut lief.

»Siehst du den Mond?«, fragte David.

Ich lehnte mich zurück und legte meine Füße übereinander,

blickte hinauf in den Himmel. »So wie du«, sagte ich. »Was man von dort oben wohl sieht?«

»Zwei winzig kleine Punkte, viel zu weit voneinander entfernt.«

»Aus vierhunderttausend Kilometer Entfernung?«

»Vorstellungskraft ist wichtiger als Logik.«

»Sagt wer?«

»Hitchcock. Wir könnten ein Stück heranzoomen. Erst eine blaue Kugel, dann zwei kleine Punkte«, sagte David. »Es könnte die Anfangsszene einer großen Liebesgeschichte sein. Die Kamera zoomt weiter heran, konzentriert sich auf einen der beiden Punkte, den links oben, einige Tausend Kilometer nordwestlich von Israel. Wir erkennen ein Gebäude, das Dach, rote Schindeln vielleicht, einen Krankenwagen vor der Pforte, hören Schreie einer Frau in ihren Wehen. Es ist Sommer, die Fenster des Kreißsaals stehen offen. Um wie viel Uhr bist du geboren?«

Ich lachte. »Kurz vor Mitternacht. Meine Mutter wollte mich unbedingt an John F. Kennedys Geburtstag zur Welt bringen. Es fehlten nur wenige Minuten. Aber dann bin ihr zuvorgekommen, habe kurz vor Mitternacht meinen ersten Schrei getan«, sagte ich. »Heute frage ich mich, ob sie bei allem, was man über eine Geburt hört, den Wehen, den Schmerzen, dem Blut, an JFK dachte?«

»Sie war cool.«

»Du hättest sie gemocht.«

***

Im Haus war es dunkel, als ich zurückkam, nur die Kerzen brannten, fünfunddreißig Teelichter. Auf dem Küchentisch stand Kalter Hund mit Erdbeeren.

»Lena hat mir das Rezept geschickt«, sagte Ruth am nächsten Morgen.

Nach dem Frühstück im Garten begleitete ich sie ins Atelier. Auf dem Tapeziertisch in der Mitte des Raumes hatte sie zwischen Pinseln und Ölfarbe Platz geschaffen für einen Gabentisch. Ein Strauß violetter Lupinen. Zwei Pakete, in weißes Seidenpapier eingeschlagen, von einer pinken Schleife gehalten. Im ersten war ein Bilderrahmen: zwei dicke Plexiglasscheiben, rechts und links von kleinen Magneten zusammengehalten, die Postkarte dazwischen von beiden Seiten einsehbar. Auf der Vorderseite der Eiffelturm, rechts ragen Zweige mit dichten Kirschblüten ins Bild. Auf der Rückseite die Handschrift meiner Mutter.

Ich schreibe Dir morgen! Une bise, C.

Im zweiten Paket war der Katalog des israelischen Collagekünstlers Ido Levin. Ruth hatte mit ihm an der Kunsthochschule Bezalel in Jerusalem studiert, inzwischen gab er dort Workshops.

»Demnächst hat er eine Ausstellung in Tel Aviv«, sagte Ruth. »Wir könnten zusammen zur Eröffnung gehen.«

Auf dem Weg durch den Kibbuz beobachtete ich die Jungen auf dem Schulhof, ihre Turnschuhe traten gegen einen prallen Plastikball, er flog zwischen die beiden Pfosten ohne Netz, sie jubelten und lachten. Ein Mädchen übte sich im Radschlagen, immer und immer wieder, sie gab nicht auf. Ich ging auf einen Hafouch in den Garten des Bickels, setzte mich auf eine Bank im Museum, beobachtete, wie der Efeu im Wind schaukelte, er rankte hinter den Milchglasscheiben der Oberlichter. Nurit schenkte mir ein kabbalistisches Horoskop, erzählte, im Zeichen des Zwillings sei Gott Moses auf dem Berg Sinai erschienen, habe ihm die Gesetzestafeln offenbart.

Später fuhr ich mit Uri zum Supermarkt in Afula, wir kauften Würstchen für den Grill, bei den Fischbänken im Tal frische Forelle.

Lena schickte eine Mail, sie hatte ein Foto angehängt, es musste wenige Tage nach ihrer Geburt entstanden sein. Mit dem Bild kam die Erinnerung wie ein in Vergessenheit geratener Traum.

Meine Mutter und ich vor einem Hortensienbusch. Dieser Busch, das wusste ich, stand vor dem Marienhospital. Sprossenfenster mit weißen Gardinen, ein Mäuerchen aus rotem Backstein. Mein hellblonder Schopf reichte meiner Mutter bis zur Hüfte, in meinen Armen hielt ich ein weißes Bündel. So wie sie. Lena war im Oktober 1978 geboren, damals war ich fünf Jahre alt. Ob es Schwester Karmelita war, die Lena in die Arme meiner Mutter gelegt hatte und die Babypuppe, die ich später Jule nannte, in meine? Ich glaubte, ein altersloses Gesicht unter schwarzem Habit zu erkennen, es beugte sich zu mir und sagte freundliche Worte. Erst später war mir klar geworden, dass meine Mutter Jule an der Pforte hinterlegt hatte.

Auf dem Foto sahen wir glücklich aus. Zwei glückliche Mütter.

Kurz darauf rief Lena an. Ein Gespräch unter Schwestern, wie wir es lange nicht geführt hatten, wir erinnerten uns an gemeinsame Ausflüge, unsere Großmutter hatte die Tradition später fortgesetzt. Dass ich früher allen von meinem Geburtstag erzählen musste, vermutlich auch der Kassiererin im Märchenpark, Lena sich das dann abgeguckt hatte. Kindergeburtstage, die immer ein paar Tage später stattfanden, um das Fest in die Länge zu ziehen, Strohhalme in Capri Sonne, kanariengelbe Servietten auf Papptellern, Papiergirlanden und Partyhütchen, Gummibärchen und Schaumwaffeln, Die Reise nach Jerusalem und Topfschlagen. Die Geschenke packten wir aus, wenn die anderen Kinder gegangen waren.

Das feine Geflecht der gemeinsamen Erinnerung legte sich über unser Telefonat, es war überraschend dicht, die Zeit hatte es nicht grobmaschig werden lassen. Ein Spaziergang im Geiste, dessen Stationen nur wir kannten, lebendiger vielleicht, als sie es jemals gewesen waren. David würde Hitchcock zitieren: »Das Drama ist ein Leben, aus dem man die langweiligen Stellen herausgeschnitten hat.«

»Mia«, sagte Lena, kurz bevor wir auflegten. »Ich habe dir das nie gesagt, aber ich habe es immer bewundert, du hast den Dingen ins Auge gesehen, dich nicht weggeduckt. Das war mutig.«

»Aber du warst diejenige, die gegangen ist.«

»Ich bin Papa hinterher«, sagte sie. »Inzwischen denke ich, zu bleiben war mutiger.«

Ruth kam aus dem Atelier, und wir stellten Tische in den Garten, legten weiße Betttücher darüber. Holten die bunten Glühbirnen aus dem Schrank, sie klackerten in unseren Händen, spannten sie zwischen die Bäume.

Rheinischer Kartoffelsalat auf dem Tisch, die Nachbarn trafen ein, brachten Schüsseln und Platten, Blumenkohl-Couscous, Guacamole mit hart gekochtem Ei, Reissalat mit Granatapfelkernen und Minze, eine Spinat-Schafskäse-Quiche. Uri stand am Grill.

Janusz, der im Museum die Eintrittskarten abriss und im Hof das Laub zusammenfegte, stellte sich etwas abseits unter den Zitronenbaum und spielte Geige. Von ihm wusste ich, dass er eine Weile mit seinen Eltern in Berlin gelebt hatte, in der Nähe des Bayerischen Platzes, sein Vater hatte dort eine Kinderarztpraxis gehabt.

»Wann sind sie gegangen?«, hatte ich ihn gefragt.

»Als es besser war zu gehen.«

Der Kalte Hund war in der Sonne geschmolzen, die Schokolade überzog die Erdbeeren, langsam fand der Kuchen zu seiner Festigkeit zurück. Ich sah Ruth, die mit einem großen Löffel Salat auf die Teller verteilte, stellte mir meine Mutter in ihrem Alter vor, in den langen Haaren graue Strähnen, eine Brille vielleicht. Ob die beiden Frauen ihre Freundschaft über das Mittelmeer hätten retten können?

Ich ließ meinen Blick über den langen Tisch schweifen, diese reichgedeckte Tafel existierte an diesem Abend für uns alle, jeder Einzelne trug das Erleben mit sich fort. Wer würde sich in drei Jahren daran erinnern, wer in fünf oder in zehn? Welches Detail, welche Erinnerung würde sich an eine Erfahrung haften, im Gedächtnis bleiben, um wie aus Zufall, aus dem Nichts irgendwann zurückzukehren? Wie konnte etwas, das so lebendig war, nur fortbestehen, wenn wir uns erinnerten?

Jeder Mensch sein eigenes Universum. Wir saßen dicht beieinander, erzählten von einer Kindheit im Kibbuz, der Honigernte, der Geburt des ersten Ferkels. Die Liniennetze auf dem Schreibtisch des Vaters, seine spitzen Knie, die Lampe auf seinem Schreibtisch. Janusz fühlte sich vielleicht zurückversetzt in die U-Bahn am Bayerischen Platz, wenn er Ruth und mich Deutsch sprechen hörte, oder in ein Klassenzimmer mit einem Kruzifix an der Wand. Jeden von uns begleiteten andere Bilder, die sich mit einem anderen Gefühl verbanden.

Ich blickte zu Uri am Grill, er sah über die anderen hinweg zu Ruth, kaum trafen sich ihre Blicke, erhoben sie in stillem Einvernehmen ihre Gläser. Wandten den Kopf, prosteten mir zu.

»Lechaim!«

***

In der Nacht hatte ich einen Traum.

Wir sitzen an einem runden Tisch in einer Ecke, die weiße Decke ist steif, sie reicht bis zum Boden, wahrscheinlich in einem Restaurant. Mein Onkel Konrad sitzt dort und Lena, wir sind zu viert, den Menschen neben mir kann ich nicht sehen. Lena ist traurig, mit dem Handrücken wischt sie sich Tränen von der Wange, das ist mir neu.

»Weinst du?«, fragt Konrad. Er ist so alt wie mein Onkel Paul heute, sein Gesicht leicht aufgeschwemmt, vielleicht nimmt er Medikamente.

»Es sind nur die Hormone«, sagt Lena. »Nach der Geburt ist alles vorbei.«

Ein schmaler Streifen Papier liegt auf dem Tisch, ein Kassenbon vielleicht, er könnte von Himmelreich sein, dem Tante-Emma-Laden in unserem Viertel, früher gingen wir dort einkaufen. Die Zahlen sind schwarz und verblasst. Vielleicht sind es auch Buchstaben, Namen, sein Gebetszettel? Ich möchte meine Hand ausstrecken, hoffe auf ein weiteres Bruchstück, doch ich traue mich nicht, danach zu greifen.

Als hätte Konrad mich gehört, legt er seine Hand auf den Zettel, sie ist groß, verdeckt den Zettel vollständig. Er schiebt ihn in meine Richtung.

»Aber ich möchte euch doch sagen, was war«, sagt er.

29

Ach, Ruth, ich habe das Gefühl festzustecken. Mit meiner ganzen Existenz. (Entschuldige das Pathos!) Vielleicht liegt es auch an Berlin, dieser eingesperrten Stadt, mir fehlen unsere Ausflüge an Mosel und Rhein, die weiten Blicke, einfach losfahren bis zum Eiffelturm. Erinnerst Du Dich an die Brasserie, in der Nähe des Boulevard Montparnasse muss sie gewesen sein, wir redeten, bis der garçon die Stühle auf den Tisch stellte. Ich höre unsere Absätze auf dem Asphalt, die Rollos hinter uns auf die Fensterbänke gleiten.

Eine leichte Windbö wehte die hauchdünnen Seiten weg, die neben mir auf den Stufen vor Ruths Atelier lagen, ich stand auf, sie wieder einzusammeln. Am nächsten Tag wollte ich zurück nach Tel Aviv fahren, bis dahin die Briefe wenigstens einmal gelesen haben. Beim Frühstück hatte ich Ruth von Davids Idee erzählt, mich auf die jüdische Tradition einzulassen, die Zeilen meiner Mutter in einer Trauerwoche zu lesen. »Die Schiwa hat klare Regeln«, hatte Ruth gesagt, »die letzte heißt: Aufstehen.«

Hier stehst Du früher oder später vor einer Mauer aus Stahlbeton, egal, welche Richtung Du einschlägst. Wie es Dir dort erst ergehen muss! Umgeben von Feinden! Nein, ich will nicht undankbar sein, nochmals nein, ich will nicht zurück in die Mendelstraße. (Eingehen wie eine Primel würde ich dort, um es mit Tante Claras Worten zu schreiben.) Aber wenigstens raus aus diesem Wohnheim. Kein Herrenbesuch! Während Henning bei einer Wirtin wohnt, die keinen Damenbesuch duldet. Verstehst Du, so geht es an allen Ecken und

Enden. Nicht vor und nicht zurück. Wir möchten eine Wohnung suchen, aber das erlaubt Mutter nicht, weil wir nicht verheiratet sind. Das wiederum lässt Hennings Vater nicht zu, weil sein Sohn erst das Studium beenden soll. Er hat damit gedroht, den Wechsel zu streichen. Dabei hätte er sicher nichts gegen eine Heirat, würde Henning eine Krankenschwester heiraten. Aber eine Frau Kollegin, dagegen hat er was.

Der Brief stammte vom März 1968, zwei Jahre später hatten meine Eltern geheiratet. Ich wusste von Clara, dass mein Großvater seine Drohung wahr gemacht, den Wechsel gestrichen hatte. Meine Mutter hatte ihr Studium aufgegeben, als Krankenschwester mit Nachtschichten Geld verdient, meinen Vater zeitweise mitfinanziert.

»Wie hat Papa dich gefragt, ob du ihn heiraten willst?«, hatte ich meine Mutter häufig gefragt. Abends, wenn sie mir Gute Nacht sagte. Und jedes Mal tat sie mir den Gefallen, wurde ganz feierlich, hob an wie in einem Märchen, es war einmal, und immer erzählte sie mir die Geschichte zum ersten Mal. Mein Vater habe sie in seinem dunkelblauen Käfer im Schwesternheim abgeholt, sagte sie, eine rote Rose in der Vase auf dem Armaturenbrett. Auf der Pfaueninsel schließlich habe er sie gefragt – auf der kleinen Insel im Wannsee, in einem Rondell von Rosen umgeben. Und dass ein Pfau ein Rad schlug, das erzählte sie auch.

Ich suchte die Briefe aus jener Zeit, fand einen aus dem April 1970, und tatsächlich beschrieb meine Mutter den Antrag meines Vaters. Auch der Vogel fehlte nicht. Meine Mutter schien glücklich.

Und ja! Ich will! Und wie ich will!

Zwischen den Briefen ein Foto der Hochzeit, ich nahm es heraus, mein Vater mit breiten Koteletten, meine Mutter hatte die blonden Haare zurückgesteckt. Da flirtete sie noch mit der Kamera. Sie hätte auch in einer offenen Limousine durch eine Menschenmenge fahren können wie Grace Kelly am Tag ihrer Hochzeit.

»Deine Mutter war eine so schöne Frau«, wie oft ich diesen Satz gehört hatte, jeder, der sie kannte, sagte ihn zu mir, als müsse er mich daran erinnern, und immer schwang darin auch der Jammer mit, dass gerade sie es war, die der Schönheit ein Ende bereitete.

Ich nahm alle Briefe aus dem großen Umschlag, fand darin weitere Bilder. Vermutlich hatte mein Vater sie gemacht.

Meine Mutter, ich saß auf ihrem Schoß, vor uns auf dem Tisch eine Papierdecke. Sie sprach mit der Frau neben sich. Hinter einer großen runden Brille erkannte ich Ruth. Sie stützte den Arm auf die hohe Rückenlehne. Während ich mit großen Augen in die Kamera blickte, die Finger meiner rechten Hand nach hinten griffen, am Ohrring meiner Mutter spielten. Es könnte eine ihrer goldenen Creolen gewesen sein.

Ich sah mir das Bild genauer an. Etwas hatte sich verändert. Wenn ich früher Fotos von mir sah, hatte ich das kleine Mädchen wiedererkannt, die blonden Locken, den unversehrten Ausdruck im Gesicht. Aber ich hatte *mich* darin nicht wiedererkannt. Jetzt hatte ich das Gefühl, wieder mit ihm in Verbindung zu sein.

Das andere Bild zeigte mich in einem kurzen Kleid mit roten Punkten, dazu trug ich meine weißen Gummistiefel. Lachte mich scheckig. Ein Junge legte seinen Arm um meine Schulter. Wir standen vor dem Brandenburger Tor, es war nur ein kleines Stückchen größer als wir, im Hintergrund erkannte ich die Türme der Münchner Frauenkirche. Mir kam es vor wie ein Super-8-Film, schon hörte ich das Klackern der Filmrollen, sah ein leicht verschwommenes Bild, die Farben matt. Wieder lief ich durch den Minidomm, den Miniaturpark am Breitscheider Kreuz, er zeigte die Sehenswürdigkeiten Europas im Kleinformat. Schloss Neuschwanstein und Schwebebahn, Zwinger und Holstentor, Arc de Triomphe und Tower Bridge auf wenigen Quadratmetern.

Ich erinnerte mich an die Hinweisschilder auf der Autobahn. Die Topographie meiner Kindheit. Von dort war es nicht weit nach Hause. Nur noch über die Ruhrtalbrücke. Das alles war vorher. Meine Großmutter hatte keinen Führerschein. Mit ihr waren wir mit dem Zug in die Ferien gefahren.

Ruth stand auf der Leiter, als ich ins Atelier kam. Sie führte den Pinsel in feinen Linien über die große Leinwand. In der Tasche ihres Malerkittels steckte ein heruntergekommenes kariertes Geschirrtuch.

»Gleich fertig«, sagte sie, stieg schließlich von der Leiter und wischte sich die Hände an dem Tuch ab.

»Wir sind uns schon in einem früheren Leben begegnet«, sagte ich, zeigte ihr die Fotos.

»Richtig, wir waren damals in Deutschland und haben meine Eltern besucht«, sagte sie. »Das muss im Minidomm sein. ›Heimatkunde‹ nannte deine Mutter das.«

»Ist das Yoav?«

»Ihr habt euch gut verstanden, vertraut wie Geschwister, ich sehe euch noch hinten auf der Rückbank sitzen. Er hing an deinen Lippen«, sagte sie. »Ich glaube, er war ein bisschen verliebt.«

»Spricht er Deutsch?«

»Darauf habe ich Wert gelegt. Jede Sprache ist eine eigene Welt. Warum hätte ich den Jungen meine vorenthalten sollen?«, sagte Ruth. »Du hast Geschichten erzählt, die ineinander verschachtelt waren wie eine Babuschka. Und immer passierte noch etwas.«

»›Ma petite radio‹, so nannte sie mich.«

»Du hast Yoav über Israel ausgefragt, vor allem über Bethlehem, die Krippe und den Stall, du wolltest hebräische Worte lernen, hast sie mit dir getragen wie eine Kostbarkeit.«

»So öffnet ein Foto eine ganze Welt«, sagte ich. »Es ist ein Tor zu einem untergegangenen Königreich.«

»Ich glaube, es war unser letzter gemeinsamer Ausflug.«

»Wenn ich in Zukunft am Breitscheider Kreuz vorbeifahre, werde ich wahrscheinlich immer auch an euch, hier in Ein Harod, denken«, sagte ich. »Die Leiter in deinem Atelier, ihre Handschrift auf den Kuverts, ich stehe mit Yoav vor dem Brandenburger Tor, Uri grillt im Garten, Ken-Ne-Dy spricht vor dem Schöneberger Rathaus. Alles passiert gleichzeitig. Vermischt mit dem Geruch von Ölfarbe wird es eine tiefe Sehnsucht wecken.«

»Du bist hier immer willkommen.«

»Das ist gut zu wissen«, sagte ich. »Danke.« Ich ging einige Schritte näher an das Bild, das sie gerade malte. »Im Grunde sind auch Erinnerungen Mental Maps.«

»Das denke ich auch«, sagte Ruth. »Sie weisen uns auf unseren Wesenskern in der Vergangenheit hin, legen zugleich eine Spur in die Zukunft.«

30

Uri und Ruth standen am Tor und winkten, als ich mich am Samstagmorgen von ihnen verabschiedete.

Ich sehnte mich nach David, doch wir würden uns erst am nächsten Tag sehen können. Bis zum See Genezareth, dem Kinneret, waren es fünfundvierzig Minuten, und ich beschloss, einen Abstecher dorthin zu machen. Auf der Karte hatte Uri eine Badestelle markiert, die nahe Tiberias lag, am Westufer des Sees. Das Autofenster war offen, der warme Fahrtwind wehte mir ins Gesicht, vermittelte mir eine Ahnung, welche Temperaturen die nächsten Monate mit sich bringen würden. Ich genoss es, im Wagen zu sitzen, auf dem Weg zu sein. Der Parkplatz war leer. Ich nahm mein Handtuch und ging über den Kies ans Ufer, setzte mich auf einen Felsen. Durch den dünnen Stoff meines Kleides spürte ich den schroffen Stein. Der See lag ruhig vor mir, nur leichte Falten kräuselten sich über die Oberfläche, um diese Zeit des Jahres führte er frisches Wasser mit sich, war gut gefüllt. Im Hintergrund erhoben sich diesig und karg die Golanhöhen.

Die Tage, an denen Ruth und Uri mich aufgenommen hatten, waren eine Insel in der Zeit gewesen. Alles fand darin seinen Platz.

Ich ließ mein Kleid auf den Steinen zurück, setzte meine Füße ins Wasser. Tauchte ein. Eine Weile schwamm ich hinaus, drehte mich auf den Rücken und sah nach oben. Nicht der Himmel ist wolkig, dachte ich, da sind Wolken am Himmel.

***

Mit einem Luftballon in der Form eines Herzens stand David vor meiner Haustür. Er schenkte mir ein Tagebuch, bunte Blüten auf dem Einband, von einer Spiralbindung gehalten. Ich klappte es auf, von rechts nach links. David drehte es einmal um die eigene Achse, von links nach rechts.

Hebräische Zeichen auf der ersten Seite.

המקום שמצאת

hamakom shelach

»Es ist ein besonderes Wort«, er zeigte auf die einzelnen Buchstaben, »es bedeutet Ort, aber auch Gott. In dem Sinn, dass Gott dir diesen Ort zeigt. Es meint den Platz in deinem Herzen, deinen Platz in der Welt.«

David schien auf irgendetwas zu warten, ich blätterte durch die Seiten, das Buch stand bei ungefähr einem Drittel einen Spalt offen.

Eine Visitenkarte klebte dort, darauf eine Zeichnung, ein Weg durch die Wüste. So wie ein Kind ihn zeichnen würde, mit einigen wenigen weichen Kurven, die nirgendwo endeten. Am Rand beigegelbe Hügel, üppige Sträucher, Hütten mit roten Dächern. Carmey Avdat war eine kleine Farm mit Gästehäusern in der Negev, Weintrauben wuchsen hier in der Wüste.

»Waren wir hier?«, hatte David in großen Lettern unter das Kärtchen geschrieben.

31

David brachte Shiri in den Kindergarten, anschließend waren wir an der Kreuzung Ibn Gabirol/Eliezer Kaplan verabredet. Wir wollten den Tag in Jerusalem verbringen. Er war mit der Regisseurin in einem Studio verabredet, um das Filmmaterial zu sichten.

Ich hatte ein Interview mit einem Autor, dessen jüngstes Buch gerade in Israel erschienen war. Den Roman hatte er geschrieben, während sein Sohn im Zweiten Libanonkrieg war, er machte darin die Angst zum Thema, ein Kind im Krieg zu verlieren. »Ich hatte das Gefühl oder, besser gesagt, den Wunsch, das Buch würde ihn beschützen«, zitierte ihn die *Haaretz*. Und dann war es geschehen. Der Panzer wurde von einer Rakete getroffen, als er einen anderen beschädigten Panzer bergen wollte. In der Nacht klingelten Soldaten an der Haustür des Autors. »Wir kommen vom Standortältesten«, sagten sie durch die Gegensprechanlage, da wusste er Bescheid.

Davids alter Jetta hielt neben mir auf der Fahrbahn, er lehnte sich über den Beifahrersitz und schob den Knopf nach oben. Ich gab ihm einen Kuss. Wir sagten nicht viel. Es war das erste Mal, dass wir gemeinsam irgendwohin fuhren. Wir bogen ab auf die Stadtautobahn, linker Hand sah ich die Azrieli-Türme, dahinter den Bahnhof Hashalom. Es waren die ersten Bilder, die ich von Tel Aviv in mir aufgenommen hatte. Vier Monate waren seitdem vergangen. Ich war mitten in der Nacht am Flughafen Ben Gurion gelandet, hatte den Zug genommen und an der Brücke auf ein Taxi gewartet. Erinnerungen an den schweren Koffer in meiner Hand, die milde Luft in den frühen Morgenstunden, bleierne Müdigkeit mischte sich mit Vorfreude. Einige Wochen später war ich in das Einkaufszentrum an den Azrieli-Türmen gegangen, um Joggingschuhe zu kaufen. Der Flügel im Foyer kam mir in den Sinn, vermutlich ein Ausstellungsstück, der Soldat auf dem Hocker davor. Er spielte die Goldberg-Variationen. Das Maschinengewehr, dessen Lauf über seine hagere Schulter ragte.

»Langsam entwickle ich meine eigene Topographie der Stadt«, sagte ich.

»Was meinst du?«

»Ich verbinde Orte mit einem bestimmten Gefühl, einer Begebenheit.«

»Zum Beispiel …?«

»… weiß ich noch genau, wo ich deine erste SMS bekommen habe.«

David sah mich an.

»Auf dem Boulevard Rothschild, ich ging über den Mittelstreifen, an der Ampel, kurz vor dem Kiosk mit den weißen Barhockern.«

»Während ich in meiner Klosterzelle saß, auf eine Antwort wartete, noch bevor ich die Nachricht geschickt hatte«, sagte er. »Rothschild verbinde ich mit anderen Erinnerungen. Da bin ich morgens langgelaufen, während ich in der Armee war. 1989 muss das gewesen sein, 1990. Hinter Rothschild war die zentrale Busstation, von wo aus wir zu unserem Hauptquartier fuhren. Davon gibt es drei, eins im Süden, eins in der Mitte, unseres war im Norden, in der Nähe von Safed. Von da aus sind wir in den Libanon. Der Krieg war damals schon vorbei, aber der Konflikt ging weiter, einige Monate war ich auf einem Außenposten stationiert, in der Sicherheitszone«, sagte er. »Hast du *Beaufort* gesehen, den Film?«

»Noch nicht.«

»Auf so einem Außenposten war ich.« Wir hatten Tel Aviv inzwischen hinter uns gelassen, rechts und links der Autobahn lagen sandige Hügel, auf denen vereinzelt Büsche von Nadelhölzern wie grüne Flecken wuchsen. »Safari-Tours«, sagte David, als habe er das Wort gerade wiederentdeckt. »So haben wir die Fahrten genannt, wenn wir von der Grenze zu unserem Posten im Libanon fuhren, in gepanzerten Kettenfahrzeugen. Weißt du, welche ich meine?«

Ich schüttelte den Kopf.

»Im Grunde sehen sie wie Panzer aus, nur ohne Kanonenrohr.«

»Hattest du Angst?«

»Ich glaube nicht, ich war so jung und naiv. Ich wollte nur überleben und zurück zu Doda Cheni.« Er schwieg einen Moment. »Heute würde in meinem Kopf ein anderer Film laufen. Ich hätte Angst. Und wie. Wenn Shiri eines Tages zur Armee geht, werde ich kein Auge zutun, oiwawoi, wie eine jüdische Mutter.« David sprach, ohne den Blick von der Fahrbahn abzuwenden. »Manchmal, in einem Moment des Alltags, wenn ich ihre Schnürsenkel binde oder ihre Jacke am Haken im Kindergarten aufhänge, denke ich, wie viele dieser Kleinigkeiten es braucht, um ein Kind großzuziehen. Über Jahre hilfst du ihr auf die Beine, wenn sie fällt, belegst ihre Pausenbrote, bei Fieber wickelst du kalte Tücher um ihre Waden. Was, wenn dieses Leben auf einmal ausgelöscht ist, von einer Kugel im Gazastreifen getroffen, bei einem Handgemenge mit Palästinensern erstochen. Das, was deinem Leben, deinem Alltag eine Richtung gegeben hat, von jetzt auf gleich ausgelöscht in einem sinnlosen Krieg«, sagte er. »Dabei war ich es, der sie nach Israel geholt hat.«

»Du weißt nicht, wie ihr Leben weitergeht«, sagte ich. »Wie es dort weitergegangen wäre.«

Eine Weile fuhren wir schweigend. Bis Jerusalem waren es noch fünf Kilometer.

»Spürst du das?«, fragte David.

»Was?«

»Wenn ich den Berg rauffahre, drückt es sich zentnerschwer auf meine Lungen. Ich könnte nicht in Jerusalem leben, die Luft ist von Religion geschwängert«, sagte er. »Ich war schon lange nicht mehr hier. Das letzte Mal im Januar, um Shiri den Schnee zu zeigen.«

Rechts der Autobahn stand eine Plakatwand mit der israelischen Flagge, in weißen-blauen Lettern feierte das Land seinen Geburtstag. Dahinter sah ich die Stadtmauer.

»Schon ein bisschen unheimlich, findest du nicht?« Ich nahm den Block aus meiner Tasche, um die Notizen für das Interview mit dem Autor noch einmal durchzugehen. »Es geschieht genau das, wovor er sich am meisten fürchtet.«

»Er hat seiner Phantasie Raum gegeben.«

»Wie meinst du das?«

»So wie ich mir im Flur des Kindergartens für einen Moment das Schlimmste vorstelle, obwohl Shiri schon fröhlich zu ihrem Freund Noam läuft. Wir stellen uns vor, was passieren könnte, im Guten wie im Schlechten«, sagte er und sah mich an. »In Israel ziehen junge Menschen in den Krieg, jede Generation schickt ihre Söhne und Töchter. Und im Krieg sterben Menschen.« In seinem Blick lag jene Abgeklärtheit, die ich schon zuvor an ihm beobachtet hatte. »Das ist schrecklich, aber das kann passieren.«

»Ich hätte Sorge, etwas heraufzubeschwören, indem ich darüber schreibe.«

»Weil Dinge nicht geschehen, wenn du sie im Unterbewusstsein schlummern lässt? Jede Mutter, jeder Vater kennt diese Angst hier. Der Autor hat ihr ins Auge gesehen, das war verdammt mutig«, sagte David. »Lucky guy, er hat eine Möglichkeit, damit umzugehen.«

»Und Doda Cheni«, fragte ich, »wie ist sie damit umgegangen?«

»Bevor ich losging, sagte sie immer: ›Denk nicht darüber nach. Alles wird gut gehen.‹ Das hat funktioniert, für mich jedenfalls. Ich wusste, wenn ich nach Hause kam, in meiner nach Waffenöl stinkenden Uniform, würde sie unten in ihrer Schneiderei sitzen und von der Nähmaschine aufsehen. So wie immer.«

»Hast du bei ihr gewohnt?«

David schüttelte den Kopf. »Aber ich bin als Erstes zu ihr. Wir haben einen Tee getrunken und Pfirsichkekse gegessen. Sie war mein Hinterland.« Er schwieg einen Moment. »Bestimmt hat sie sich Sorgen gemacht. Aber sie ist ein Mensch, der immer das Positive sieht. Und sie hat selbst schon so viel erlebt. Sie ist allein an Bord der *Pan York* gegangen, da war sie gerade mal sechzehn. Seit Ben Gurion in Sofia gesagt hatte: ›Ich erwarte, dass ihr alle kommt‹, seitdem wollte sie fort, nach Palästina, aber die Briten ließen das Schiff nicht anlegen. Sie saß zwei Jahre auf Zypern fest, hinter Stacheldraht in einem Internierungslager. Wenn sie davon erzählt, klingt es wie ein großes Abenteuer. Wie in dem Film *Das Leben ist schön*«, sagte er. »Darin ist sie Weltklasse.«

»Ich würde sie gerne kennenlernen.«

»Sie dich auch.«

»Du hast ihr von mir erzählt?«

Er nickte.

David setzte mich in einem Vorort von Jerusalem ab, der Autor lebte in einer ruhigen Nebenstraße, in der die Häuser flach und die Bäume grün waren. Hitze stieg über den Asphalt.

»Jaffator, um zwölf?«, fragte ich.

»O nein«, sagte David gequält. »Nicht in die Altstadt.«

»Warum nicht?«

»Weil man da als Israeli nicht hingeht. Nicht ohne triftigen Grund. Ich kann mich nicht erinnern, wann ich das letzte Mal da war.«

»Zu gefährlich?«

»Fühlt sich jedenfalls nicht gut an.«

Ich erzählte ihm von dem Laden, in dem es angeblich den besten Hummus der Stadt gab, Martin hatte ihn mir empfohlen. Zunächst weigerte sich David, Hummus als triftigen Grund anzuerkennen. Schließlich aber willigte er ein. Mir zuliebe.

32

Nach dem Interview nahm ich ein Taxi. Während wir uns den Mauern der Altstadt näherten, hörte ich Martinshörner und Polizeisirenen, die sich in die Stimme des Radiosprechers mischten. In einem Atemzug berichtete er von den Verhandlungen mit der Hamas, einem möglichen Waffenstillstand, den Ermittlungen gegen den Premierminister, den weiter steigenden Brotpreisen. In der Ferne läuteten Glocken. Ich holte mein Aufnahmegerät aus der Tasche, kurbelte die Fensterscheibe ein Stück runter und legte das Mikrofon auf den Rand. Der Taxifahrer beobachtete mich, unsere Blicke trafen sich im Rückspiegel. Ein Klangbild dieser Stadt, dachte ich, die Sirenen am Sabbat, der Adhan, Gebetsruf der Muslime, das Geläut von der Himmelfahrtskirche am Ölberg, vielleicht könnte ich ein Feature daraus machen. Nahm es auf in mein »Archiv der Möglichkeiten«.

David wartete hinter dem Jaffator an einem Stand mit Granatapfelsaft. Er reichte mir einen Becher. Der Saft war erstaunlich süß, hinterließ einen spröden Pelz auf meinen Zähnen. Wir fanden den Weg zum Hummus-Laden nicht auf Anhieb, liefen durch die Gassen der Altstadt. Es duftete nach Orangen und frischem Leder, nach orientalischen Gewürzen, die wie Hügel in schillernden Farben vor den Läden aufgeworfen waren. Händler saßen auf der Stufe vor ihren Geschäften. Eine verschleierte Frau verkaufte getrockneten Salbei. An Balkongittern hing die israelische Flagge. Vor uns lief eine Gruppe von kleinen Jungen paarweise nebeneinander, gefolgt von einem Mann mit Gewehr. Sie alle trugen eine Kippa.

Schließlich standen wir vor einem schmalen Ladenlokal. Den Eingang konnte man hinter bunten Plakaten mit aufgezeichneten Falafel-Bällchen und Hummus-Tellern nur vermuten. Über der Tür ein Banner mit Coca-Cola-Reklame. Drinnen, an der Theke, hing ein ausgefranstes Poster der Altstadt, die Farben verblasst, nur im Zentrum strahlte golden die Kuppel des Felsendoms. Wir setzten uns an einen der schlichten Holztische. In dem Fernseher, der oben rechts an der Wand hing, sah ich schwarz verschleierte Pilger. Sie liefen um einen riesigen Quader aus schwarzem Marmor, unter ihnen vereinzelt weiß Gewandete. Offenbar eine Direktübertragung aus Mekka.

»Ich nehme Hummus, aber mit Kichererbsen, nicht den mit Bohnen«, sagte David, nachdem der Kellner uns mit der Speisekarte allein gelassen hatte. »Vielleicht einen Salat, aber ohne Zwiebeln. Einen Teller Falafel, den könnten wir uns teilen. Und einen frisch gepressten Karottensaft.« Er sah mich zufrieden an. »Am besten, du bestellst.«

»Warum?«

»Wegen deines Akzents. So denkt er, wir sind Touristen.«

Schon bald stand der Hummus vor uns, in einem Bad aus Olivenöl, darauf gekochte Kichererbsen und fein gehackte Petersilie. Kross gebackene Falafel. Fladenbrot. Ein Teller mit grünen Peperoni, geachtelten Tomaten und sauren Gurken. Salat ohne Zwiebeln.

»Während des Interviews musste ich daran denken, was du über die Schiwa gesagt hast. Er hat den Roman geschrieben und seinen Sohn auf diese Weise auferstehen lassen«, sagte ich. »Die Rede, die er an seinem Grab gehalten hat, stand damals auch bei uns in der Zeitung. Er spricht von seinem Sohn als gutem Soldaten. Einem, der an den Checkpoints die Kinder beruhigte, erst dann den Wagen kontrollierte. Der links war, seine Meinung sagte und trotzdem Panzerkommandeur werden wollte. Ein vorbildlicher Vorgesetzter. Ob er das auch erwähnt hätte, wäre sein Sohn nicht im Krieg gefallen?«

»Was meinst du?«

»Wäre er beim Surfen, sagen wir mal auf einer Riffplatte vor Netanja, verunglückt, hätte er vielleicht erzählt, dass er die Natur über alles liebte, jede freie Minute mit seinen Freunden am Dolphinarium verbrachte, sich auf das nächste Tiefdruckgebiet freute und den Vitamingehalt von Trockenfrüchten studierte.«

»Davon träumte, nach dem Militärdienst nach Indonesien zu reisen, vor Bali zu surfen«, sagte David. »Doc Paskowitz verehrte …«

»Wer ist das?«

»Er will Boards in den Gazastreifen bringen, könnte eine Geschichte für dich sein, ›Surfing for Peace‹.«

»Das wird mir jetzt erst klar. Wenn wir über einen Menschen sprechen, über sein Leben, erzählen wir es häufig von seinem Ende aus. Jedenfalls von einem Standpunkt, an dem etwas erreicht wurde, gut oder schlecht, im Sinne einer Folgerichtigkeit, vielleicht sogar eines Schöpfungsplans«, sagte ich. »So wie man die Kinderbilder von Gilad Shalit in Ashkelon ausstellt, weil sie vom Frieden erzählen, während er Opfer des Krieges ist.«

»Von Joel Coen sagt man, er habe in jungen Jahren Rasen gemäht, um sich von dem Geld seine erste Super-8-Kamera zu kaufen. Er und sein Bruder Ethan drehten damit Filme aus dem Fernsehen nach.«

»Würde das jemanden interessieren, hätten die Brüder nicht den Oscar gewonnen?«

David trennte ein Stück Fladenbrot ab, zog es durch Öl, Hummus und Petersilie, beschrieb mit seiner Hand eine Kurve.

»Wie geht es dem Autor jetzt?«, fragte er.

»Er sagt, das Schreiben helfe ihm, dem Sog der Traurigkeit zu widerstehen. Und dass es vielen Menschen in Israel so gehe, dass es hier vielleicht deshalb so viele schöpferische Menschen gebe, weil das Leben, die Existenz so oft bedroht seien.« Ich holte mein Aufnahmegerät aus der Tasche, schaltete es ein, spulte es zurück zu der Stelle, die mir in besonderer Erinnerung geblieben war. Mir war sofort aufgefallen, dass er sendereife Sätze sprach, die ich kaum würde schneiden müssen. Ich schaltete das Band ein, spulte noch einmal vor und zurück, bis ich die Stelle gefunden hatte:

»Ich kann mich noch erinnern, als ich zum ersten Mal einen Erwachsenen das Wort ›Glück‹ sagen hörte. Da war ich ein kleiner Junge, und ich fuhr morgens um sieben von dem heruntergekommenen Stadtteil in Südjerusalem, in dem ich wohnte, mit dem Bus zur Schule. Der Bus war voller Menschen, die noch den Albträumen ihrer Nacht nachhingen, und im Radio lief eine Sendung, ein Interview mit dem Pianisten Artur Rubinstein. Der Journalist fragte: ›Wie können Sie sich selbst beschreiben?‹ Und Rubinstein sagte: ›Ich bin ein glücklicher Mensch.‹ Diese Worte, ›glücklicher Mensch‹, fielen wie Goldstücke in die Stimmung in diesem Bus hinein. Und ich war zutiefst berührt. Denn ich erkannte, dass dieser Mensch ein Künstler war. Genau das wollte ich werden.«

»Wow.« David schüttelte ungläubig den Kopf. »Warum passieren mit dir so schöne Dinge? Auf einmal ist mein Leben voll davon. Ich fange endlich an, mein Drehbuch zu schreiben. Mit Doda Cheni blättere ich in alten Fotoalben. Shiri malt im Kindergarten mit bunten Stiften. Nachts träume ich vom Licht auf Becketts Terrasse. Sogar Nancy geht wieder ans Telefon.« Er nahm meine Hand. »Lauter Goldstücke, die in mein Leben fallen.«

»Er hat eine schöne Stimme, findest du nicht?« Ich ließ das Band noch einen Moment laufen. »Als komme sie von einem Ort, an dem ihm nichts geschehen kann. Als habe er in sich seinen eigenen Kosmos gefunden.«

»So wie du.«

»Weil ich mit dir spreche«, sagte ich. »Wenn ich in Zukunft in ein Mikrofon spreche, stelle ich mir vor, mit dir im Tola'at Sfarim zu sitzen. Ich werde lächeln, und die Menschen hören beim Zähneputzen eine volle, warme Stimme. Ohne zu wissen, woran es liegt.«

»Darüber habe ich nie nachgedacht.«

»Worüber?«

»Was in einem Moderator vorgeht, wenn er in ein Mikrofon spricht.«

»Gibt es das nicht in jedem Beruf? Etwas, worüber man gar nicht mehr nachdenkt, worüber man gar nicht mehr spricht, weil es so grundlegend ist. Am Anfang ist es eine Lektion, aber dann geht es einem in Fleisch und Blut über«, sagte ich. »Wusstest du zum Beispiel, dass man vor einer Frühsendung der einsamste Mensch der Welt ist?«

»Wie ein Drehbuchautor vor einem weißen Bildschirm.«

»Ja, das ist vermutlich vergleichbar«, sagte ich. »Mutterseelenallein, so fühlte sich das an, wenn ich mitten in der Nacht unter der Dusche stand. Ich hatte das Gefühl, keiner kann mir helfen, und so war es ja auch. Ich musste das allein machen. Auf meinem Drehstuhl im Studio, umgeben von grauen Schallschutzwänden, vor mir Mikrofon und Rotlicht.« Ich sah David an. »Komischerweise hat die Einsicht etwas Beruhigendes. Wir werden allein geboren, und so sterben wir. Gerade in dieser Trostlosigkeit liegt Trost. Verstehst du, was ich meine?«

»Aber Menschen helfen einander.«

»Klar, es gibt den Techniker, der mir hinter der Scheibe zulächelt. Das tut auch verdammt gut. Aber am Ende bin ich es, die sich in der Moderation nicht verhaspeln darf. Ich muss den Namen meines Interviewpartners exakt aussprechen, ihm im richtigen Moment die richtigen Fragen stellen. Auf die Zeit achten. Das kann mir keiner abnehmen«, sagte ich. »Und weißt du, was?

Als ich das verstanden hatte, wirklich verstanden, ging es besser. Als ich aufhörte, nach Hilfe zu suchen, und mich voll auf die Sendung konzentrierte.«

David sah mich aufmerksam an.

»Man kann in der Stimme so viel hören. Angst zum Beispiel, wenn du Angst hast, dann hört man das im Radio. Vor dem Mikrofon bist du splitterfasernackt.«

Der Kellner kam, um zu sehen, ob wir von allem genug hatten. Wir nickten. David versicherte sich, dass er außer Hörweite war, dann legte er die Handkanten an seinen Mund: »›Moishele! Sarah!‹« Er hauchte die Namen mit dünner Stimme über den Tisch. »›Menachem! Rivka!‹«

Ich lachte. »Was soll das denn?«

»Ich erinnere mich auf einmal an diese Stimmen«, sagte er. »Eine Sendung im Radio, die ich früher gehört habe. Oft hatten sie einen jiddischen Akzent, manchmal sprachen sie auch ein paar Sätze in ihrer Muttersprache, auf Russisch oder Polnisch, und leise waren sie, manchmal schon zittrig. ›Suche nach Verwandten‹ oder so ähnlich hieß die Sendung. Die Leute riefen im Studio an, weil sie jemanden suchten. Sie waren in den Dreißiger-, Vierzigerjahren nach Palästina gekommen und hatten die Suche nicht aufgegeben. Ich stellte mir vor, diese Menschen würden in der Wüste stehen, erschöpft von der langen Reise, ohne Hoffnung nach ihren Liebsten rufen. Sie kamen mir vor wie Außerirdische, die ihre Welt verloren hatten und nicht zurück nach Hause konnten«, sagte David. »Meist lag ich auf meinem Bett, wenn ich die Sendung hörte, damals hatten wir noch keinen Fernseher. Tami lag nebenan in ihrem Zimmer und hörte auch. Fast jeden Tag, wenn wir aus der Schule kamen, von zwei bis vier Uhr.«

»Hat sich jemand gemeldet?«

»In neunundneunzig Prozent der Fälle hatte niemand von ihnen gehört. Die Suche war vergebens«, sagte er. »Eigentlich traurig. Trotzdem haben wir die Sendung geliebt. Manchmal kam Tami zu mir, legte sich auf ein paar Kissen neben mich und nahm meine Hand. Später sind wir durch die Wohnung gelaufen, haben uns beim Namen gerufen. ›Tami!‹ ›David!‹ Wie um uns zu versichern, dass wir noch da waren.«

33

Wir gingen zurück durch die überdachten Gassen der Altstadt. Bis hinauf in die Torbögen hing Ware. Sitzkissen, Fusselroller und Küchenschürzen, dazwischen ein Lagnese-Eis-Menü. Tabletts von dunkelblauen Kacheln. Ein Junge bahnte sich seinen Weg durch Touristen und Händler, Bündel Straußenfedern in seiner Hand, zusammengebunden zu Staubwedeln. Ein Priester in schwarzem Gewand eilte vorüber, hielt das Kreuz an seiner Kette in der rechten Hand, damit es nicht gegen seine Brust schlug. Marktschreie mischten sich unter arabische Musik. Ältere Männer auf geflochtenen Hockern tranken Tee aus kleinen Gläsern.

»One for the road.«

»Jetzt, hier?«, fragte David. Ihm schien die Altstadt noch immer nicht geheuer. »Wie spät ist es eigentlich?«

Ich hakte mich bei ihm unter.

»Aber nur kurz«, sagte er.

»Klingt perfekt«, sagte ich. Bestellte zwei Gläser mit Nana. »Erzähl mir von deinen Lektionen, was muss ein Kameramann wissen?«

»Dass ich eine Geschichte erzähle«, sagte er, ohne nachzudenken. »Nur dass ich dafür keinen Stift brauche, sondern Licht, Kameralinsen und Filter.«

»Was ist das Wichtigste davon?«

»Das Licht, wie ein Bild beleuchtet ist. Wenn du eine Szene drehst, die nachts in dieser Gasse spielt, also zum Beispiel, wir verbringen ein gemeinsames Wochenende in Jerusalem, laufen Hand in Hand über das Steinpflaster, die Läden sind schon längst mit

Brettern verrammelt. Zwei Männer, sie tragen lange schwarze Mäntel und Hüte. Vielleicht einen Tallit. Ihre Schatten fallen auf den Boden. Dann muss der Kameramann überlegen, ob das Licht stimmt. Ob es in die Zeit passt, ob es die Stimmung wiedergibt, wie die Schauspieler darin erscheinen. Du kannst natürlich auch mit den Straßenlaternen arbeiten, aber dann macht Uri Lupolianski den Film.«

»Lupolianski?«

»Der Bürgermeister«, sagte David. »Es geht darum, einen Film zu machen. Nicht einfach nur zu zeigen, was du vorfindest.« Er nahm das kleine Glas zwischen seine Finger, trank einen Schluck Tee. »Der Regisseur muss dir vertrauen. Er muss dir zutrauen, dass das Bild, das du machst, dieselbe Qualität hat wie das, das er im Kopf hat. Er trägt vielleicht schon seit Jahren eine bestimmte Vorstellung, eine Stimmung mit sich. Und du musst ihm auf dem Bildschirm etwas zeigen, das genauso gut ist. Vielleicht sogar ein bisschen besser.«

»Klingt magisch.«

»Wenn es gut läuft, ist es das. Ein Blick genügt, und du spürst das Gewicht, den Wert der Zusammenarbeit, die euch beide verbindet.«

»Was noch?«

»Als Kameramann nimmst du immer nur einen bestimmten Ausschnitt in den Blick, einen bestimmten Rahmen, aber du musst wissen, was außerhalb dieses Rahmens existiert.«

So wie dieser Moment, das Messingtablett auf dem Hocker, die halb vollen Teegläser, die vom heißen Wasser aufgeschwemmten Minzblätter, die Nargila auf dem Steinpflaster. Eine Frau und ein Mann, sie passen gut zueinander, scheinen füreinander geschaffen. Sie reden, hören einander zu, lachen, fassen sich an. Würde man die Kamera nur auf diesen Ausschnitt halten, was würden die Bilder erzählen?

»Auf Fotos sahen meine Eltern glücklich aus«, sagte ich. »Mein Vater hat viel fotografiert.«

»Jetzt nicht mehr?«

»Das weiß ich gar nicht.«

»Du hast nie von ihm erzählt«, sagte David. »Was macht er?«

Ich erzählte ihm, dass er Professor an der Universität Oxford war.

»Waren denn deine Eltern glücklich?«

»Schwer zu sagen, es sind nicht viele Erinnerungen, die ich an sie gemeinsam habe. Sie sind abends gerne ausgegangen, das weiß ich, weil ich mich davor fürchtete. Obwohl ich Edda, unseren Babysitter, mochte. Manchmal sind sie auch ein paar Tage weggefahren, nach Paris oder Marseille, und immer brachte sie mir etwas mit. Eine Baskenmütze für Jule, weiße Gummistiefel, eine Schachtel Macarons. Eine Schneekugel mit einem azurblauen Schmetterling. ›Mon papillon‹, so nannte sie mich.« Ich versuchte, ihre Stimme in mein Gedächtnis zurückzuholen, sie klang wie ein fernes Echo.

»Einmal sind wir gemeinsam nach Frankreich gefahren. Daran erinnere ich mich auch, an die Langeweile auf den Autofahrten. ›Wann sind wir endlich da?‹ Ich hatte für Jule einen Reisepass gebastelt, ihn aus dünner weißer Pappe ausgeschnitten und ein Bild von einem Baby eingeklebt. Als wir über die französische Grenze fuhren, reichte mein Vater auch Jules Pass durch das Fenster unseres Käfers, das weiß ich noch und dass der Grenzbeamte mich bat, das weiße Cape ein Stück zur Seite zu schieben, damit er ihr Gesicht besser sehen konnte. Es muss in den Sommerferien gewesen sein, wir hatten ein kleines Haus gemietet, es tat weh, barfuß über den Kies in der Einfahrt zu gehen. Und dann war da dieses Fest im Dorf, rund um den Brunnen standen lange Tische und Bänke, in den Straßen waren bunte Wimpel gespannt und Girlanden aus Blüten. Es spielte eine Kapelle, die Paare drehten sich im Tanz auf dem Kopfsteinpflaster, und mein Vater forderte meine Mutter auf.«

»Klingt, als wären sie sich nah gewesen.«

»Wenn sie auf Reisen waren«, sagte ich. Legte meine Hand in seine. »Woher weiß man, dass zwei Menschen sich lieben?«

»Ich weiß es einfach.«

»Warum sind wir zusammen hier?«

»Erstens: weil ich dir alles erzählen kann. Weil du alles verstehst, jede dämliche Kleinigkeit. Zweitens: weil du immer schön sein wirst, egal in welchem Alter. Drittens: …«

»Klingt wie ein Liebeslied.«

»Wir sind aus demselben Material«, sagte er, ohne nachzudenken.

»Wie meinst du das?«

»Wir wollen dem Leben nahekommen.« Er hob den Zeigefinger. »Und wir sind bereit, den Preis dafür zu zahlen.«

»O nein … nicht immer.«

»Vielleicht nicht immer, vielleicht zögern wir an mancher Stelle, aber letzten Endes sind wir bereit dazu.«

»Wäre es nicht leichter, mit jemandem zusammen zu sein, der dem Leben nicht ganz so nahekommt?«

»Vielleicht wäre es leichter. Aber mit dir kann ich in den Krieg ziehen.«

Zu Hause holte ich eine Flasche Weißwein aus dem Kühlschrank, ging durchs Wohnzimmer in den Wintergarten und setzte mich in den Sessel. Die Balkontür der Nachbarin im Haus gegenüber stand offen, Avishai Cohen spielte, von ihr sah ich nur die Füße, sie lagen auf einem gepolsterten Hocker, ein langer Streifen Watte zwischen den Zehen. Eine Hand strich Farbe auf die Nägel, der Arm verschwand hinter der Wand ihres Wohnzimmers. Noch immer war es warm, die feuchte Hitze legte sich auf meine Haut.

Ich sank tiefer in den Sessel, schaltete meine Kamera ein, zappte durch die Bilder des Tages. Ein aufgeschnittener Granatapfel. Die Orientteppiche, die vor den Geschäften hingen, siebenarmige Leuchter und Mesusa in verschiedenen Ausführungen, handgeschnitzte Krippen aus Olivenholz. Ein Junge, der ein Tablett auf dem Kopf trug. Getrocknete Aprikosen und Feigen, geschälte Mandeln und Cashewkerne. Ein Bild von David und mir, ich hatte den Kellner darum gebeten, schließlich waren wir Touristen. Hinter uns an der Wand entdeckte ich einen kleinen Ventilator aus hellblauem Plastik, dunkelbraune Gebetsketten, die darüber hingen. Wir lachten in die Kamera. Seine große Hand, die sich fest um meine Schulter legte.

Manchmal konnte ich es kaum fassen, dass ich alles an ihm mochte. Die Art, wie er ging, wie wir nebeneinander hergingen und er mich immer wieder ansah, wenn er mit mir sprach. Ich mochte, wie er auf das Leben blickte und vielem eine Bedeutung zumaß, was mir bislang bedeutungslos erschienen war. Seine Stimme und wie er »main Shatz« sagte. Überhaupt seine Sammlung deutscher Worte, die er auf meine Post-its schrieb und an die Tür in seiner Klosterzelle hängte: »schonungslos« und »Kompass« und »Pyjama« und »Wiedervorlage«, heute hatte er »Nimmersatt« dazugelernt. Ich war gerührt von seiner Fürsorge, wenn er darauf bestand, den Weg zurück zum Falafel-Laden zu gehen, obwohl er sich in der Altstadt nicht wohlfühlte, den Blick hartnäckig auf das glänzende Steinpflaster gerichtet, weil ich meinen hellblauen Schal aus rauer Seide vermisste. Ihn schließlich unter dem Tisch des Lokals wiederfand. Ich mochte die Langsamkeit, mit der er aß. Und dass er die Sally in unserer Beziehung war. Das Gefühl, mit ihm durch die Gassen zu gehen, vertraut wie ein altes Ehepaar und frisch verliebt.

Einige Jahre zuvor war ich mit einem Mann zusammen gewesen, auch er studierte Kulturwissenschaften, wir kannten uns nicht lange. Mehr als alles andere war mir unsere Trennung im Gedächtnis geblieben. Wie er auf meiner Bettkante im Studentenwohnheim saß und sagte: »Ich habe Angst vor deiner Traurigkeit.« Dann war er gegangen. Und der Satz war geblieben.

Seitdem fragte ich mich bei jedem Mann, dem ich näherkam, ob er diese Angst auch spürte. Ob ich sie ihm einjagte. Bei David hatte ich mich das nie gefragt, vielleicht war das der Unterschied, der Satz fiel mir überhaupt erst jetzt wieder ein.

34

Ich verließ das Studio mit einer Tüte Papier in der Hand. Doris hatte die Wochenend-Beilage der *Haaretz* aussortiert, ich wollte sie für meine Collagen durchblättern. »Jonas Geschichte« hatte ich in Ruths Atelier abgeschlossen, die Silhouette des Wals aus entwerteten israelischen Briefmarken geklebt. Die Arbeit hing an der Schranktür in meinem Schlafzimmer, daneben die Skizze auf hellblauem Luftpostbriefpapier, der Weg nach Ein Harod.

Der Bus war angenehm leer, ich suchte mir einen Platz am Fenster, nahm ein Magazin auf meinen Schoß, riss einzelne Seiten heraus. Am Anfang stand meist ein Detail, das meine Aufmerksamkeit auf sich zog, der Wurf eines Würfels, eine nackte Glühbirne, volle Lippen. Diese hier auf dem Foto waren rot geschminkt, einen Spalt geöffnet, fast hörte ich eine Stimme. Wie von selbst fing ich an zu suchen. Vielleicht ein Porträt. Worte vielleicht, die meine Mutter gesprochen haben könnte.

Zu Hause im Treppenhaus nahm ich einen strengen Geruch wahr, normalerweise roch es hier angenehm schattig. Außer am Freitag, wenn Leah gegen den Sabbat ankochte. Oben angekommen, sah ich Crusoe vor meiner Haustür sitzen. Neben ihm auf den Stufen stand ein türkisfarbener Rucksack, als wollte er gleich bei mir einziehen.

»Was machst du denn hier?«, fragte ich.

Er hob interessiert das Kinn.

Von unten hörte ich Neva hochrufen, sie kam die Treppe hinauf und balancierte eine Plastikschale mit Wasser in ihrer Hand.

Stellte sie vor Crusoe ab. Er beugte den Kopf und schlürfte geräuschvoll.

»Wir wollen mit dir spazieren gehen«, sagte sie.

Die Feuerakazie stand in voller Blüte, verwandelte Tel Aviv in ein rotes Meer. Die Luft roch nach Honig und Wärme. Wir setzten uns auf eine Bank. Crusoe machte es sich neben uns bequem, der Asphalt war dicht von Blüten bedeckt, er lag darauf wie auf einem roten Teppich. Ich hatte das Gefühl, die beiden schon immer zu kennen. Wir ließen die Menschen an uns vorbeiziehen. Ein Mann mit einem Käppi der New York Yankees in einem elektrischen Rollstuhl, sein philippinischer Pfleger hatte Mühe, Schritt zu halten. Paare schlenderten durch die Abendsonne. Ein kleines Mädchen führte einen Labrador spazieren, der fast so groß war wie es selbst, eine pinke Plastiktüte an die Leine geknotet.

»So einen hatten wir auch«, sagte ich.

»Wie hieß er?«

»Buba.«

Ich erinnerte mich an die gemeinsamen Ausflüge, die ich mit meinem Vater in die Ruhrauen unternommen hatte. Im Sommer stand das Gras auf den Wiesen hoch, in der Ferne war die Ruhrtalbrücke zu sehen. An einer seichten Stelle warfen wir einen Stein ins Wasser, Buba sprang hinterher, anfangs schien er überrascht, schwimmen zu können. Später tauchte er nach dem Stein. Mein Vater hatte immer behauptet, der geworfene sei derselbe Stein, den der Hund uns anschließend brachte.

»Geht Crusoe auch ins Wasser?«, fragte ich.

Der Bernhardiner hob das Kinn.

»Er buddelt lieber im Sand«, sagte sie. »Wo ist Buba jetzt?«

»Lange tot.«

Buba war bei mir geblieben, als mein Vater und Lena nach England gingen. Jeden Mittag, wenn ich aus der Schule kam, machten wir einen Spaziergang entlang der Ruhr. Manchmal gingen wir auch über die Kirmes, die jeden Sommer in den Auen stattfand. Während der Mittagszeit standen die Fahrgeschäfte still, niemand haute den Lukas, der Rummel wirkte seltsam gespenstisch. Allein der Geruch von gebrannten Mandeln erinnerte daran, dass das Leben bald zurückkehren würde.

»Seine Asche haben wir in den Fluss gestreut.«

Lena war aus England gekommen, anschließend waren wir über die Kirmes gegangen, vorbei an Autoscooter, Zuckerwatte und Entenangeln, direkt zum Riesenrad am Ende des Festplatzes. Die heiseren Stimmen der Schausteller waren in der Höhe zu uns gedrungen, die dumpfen Bässe deutscher Schlager, das Lachen und Kreischen aus der Achterbahn. Rot-Grün-Gelb, ausgeworfen in den Abendhimmel, ein blinkender Schweif. Von oben betrachtet schien alles seine Ordnung zu haben, die Kirmes, der Fluss, die Wiesen.

»Kannst du Crusoe am Freitag nehmen?«, fragte Neva.

»Klar.«

»Kein Problem?«

»Kein Problem«, sagte ich. »Fährst du weg?«

»Nur nach Jerusalem, meine Familie besuchen«, sagte sie. »Er fährt ungern Auto.«

Crusoe erhob sich mit uns, schüttelte rote Blüten aus seinem Fell, sie fielen vor uns auf den Asphalt.

***

Zur Übergabe verabredeten wir uns Freitagnachmittag im Segafredo an der Dizengoff. Neva wollte vor Anbruch der Dunkelheit in Jerusalem sein, am Sabbat nicht mit dem Auto zu Hause vorfahren.

Am Tisch neben uns saßen zwei junge Frauen. Sie trugen leichte Sommerkleider, sprachen französisch miteinander. Crusoe schnüffelte interessiert an den Strandtüchern, die neben ihnen auf dem Stuhl lagen.

Nach einigen Fragen zur Karte entschieden sich die beiden schließlich für einen Hafouch.

Die Kellnerin erinnerte an eine Ballerina, ihre schlanken Glieder, in ihrem Blick lag eine gewisse Abwesenheit. Als stünde sie nicht wirklich vor diesem Tisch, um eine Bestellung aufzunehmen. »Das ist langweilig«, entgegnete sie.

Affogato, Tee Nana, Macchiato, Milkshake, Caffè Coretto. So ging es eine Weile hin und her. Bis die Kellnerin sich schließlich uns zuwandte, die beiden Frauen sich selbst überließ, wir Espresso bestellten.

Mein Telefon klingelte.

»Ich bin mit dem Hund draußen«, sagte David.

»So wie ich.«

»Sehen wir uns?«

»Leider nein.«

»Dein Freund?«, fragte Neva, nachdem ich aufgelegt hatte.

Einen Augenblick zögerte ich, ihr von David zu erzählen. Mann, Frau, Geliebte. Das waren die Fakten, wenn man sie wie Visitenkarten auf den Tisch legte.

Hörte sie schon fragen: »Er ist verheiratet?«

Die Ballerina stellte zwei Tassen Espresso auf den Tisch.

»Eine Affäre ist in Ordnung, solange nichts kaputtgeht«, sagte Neva.

»Das weiß man doch vorher nicht«, sagte ich. Was wäre, wenn Davids Frau von mir wüsste? Wollte ich das? Oder würde ich hinterher auf die Scherben sehen, genau wie David, und sagen: »Das habe ich alles nicht gewollt.« Seine Frau schien keine Fragen zu haben. Sie flog nach San Francisco. Auch das war eine Entscheidung. Natürlich, in einer idealen Welt würden wir uns am Ende alle gut verstehen. Die Scherben würden sich in einer neuen Ordnung zusammensetzen. Wie die bunten Splitter eines Kaleidoskops. Allerdings hatte ich wenig Vertrauen in die Naturgewalten, die bei einer solchen Trennung wirkten. »Wenn ein Meteorit in eine Familie fällt, kann alles geschehen«, sagte ich.

»Wenn man eine Liebe verrät, auch«, sagte Neva. »Das Leben ist stärker.«

»Stärker als was?«

»Als die Regeln, die Menschen machen. Hätte Gott nicht gewollt, dass ihr euch trefft, hätte er es verhindern können.«

***

Neva überreichte mir das Gepäck. Zwei Dosen Nassfutter, ein schwarzer und ein roter Napf, eine gesteppte Decke, schwarze Plastikbeutel. Wir verabredeten uns für einen Tag später.

Über den Boulevard Ben Gurion ging ich mit Crusoe nach Hause, fühlte mich als Teil der Landschaft. An der Ampel neben dem Kiosk mit dem guten Roastbeef-Sandwich blieb ich stehen, durch ein offenes Autofenster hörte ich »Midnight Train to Georgia« von Gladys Knight & the Pips. »I'd rather live in his world, than without him in mine.« Der Fahrer sang den Refrain mit, so wie ich, unsere Blicke trafen sich. Er bot mir den Beifahrersitz an. Ich zeigte auf Crusoe. Er auf den Rücksitz.

Am nächsten Morgen hörte ich ruhigen Atem neben mir, Crusoe hatte sich neben mein Bett gelegt. Ich streckte meine Hand nach ihm aus, kraulte das dichte Fell hinter seinen Ohren. Träge öffneten sich seine Augen. Eine Weile lagen wir so beieinander.

»Keine Ahnung, wer du bist«, schien er zu denken. »Hauptsache, du lässt mich neben dir liegen, füllst meinen Napf und gehst mit mir auf die Straße.«

Ich ging in die Küche, strich mit der rechten Fußsohle über meine linke Wade und schob das Fenster zur Seite, stellte einen Topf mit Milch auf den Herd. Drehte die Espressokanne auf, füllte Wasser in den Kessel und Kaffeepulver in den Trichter, entzündete eine zweite Flamme. Während sich das Wasser erhitzte, der Dampf langsam in das Rohr stieg, erinnerte ich mich vage an meinen Traum. Wieder stand ich vor dem Familiengrab, aber dieses Mal war der Rasen aufgewühlt und löchrig. Neben dem Würfel lag der gelbe Kompaktlader, umgefallen wie ein Spielzeugauto, die Schaufel im Gras neben den verrosteten Felgen. Wieder das Gefühl, mich nicht bewegen zu können. Jemand stemmte sich gegen meine Stirn, eine unsichtbare Macht vielleicht, während meine Glieder, meine Arme und Beine mit aller Kraft versuchten, nach vorne zu kommen. Ohnmacht. Unbeweglichkeit. Tatsächlich streckte ich meine Beine aus, eins nach dem anderen, wie einer der schreitenden Männer bei Giacometti, die Arme rechts und links vorne.

Die Tasse in der Hand ging ich zurück ins Schlafzimmer, Crusoe ließ sich nicht aus der Ruhe bringen, er hatte die Augen geschlossen, die beiden Vordertatzen vor die Nase gelegt. Ich öffnete die Blendläden, schlug das Laken zurück und setzte mich zu ihm. Vielleicht sollte ich Nancys Rat folgen, den Traum umschreiben. Ihm ein anderes Ende geben. Noch einmal den Steinmetz beauftragen. Oder gleich selbst Hand anlegen. Stellte mir vor, Namen und Daten in den Würfel zu schlagen. Den Meißel in der Linken, den Hammer in der Rechten, Späne von hellgrauem Marmor fielen ins Gras.

Crusoe reckte das Kinn, sah mich neugierig an. Erhob sich langsam, stellte sich vor die Bettkante, legte seine rechte Tatze darauf.

»Ja«, sagte ich, meine Hand auf seiner Tatze. »Wir gehen jetzt.«

35

Wenn ich morgens das Haus verließ, zur Bushaltestelle an der Ibn Gabirol lief, dachte ich jetzt häufiger an David. Vor einigen Tagen hatte er an der Straße auf einer Bank gesessen, die Arme weit über die Lehne gestreckt, als sei er zufällig dort. »Ich wollte dich sehen, wenn du ohne mich bist«, hatte er gesagt. Er sprach oft von meinem »privaten Leben« und dass er mich auch dafür liebe. Anfangs hatte ich nicht verstanden, was er meinte, inzwischen hatte ich ein Gefühl dafür entwickelt. Es war die Zeit, in der ich Tagebuch schrieb, in der Stadt spazieren ging oder Collagen klebte. Die Tatsache, dass er an mich dachte, verlieh meinem Alleinsein eine andere Bedeutung. Dem Kleid, das ich morgens anzog, dem Lippenstift, den ich noch schnell auflegte. Im Laufe eines Tages, wenn ich im Studio O-Töne schnitt oder am Getränkeautomaten vorbei in die Schaltkonferenz ging, immer wieder unverhofft leuchtete ein Moment auf, in dem ich mich mit seinen Augen sah. Und die waren gütiger als meine.

»Wenn du dich nur halb so sehr lieben würdest wie ich dich, wärst du der glücklichste Mensch der Welt.«

Meine Großmutter hatte zeitlebens nicht viel vom Alleinsein gehalten. In meiner Kindheit ließ sie mich kaum in Ruhe ein Buch lesen. Dabei liebte ich es, mich mit einer Decke auf die breite Fensterbank im Musikzimmer zurückzuziehen. Es war ein kühler Ort, auch an sonnigen Tagen. Vor dem Fenster stand ausladend der Walnussbaum. Ich erinnerte mich an die Schattenspiele an der Wand, wenn der Wind durch die Blätter fuhr. Meist aber dauerte es nicht lange, und meine Großmutter kam, um nach mir zu sehen.

»Willst du nicht raus, mit den anderen Kindern spielen?«

»Ich habe keine Lust.«

»Dann mach dir welche.«

Dabei war es nicht so, dass ich die anderen Kinder nicht mochte, ich spielte auch ganz gerne mit ihnen. Aber ich trennte mich nur ungern von Serafin und seiner Wundermaschine, von den Rittern auf Burg Schreckenstein und dem Scheinriesen Tur Tur. Meine Mutter hatte mir abends vor dem Einschlafen vorgelesen. Vielleicht hoffte ich, sie in einer der Geschichten wiederzutreffen. In Serafins Kaminzimmer bei den goldenen Putten, vielleicht saß sie dort im Schaukelstuhl vor dem offenen Feuer und sah den sieben Zwergen zu, den Harlekinen und Seeräubern, die aus den dicken Büchern kletterten.

Später, als ich älter wurde, erkundigte sich meine Großmutter stets, ob es einen Mann in meinem Leben gebe. Dabei versuchte sie, ihre Frage diskret klingen zu lassen. »Und wie geht es dir privat?« Sie lebte in der Überzeugung, dass es nicht gut sei, wenn der Mensch allein war. So stand es schließlich schon geschrieben.

Inzwischen lebte ich seit fünf Monaten in Tel Aviv, und noch immer entdeckte ich neue Details, für die ich die Stadt liebte. Die Palmen am Straßenrand, die Graffiti in Florentine, die maroden Stromleitungen, die in einem knotigen Gewirr an den Straßenlaternen zusammenliefen. Wie sie unter dem Gewicht der Tauben wippten. Die geschwungenen Bauhaus-Fassaden und ihre Balkone. Die verschleierten Frauen in langen schwarzen Gewändern, die in der Abendsonne am Strand von Jaffa durchs Meer wateten. Die Krücken im Sand, an einen Plastikstuhl gelehnt. Der orthodoxe Jude, der an einer roten Ampel fromme Bücher verkaufte, die Frau im weißen Toyota, die ihre Scheibe runterkurbelte und ihn beschimpfte, er solle endlich arbeiten. »Etwas Richtiges arbeiten!«

Das Netz von Erinnerungen wurde von Tag zu Tag dichter. Zugleich rückte die Frage näher, wie es nach meinem Aufenthalt in Tel Aviv weitergehen sollte. In vier Wochen würde mein Kollege aus der Elternzeit zurückkommen. In Berlin war mir zwar eine feste Stelle versprochen worden, mein Chef wollte sich für mich einsetzen. Doch ich hatte Zweifel, ob er damit erfolgreich sein würde.

»Warum bleibst du nicht hier und arbeitest frei?«, fragte Martin einige Tage später in der Mittagspause. Wir saßen in einem Imbiss in der Nähe des Studios.

»Bloß nicht«, sagte Doris. »Nicht dass du dich in einen israelischen Mann verliebst.«

»Gott bewahre«, sagte ich, und ein Teil von mir schien es ernst zu meinen.

Niemand wusste besser um die Herausforderungen, die das Leben in Israel mit sich brachte, als Doris. Vor einigen Wochen, nachdem um 10 Uhr die Sirenen geheult und wir die Finger auf der Tastatur hatten ruhen lassen, um der Toten des Holocaust zu gedenken, hatte sie mir erzählt, dass ihre Tochter damals im Kindergarten als Nazi beschimpft worden war. Obwohl das andere Kind nicht um die Bedeutung des Wortes gewusst, vermutlich nur die Macht geahnt hatte, die darin verborgen lag. Das war fast zwanzig Jahre her, ihre Tochter studierte inzwischen in San Francisco, doch es fasste sie immer noch an. »Dabei sind meine Großeltern vor dem Krieg gestorben«, hatte sie gesagt, »meine Eltern waren Kinder.« Keiner von ihnen hatte sich in der NS-Zeit etwas zuschulden kommen lassen.

»Aber beweis erst mal, dass du keine Schwester hast«, hatte sie gesagt. Und das war ein Umstand, der kaum zu beweisen war.

»Eines Tages wirst du aus dem Studio nach Hause kommen, die dünnen Plastiktüten schneiden in deine Finger, und trotzdem gelingt es dir irgendwie, den Briefkasten zu öffnen«, sagte Doris. »Heraus fällt der erste Befehl.«

Ich sah fragend in die Runde.

»Der Einberufungsbescheid«, sagte Martin.

»Dabei ist Amir noch ein Kind, gerade mal sechzehn Jahre alt«, sagte sie. In ihrem Sprechen lag etwas Gehetztes, das war mir von Anfang an aufgefallen, als würde sie dauernd zwischen zwei Fronten hin- und herlaufen, um beide Seiten mit Proviant zu versorgen, vielleicht auch mit Munition. »Meine Mutter, sie wird mir niemals verzeihen, wenn ihm etwas geschieht. Sie kann nicht verstehen, will nicht begreifen, warum ich ihn in die Armee schicke.«

»Du ihn schickst?«, fragte ich.

»So sagt sie. Und ich sage, alle gehen hier zur Armee, obwohl sie noch Kinder sind, keine Rambos, ganz normale Söhne und Töchter.«

»Was sagt Amir?«

»Er hat viele Schlösser an seinem Herzen, auch an seinem Mund. Er wird immer stiller. Aber wenn du mich fragst, er hat Angst, und trotzdem will er seinen Mann stehen.« Sie steckte sich eine weitere Lucky Strike an. »Er hat sich sogar für eine Kampfbrigade beworben, da kommen nur die Allerbesten hin, und das, obwohl er arabische Freunde hat. Fast kommt es mir vor, dass er so die Kontrolle über sein Leben behalten will, dabei ist es doch gerade sie, die im Krieg als Erstes zu betrauern ist. Täglich trainiert er, stemmt Gewichte, macht Sit-ups und Liegestütze. Aber was werden ihm seine Muskeln helfen, wenn ihn sein Kommandant in ein Quartier schickt, in dem vielleicht Terroristen hausen, vielleicht aber auch eine Familie, die seine eigene sein könnte. Dann wird er darum beten, die Sonne möge am nächsten Morgen nicht aufgehen, die Leichen im Verborgenen bleiben«, sagte sie und nahm einen tiefen

Zug. »Während ich drei Jahre beten werde, zu welchem Gott auch immer, dass kein Krieg ausbrechen möge. Sein Vater schläft schon jetzt nicht mehr, dabei ist er der Israeli von uns beiden.«

Der Imbissbetreiber kam, um den Tisch abzuräumen, wir bestellten Kaffee.

»Es ist zermürbend. Zu Hause, bei meiner Familie in Deutschland, muss ich Geschütze auffahren, muss ihn verteidigen, auch mich und meine Liebe zu seinem Vater, weil Amir zur Armee geht, weil er dieses Land verteidigen soll«, sagte sie. »Und hier in Israel grenzt es an Vaterlandsverrat, würde ich meinen Sohn zu Hause halten. Die Würde der Armee ist unantastbar.«

»Das hat sich seit dem Libanonkrieg geändert«, sagte Martin.

Ich dachte an Bamba, die Geschichte, die David mir erzählt hatte.

»Manchmal überlege ich, Amir einfach außer Landes zu schaffen«, sagte Doris mehr zu sich selbst. »Ich könnte Tel Aviv verlassen, ihn einfach mit nach Augsburg nehmen.«

Eine gespannte Stille, einer Waffenruhe gleich, breitete sich über dem Mittagstisch aus. Wir waren Kollegen, keine Fremden, aber wohl nicht ihre engsten Vertrauten. Vielleicht gerade deshalb. Immerhin sprachen wir ihre Sprache, stammten aus demselben Land. Sie könnte ihren Mann verlassen, die Familie auseinanderreißen, der Gedanke schien so fernliegend nicht. Doris sah uns an, fast vorwurfsvoll. »Im Golfkrieg haben wir es so gemacht. Ich bin mit Amir nach Augsburg gegangen, Zvi ist mit Liat in Tel Aviv geblieben.« Sie hielt einen Moment inne. »Nur dieses Mal wäre es für immer.«

36

David hatte sich vorgenommen, mir seine Lieblingsfilme zu zeigen. Wir trafen uns im Dritten Ohr, einem Laden an der King-George-Straße, der ursprünglich nur Schallplatten und CDs verkaufte, inzwischen aber auch DVDs verlieh. Ich blätterte mich durch das Angebot, versuchte, die hebräischen Titel zu entziffern. Als David mich hinter ein Regal zog.

Wir entschieden uns für *Broken Wings*, die Geschichte einer alleinerziehenden Mutter und ihrer vier Kinder, die nach dem Tod des Vaters klarzukommen versuchen. Vor dem Laden verabschiedeten wir uns, um nicht gemeinsam gesehen zu werden. David würde über die Dizengoff zu meiner Wohnung laufen, während ich die King George wählte. Zu Hause angekommen, ging ich durch das offene Treppenhaus und traf Leah, die Hausmeisterin. Mein Mann sitze oben auf den Stufen, im dunklen Flur, gab sie mir auf Jiddisch zu verstehen, »im Stockfinsteren«. Ich beeilte mich, an ihr vorbei die Treppe nach oben zu kommen.

Ich reichte David die Hand und schloss die Wohnungstür auf. Im Flur streifte ich die Flipflops ab, spürte den kalten Steinboden unter meinen Füßen. Ich ging in die Küche, der PVC-Boden war deutlich wärmer, füllte Wasser in den zerbeulten Topf. David nahm den Weißwein aus dem Kühlschrank, schenkte zwei Gläser ein.

»Lechaim.«

Er setzte sich an den quadratischen Tisch und schnitt Zucchini. Ich hackte die Zwiebeln und den Knoblauch, setzte eine Pfanne mit Öl auf die Gasflamme, gab alles hinein. Ein satter Geruch füllte die Küche. Ich schob das Fenster zur Seite, aus dem Nachbarhaus kam arabische Musik, zwei Männer riefen sich Worte zu, während sie eine Wand aufbohrten. Eimer wurden abgestellt. Stühle gerückt.

»Hörst du das?«, fragte ich.

»Was meinst du?«

»Habibi«, sagte ich, machte ein paar Schritte im Takt der Melodie. »Das ist so sehr Tel Aviv.«

Die Bauarbeiter waren eine Woche zuvor eingezogen. Ihr Radio hörte ich bis in den späten Abend. Tatsächlich hatte ich in meiner Wohnung selten das Gefühl, allein zu sein.

»Was ist mit der Uhr?«, fragte David, zeigte an die Wand gegenüber. Auch sie hatte ich von Ionel Corpus übernommen.

»Sie steht auf sechs Uhr.«

»Nachon«, sagte er, »richtig.«

»Ich habe die Batterie rausgenommen.«

»Warum?«, fragte er. »Sie ist schön.«

»Deshalb lasse ich sie hängen.« Die Uhr war schlicht, das Gehäuse aus Aluminium leicht angelaufen, unter dem Zifferblatt eine Eieruhr. Auf dem Flohmarkt in Jaffa würde ich sicher etwas dafür bekommen.

David schien weiter auf eine Antwort zu warten.

»Ich ertrage das Ticken nicht«, sagte ich. »Wie zu Hause, wie bei meiner Großmutter. Die Uhr stand unten in der Diele und schlug zu jeder halben Stunde. Ich lag im Bett. Hörte den regelmäßigen Atem meiner Schwester. Und zählte jeden Schlag.«

Eines Nachts stand ich vor dem Bett meiner Großmutter, flüsterte: »Neni, ich kann nicht schlafen.« Damals hoffte ich wohl darauf, zu ihr schlüpfen zu dürfen, unter das weiße Federbett, mich an ihren weichen Körper zu kuscheln, wie ich es bei meiner Mutter gedurft hatte. Doch meine Großmutter war alte Schule und brachte mich jedes Mal zurück. Setzte sich auf die Bettkante und flüsterte Beruhigendes, um Lena nicht zu wecken. Vermutlich aus dieser Zeit stammte der Rat, ich solle mich einfach ausruhen, wenn ich nicht schlafen könne. Das sei genug. Tatsächlich musste ich am nächsten Morgen nur zu Frau Engelkamp und dem Buchstabenhaus. Und da ging ich gerne hin. In jener Nacht aber hatte alles nichts geholfen. Bis meine Großmutter schließlich mit mir die Treppe hinunterging, den Uhrenschrank öffnete, die alte Hanfschnur zwischen Daumen und Zeigefinger nahm. Sie hielt die schweren Pendel an. Und ich konnte endlich schlafen. »Vielleicht weil es mich daran erinnert, dass die Zeit nicht stillsteht.«

David war hinter mich getreten, seine Hand auf meiner Schulter. »Vielleicht für einen Augenblick«, sagte er. Ich konnte mir vorstellen, mit ihm alt zu werden, dachte ich auf einmal. Nur für das, was dazwischenkam, fehlte mir jegliche Phantasie.

Ich gab die Spaghetti in das kochende Wasser, drehte die Flamme runter.

»Am Sabbat fahre ich mit Shiri zu Doda Cheni. Sie hat eine Kiste mit dem Nachlass meines Großvaters im Keller gefunden, eine Goldgrube für mein Drehbuch«, sagte David. »Ich werde es machen wie bei Shakespeare.«

»Was hat Shakespeare mit deinem Film zu tun?«

»In der Schule haben wir *Hamlet* aufgeführt. Unser Lehrer erzählte vom Elisabethanischen Zeitalter, während wir das Stück einstudierten. Wir sollten dem nachgehen, was uns neugierig macht, es in unser Spiel einfließen lassen«, sagte er. »Wusstest du, dass die Schauspieler nur ihren eigenen Text auf dem Zettel hatten?«

»Nein.«

»Sie kannten nur ihren Part, nicht das Stück als Ganzes.«

»Nur Hamlet wusste, dass er im fünften Akt sterben würde?«, fragte ich. »Wozu sollte das gut sein?«

»Papier war teuer. Außerdem konnten die Dramen so nicht gestohlen, von anderen Schauspieltruppen übernommen werden.«

»Lustige Vorstellung«, sagte ich. »Die Schauspieler müssen wie Halbfremde durch das Stück geirrt sein.«

Im Nachbarhaus hatte das Hämmern und Schlagen nachgelassen, nur das Radio lief weiter. Vermutlich machten die Bauarbeiter gerade Pause.

»Wanja wird einen Preis zahlen müssen, um Alena zu retten«, sagte David. Wanja war der Protagonist seines Drehbuchs, er war der Mann hinter der Käsetheke. Seine Frau hieß Vera. Inzwischen bevölkerte eine Figur nach der nächsten unser Leben. Die gemeinsamen Kinder Polina und Bonka. Alena, das versteckte Mädchen, sollte ihren Namen behalten, schließlich sollte sie in Davids Version der Geschichte wiederauferstehen.

»Was meinst du damit?« Ich rührte die Salatsauce an, gab die Spinatblätter in die Schüssel.

»Wanja ist in Haft. Er weiß, dass Alena in den Bergen verhungert oder erfriert, wenn niemand zu ihr geht«, sagte er. »Das Mädchen ist ihm anvertraut, er will es retten, um jeden Preis.«

»Du sprichst in Rätseln.«

»Es ist eine Sache auf Leben und Tod. Wenn Alena leben soll, muss Wanja Opfer bringen.«

»Was könnte das sein?« Ich öffnete den Kühlschrank, ging in die Knie, zog das Gemüsefach heraus. Suchte den Granatapfel. Ein Bund glatte Petersilie, Auberginen, kleine Salatgurken, eine Orange, fand ihn schließlich ganz unten.

»Vielleicht muss er etwas abgeben oder zurückgeben, das ihm gehört. Oder er verliert jemanden, der ihm wichtig ist«, sagte er. »Vielleicht seinen Mentor.«

»Kennen wir den schon?«

David überlegte. »Vielleicht ist er nicht offensichtlich sein Mentor, vielleicht eher ein Weggefährte.«

Ich schloss das Gemüsefach, richtete mich auf, spürte an meinen Beinen den kalten Luftzug aus dem offenen Kühlschrank. »Wanja könnte sich jemandem anvertrauen, vielleicht erzählt er ihm von dem Kind.«

»Nicht ihm.« Sein Gesicht leuchtete auf. »Ihr.«

»Ihr?«

»Wanja hat eine Geliebte.«

»O nein, David. Du opferst im dritten Akt nicht die Geliebte.«

Er lachte. Die Idee schien ihm gut zu gefallen.

»Spinnst du?« Ich warf den Granatapfel nach ihm.

Er konnte ihn gerade noch auffangen. »Es ist doch nur eine Geschichte.«

»Du weißt um ihre Macht.«

David stand auf, kam auf mich zu, versuchte, seine Hand um meine Taille zu legen. Ich trat einen Schritt zurück. Schloss den Kühlschrank.

»Hörst du, was ich höre, Habibi?« Ich schob das Fenster ein Stück weiter auf. »Andere singen Liebeslieder.«

Ich nahm ihm den Granatapfel aus der Hand, schnitt ihn in zwei Hälften, hielt die halbe Frucht waagerecht über die Schüssel und schlug mit einem robusten Holzlöffel kräftig auf die Schale. Die Kerne fielen. »Wir sind seltsame Wesen.«

»Du und ich?«

»Wir Menschen«, sagte ich, »immer müssen wir Geschichten erzählen.«

»Sonst würde es langweilig.«

»Aber auch, um Ordnung zu schaffen, den Ereignissen eine Folgerichtigkeit zu geben.« Ich stellte den Salat auf den kleinen Tisch in der Küche. »Auch über unser eigenes Leben erzählen wir solche Geschichten.«

»›What is the story, you're telling yourself?‹, um es mit Dr. L's Worten zu sagen.«

»Gute Frage«, sagte ich. »Mit dem, was wir uns über uns selbst erzählen, fängt es wohl an. Vielleicht ist das die mächtigste Geschichte überhaupt.«

»Und wenn es eine miese Story ist?«

»Dann hört dir hoffentlich jemand zu, der es gut mit dir meint.«

Ich stellte zwei Suppenteller in die Spüle, setzte das Sieb darauf, ließ das heiße Nudelwasser hineinlaufen. Spürte Davids Blick in meinem Rücken.

»Du weißt genau, was du tust«, sagte er.

»Ich koche.«

»Das meine ich nicht.«

Ich drehte mich zu ihm. »Sondern?«

»Jeder Handgriff sitzt, du machst keine Bewegung zu viel, bist ganz in deinem Element.« Da war es wieder. Damit überraschte er mich jedes Mal. Er hatte recht. In diesem Moment hatte ich das Gefühl, dass alles an seinem Ort war. Vor allem in mir. »Wie Günter Netzer, der nach einem Doppelpass aus fünfzehn Metern Entfernung ein Tor schießt.« David riss die Arme hoch. »Der wusste auch genau, was er tat.«

»Günter Netzer?«

»Borussia Mönchengladbach?«, vergewisserte er sich, ob er den Namen richtig aussprach. »1970, Bloomfield Stadion, Israel gegen Borussia Mönchengladbach, Günter Netzer und Mordechai Spiegler. Weißt du, wie die Partie endete?«

»Interessiere ich mich für Fußball?«

»0:6.«

»Alle Achtung!«

»25. Februar 1970.« Er schien auf irgendeine Form der Anerkennung zu warten. Als habe er gerade selbst einen Ball satt ins Tor gesetzt.

»Dein Geburtstag.«

»Du siehst, das ist alles kein Zufall«, sagte er triumphierend. Dabei hatte ich bislang nicht den Eindruck, dass er sich aus Geburtstagen allzu viel machte. »Mein Vater war im Stadion. Er sagt, es war kein Fußball, es war ein Fest.«

Der erste von zwei glücklichen Tagen in seinem Leben, dachte ich.

37

David schob die DVD in meinen Laptop, während ich mich auf dem Sofa ausstreckte, meinen Kopf auf seine Oberschenkel legte.

In der ersten Einstellung: Güterzüge, Lastwagen, Containerkräne, das Hafenbecken von Haifa in der Abendstimmung, eine E-Gitarre wird langsam lauter, die Kamera schwenkt auf eine Dachterrasse, zeigt Scheinwerfer, Musiker an Synthesizer, Schlagzeug und Gitarre. Eine junge Frau am Mikrofon, ihre Stimme ist jetzt deutlich zu hören, sie singt ein Lied für ihren verstorbenen Vater:

»Still have so much to say to you
Every day there's more to tell.«

Techniker montieren bunte Scheinwerfer, justieren die akustische Rückkoppelung, es ist die Stellprobe für einen Musikwettbewerb, am Abend soll die Band auftreten.

Schnitt: Die Sängerin streitet am Telefon mit ihrer Mutter. Sie muss den Auftritt absagen, sich um die jüngeren Geschwister kümmern.

David stoppte den Film. »So muss man es machen. In den ersten zwei Minuten ist alles da.« Er ging zurück an den Anfang. »Maya will Sängerin werden, dieser Wettbewerb ist ihre Chance. Als Zuschauer sind wir sofort an ihrer Seite, wir wollen, dass sie es schafft, alle Hindernisse überwindet.« Er ließ den Film von vorne laufen. »Und das Licht, hast du das gesehen? Es ist natürlich, ein wenig gedämpft, das macht die Geschichte glaubwürdig, zugleich melancholisch.«

Ich lachte. »Vielleicht machst du dir ein paar Notizen«, sagte ich, zog die Wolldecke über meine Beine, »und wir besprechen alles nach dem Abspann?«

***

Neunzig Minuten später steht Maya in einem Tonstudio in Tel Aviv, singt ihr Lied. In einer dramatischen Schlussszene versöhnen sich Mutter und Tochter.

Ich hatte mich kaum bewegt, lag noch immer mit der Wange auf Davids Beinen. Er strich mit der Hand über seine Jeans. »Weinst du?«, fragte er, sah zu mir herunter.

Mit dem Handrücken wischte ich mir übers Gesicht. »Man spürt in jeder Szene, wie sehr die Familie, jeder Einzelne, den Vater vermisst. Trotzdem geben sie nicht auf«, sagte ich. »Wäre ich nicht schon hier, ich würde wegen solcher Filme nach Israel kommen.«

»Dann werde ich Filme machen, die dich bleiben lassen«, sagte David. »Ich werde jede Einstellung, jeden Dialog bis ins kleinste Detail durchdenken. Trotzdem muss die Erzählung lässig wirken, alltäglich im besten Sinn des Wortes.«

»Wäre Maya nicht die Älteste gewesen, hätte sie es leichter gehabt«, sagte ich. »Es wäre nicht ihr Job gewesen, sich um die Geschwister zu kümmern.«

»Die Szene, in der sie morgens wütend ins Zimmer ihres Bruders stürmt, die Rollos hochzieht«, sagte David, »das Licht der mediterranen Sonne strömt herein …«

Eine Weile ging das so, wir erzählten uns den Film, als hätten wir ihn nicht gerade gemeinsam gesehen.

»Maya schreibt Songs, ihr Bruder Yair philosophiert über den Sinn des Lebens, der jüngere Bruder versucht, seinen Alltag mit der Kamera festzuhalten. Jeder geht auf seine Weise mit dem Tod des Vaters um«, sagte David. »Das ist gut, verschiedene Settings schaffen Möglichkeiten des Erzählens.«

Ich drehte den Kopf, sah David an. »Aber letztendlich ist das Einzige, was allen hilft, das Gefühl von Zugehörigkeit.«

David nahm die DVD aus dem Laufwerk, wechselte zu den Nachrichten. Bilder aus Jerusalem. In dieser Woche hatte es einen weiteren Terroranschlag durch ein Baufahrzeug gegeben. Die O-Töne hatten mich im Studio begleitet: Sirenen der Krankenwagen, mehrere Schüsse hintereinander, Berichte von Augenzeugen. Jetzt äußerte sich ein Regierungssprecher zu möglichen Nachahmern.

Auf dem Bildschirm sah ich den gelben Baggerlader, Einschusslöcher in der Windschutzscheibe, zersplittertes Glas. Ein Soldat hatte auf den zweiundzwanzigjährigen Täter geschossen, er war auf der Stelle tot gewesen.

David beugte sich über mich. Klappte den Bildschirm des Laptops runter.

Ich drehte mich um, legte meinen Hinterkopf auf seine Knie, sah ihm in die Augen. »Martin hat mir angeboten, länger im Studio zu bleiben«, sagte ich. »Ich könnte frei arbeiten, eigene Stücke machen.«

Noch war ich nicht sicher, was ich von dem Angebot halten sollte. In meinem Archiv hatten sich inzwischen einige Möglichkeiten gesammelt. Allerdings war es mir nie verlockend erschienen, frei zu arbeiten. Ich war gerne mit Menschen zusammen, in eine Redaktion eingebunden. Zu wissen, woran die Kollegen arbeiteten, gemeinsam Mittag zu essen. Über den European Song Contest zu sprechen, die anstehenden Präsidentschaftswahlen in Amerika oder die Geldumschläge des Geschäftsmanns Morris Talansky für den israelischen Ministerpräsidenten. Beiläufig zu erfahren, dass der Justizminister täglich in seinem Büro einen Mittagsschlaf machte. Was auch immer geschah.

Abgesehen davon hatte ich keine Ahnung, wie es nach meiner Zeit in Israel weitergehen sollte. Würde man bei der nächsten Einstellungsrunde in Berlin an mich denken, wenn ich nicht täglich in der Konferenz saß? Finanziell war ich ohnehin auf mich selbst gestellt. Meine Freunde hatten inzwischen das, was man feste Jobs nannte. Arbeiteten in Werbeagenturen, waren Pressesprecher bei Festspielen oder wissenschaftliche Mitarbeiter an der Uni. Sogar Johanna war als Dramaturgin am Berliner Theater angestellt. Während meine kleine Schwester eine Familie gründete.

»Das sagst du erst jetzt?« David zog mich hoch in seine Arme.

»Du hältst es für eine gute Idee?«

»Glaubst du, ich lasse dich hier einfach weg?«, fragte er, schob mich ein Stück zurück und sah mich an. »Mia, ich liebe dich.«

Irgendwann musste ich eingeschlafen sein.

»Zeit ins Bett zu gehen«, flüsterte David, strich mir über die Wange.

Er trug mich in das benachbarte Zimmer, legte mich in die Schlafzimmergarnitur. Zog mir die Hose aus und das Bettlaken über die Schulter. Dann nahm er die Fernbedienung, schaltete die Klimaanlage auf eine niedrige Stufe und knipste die Nachttischlampe aus. Gab mir einen Kuss in der Dunkelheit.

»Gute Nacht.«

Ich hörte seine Füße, die sich entfernten. Durch die geschlossenen Augenlider nahm ich wahr, wie das Licht im Flur anging, kurz darauf wieder verlöschte.

»David«, sagte ich.

Er kam noch einmal kurz zurück, setzte sich auf die Bettkante und strich mir übers Gesicht. Ich wollte nicht sprechen. Ich wollte nur nicht, dass er ging.

38

Manchmal kam es mir vor, als würden David und ich einen Garten betreten, zu dem nur wir Zutritt hatten. Leise fiel die Pforte ins Schloss. Granatäpfel hingen an den Zweigen, der Mandelbaum blühte, Ranunkeln in den Beeten. Unser Garten kannte verschiedene Jahreszeiten, hatte sie von Anfang an gekannt. Hier wuchsen die Feigenbäume hoch, streckte der Ficus die feingliedrigen Wurzeln gen Himmel, spendete seine dichte Krone Schatten. Bougainvillea wucherte über die Mauer, fast konnte man vergessen, dass es sie gab. Wenn auch nur für kurze Zeit.

»I have a wife, but you are my woman«, sagte David manchmal.

Er lebte mit seiner Familie wenige Blocks entfernt. Die genaue Adresse kannte ich nicht. In einem dieser Häuser musste die Wohnung sein, dachte ich, während ich am nächsten Morgen auf dem Weg zum Dritten Ohr durch die Nachbarschaft lief, um die DVD zurückzubringen. Ich sah an den drei- bis viergeschossigen Fassaden hoch. Sie wirkten verschlossen. Vielleicht hatte auch David am frühen Morgen gelüftet, die Rollos wieder runtergelassen, sich mit seiner Familie in die Aircondition zurückgezogen. Wie so viele hier. Trotz der Hitze blieben die Menschen in der Stadt. Es war nicht wie der Sommer in Paris, wenn im August die Cafés leer und die Auslagen in den Bäckereien papierverhangen waren. Vielleicht weil das Meer schon da war. Vielleicht weil man sich nicht einfach ins Auto setzen, in die Provence oder Normandie fahren konnte.

Ich fragte mich, was David gerade machte. Stellte mir vor, wie er morgens aufwachte, wusste noch nicht einmal, ob neben seiner Frau. Vielleicht war sie schon auf dem Weg in die Kanzlei, um letzte Akten zu bearbeiten, Schriftsätze in die Post zu geben. Am Mittwoch würde sie nach San Francisco fliegen.

Und wenn sie nicht wiederkäme?

Natürlich würde sie wiederkommen, sofort verwarf ich die Frage. Sie würde Israel nicht verlassen, einfach nach Amerika auswandern.

Aber warum eigentlich nicht? Meine Phantasie war geweckt: Was, wenn …?

Es konnte schließlich sein, dass sie im Silicon Valley erfolgreich wäre. Sie war eine gute Anwältin, sonst würde sie nicht auf einen Auslandseinsatz geschickt. Ehrgeizig schien sie auch. Sie war in der Hightechindustrie tätig, in den USA hätte sie größere Karrierechancen, könnte mehr verdienen.

Ich wechselte die Straßenseite, suchte Schatten, schon jetzt war die Hitze spürbar, die den Tag beherrschen würde. In einem Café auf der King George wurde ein Platz frei, ich setzte mich unter den Sonnenschirm. Die Stadt roch nach warmer, schwerer Blüte. Ein Geruch kurz davor zu kippen.

Viele Israelis emigrierten, warum nicht auch Davids Frau? Die Hamas schickte Raketen in den Süden Israels, die Hisbollah rüstete sich mit Waffen aus Syrien und dem Iran, der israelische Ministerpräsident stand wegen Korruptionsvorwürfen kurz vor dem Rücktritt. In Amerika dagegen kandidierte Barack Obama, nach dem Irakkrieg standen seine Chancen gut, den Wahlkampf gegen George W. Bush zu gewinnen. Warum sollte Amerika nicht auch für Davids Frau ein Ort der Hoffnung sein?

Und eines Tages, wer wusste das schon, würde sie vielleicht spätabends in einem dieser gläsernen Bürotürme am Schreibtisch sitzen, Gesellschaftsverträge und Finanzierungsvereinbarungen formulieren, und dieser nette amerikanische Kollege würde im Türrahmen stehen, sie auf einen Drink in die Bar einladen. Auch sie könnte sich neu verlieben.

Warum nicht?

Und dann?

An der Stelle stockte meine Phantasie.

Würde sie sich von David trennen, am Ende scheiden lassen? Und ihre Tochter? David würde alles dafür tun, Shiri bei sich zu behalten, ihr Zuhause zu schützen.

Vielleicht lag er gerade noch mit ihr im Bett, kuschelte sich das Kind in seine Arme. Ich stellte mir vor, wie er ihr eine Geschichte vorlas, sie mit sich nahm in eine andere Welt. Frühstückten sie in den Plumeaus?

Grasse Matinée nannte meine Mutter das. Es duftete nach Croissants, das war ganz neu, Knack und Back, Blätterteig zum Selberbacken. Auf der Ritze, im Bett zwischen meinen Eltern, stand ein Tablett. Café au Lait, Quark und frische Erdbeeren. So etwas gab es bei uns sonst nicht. Und eigentlich war es auch gar nicht bequem, mit aufgestütztem Arm zu essen, er schlief irgendwann ein. Aber damals hätte ich mein Leben gerne angehalten. Genau in diesem Moment.

Es war die Erinnerung an ein Familienleben, das in einer anderen Galaxie spielte. Undenkbar, jemals dorthin zurückzukehren. Wann immer meine Freundinnen über Kinder sprachen, wie viele sie sich wünschten, Mädchen oder Jungen, ihnen schon Namen gaben, war diese Vorstellung bei mir unterbelichtet geblieben. Als läge das Bild in einer Dunkelkammer, in der weißen Laborschale mit dem Entwickler, während ich keinen Impuls spürte, es herauszunehmen, an die Leine zu hängen, trocknen zu lassen. Erst seit ich David kannte, hatte ich ein Bild vor Augen. Unser Kind würde ein Junge sein. Ich sah ihn vor mir, immer im Vorschulalter, der weiche Blick, seine Augen olivgrün wie Davids. Behutsam, wie auf Zehenspitzen, sprach aus ihnen das Staunen über die Welt.

David lebte mir etwas vor, das mir Vertrauen in ein Familienleben gab, das ich so nicht kannte. Er brachte Shiri zu Kindergeburtstagen, belegte ihr Brot mit Gurkenscheiben, wusch ihre T-Shirts. Als ich in ihrem Alter war, arbeitete mein Vater am Klinikum in Köln. Unter der Woche kam er nur zum Schlafen nach Hause, während meine Mutter selbstverständlich die Hausarbeit erledigte. Es war die Zeit der Palmolive-Reklame, Frauen verzweifelten an Spülhänden, gingen bei Tilly zur Maniküre ins Nagelstudio. Sanft drückte sie die Hände ihrer Kundinnen in das giftgrüne Spülmittel. »Sie baden gerade Ihre Hände darin.«

Nach dem Tod meiner Mutter zog mein Vater in eine Einliegerwohnung nach Köln-Sülz, und in gewisser Weise war es folgerichtig, dass er uns bei unserer Großmutter ließ. Er wusste uns dort gut versorgt.

Ich ging die King George runter, brachte die DVD zurück und nahm den Bus nach Jaffa.

Auf dem Flohmarkt wollte ich nach alten Enzyklopädien, vergilbten Fotografien und Bögen von Glanzbildern suchen. Im Alltag fand ich kaum Zeit, weiter an meinen Collagen zu arbeiten, aber ich wollte wenigstens dranbleiben, und neues Bildvokabular inspirierte mich.

Der rote Mund aus der Werbung fiel mir ein, ich hatte ihn aus den Magazinseiten der *Haaretz* ausgeschnitten. Ich könnte ihn sprechen lassen – »Yes, we can« –, die Worte aufsteigen lassen, in bunten Farben, schillernd wie Schmetterlinge vielleicht oder mit beigen Heftpflastern versehen, sie herabsinken lassen auf ein Gegenüber.

39

Lena schickte mir ein Ultraschallbild. Ein winziges Wesen darauf, eingebettet in ihrem Körper wie in einer Höhle, ein kleiner Fuß streckte sich in die Höhe.

»Kommst du, wenn es da ist?«, schrieb sie.

Ich druckte das Bild aus, hängte es mit einer Stecknadel an die Wand neben meinem Schreibtisch.

Lena hatte damals in einem großen Korb aus Bast gelegen, auf weiße Kissen gebettet. Meine Babypuppe Jule in einem Körbchen daneben. Nachmittage in unserer Küche, da wohnten wir noch im Rumbachtal. Dort, wo die Prilblumen wuchsen. Meine Mutter und ich hatten unsere Töchter gemeinsam großgezogen. Sicher stand auf dem langen Holztisch ein Becher Buntstifte, Pinsel und Wasserfarben. Vielleicht faltete ich ein Blatt Papier in drei Teile, malte oben ein Gesicht darauf, eine Nase, einem Hühnerschenkel gleich, eine riesige Sonnenbrille auf dem Kopf einer Schildkröte, ein Rotkehlchen mit Badehaube. Verdeckte das obere Drittel, schob das Blatt über den Tisch zu meiner Mutter.

Immer wieder waren wir aufgestanden, nach den Mädchen zu sehen. Mein Körper trug die Erinnerung in sich. Dieses vorsichtige Hinüberbeugen. Ein wenig Abstand. Um das Kind nicht mit dem eigenen Schatten zu schrecken. Vorsichtiges Staunen. Einen Finger ausstrecken, in das Körbchen halten. Lenas winzige Hand, die danach griff.

Ihre Hand hatte ich oft in meiner gehalten. Wie an jenem Wintertag, es war schon dunkel, meine Mutter saß am Steuer, wir auf der Rückbank, Lena im Maxi-Cosi neben mir. Ich muss damals sechs Jahre alt gewesen sein. Wahrscheinlich waren wir auf dem Weg nach Hause. Ein starker Regen setzte ein, die Wassermassen prasselten auf die Windschutzscheibe. Plötzlich setzten die Scheibenwischer aus. Meine Mutter schob die Hebel neben dem Lenkrad hoch und runter, ihre Bewegungen wurden hektischer. Sie blickte in den Rückspiegel, ich konnte nur diesen Spalt ihres Gesichts sehen, ihre blauen Augen, vom schwarzen Rahmen des Spiegels umschlossen.

»Wie in der Waschanlage«, sagte sie. Und ich tat ihr den Gefallen, folgte ihr in die Phantasie. Zu den großen blauen Bürsten, die sich am Auto entlangdrückten. Dem Wasser, das über alle Fenster lief. Dem Föhn, der sich später über Kühlerhaube, Windschutzscheibe und Wagendach hob.

Im Schneckentempo krochen wir über den Ruhrschnellweg, die nächste Ausfahrt schien kilometerweit entfernt. Endlich erreichten wir sie, hielten an der nächsten Tankstelle. Meine Mutter kniete sich zu mir, wieder sah sie mich an, drückte mir einen Kuss auf die Wange. »Wenn wir zusammenhalten, sind wir unschlagbar.«

Noch einmal las ich Lenas Mail auf meinem Laptop. *Ich werde da sein,* antwortete ich, suchte in meinem digitalen Album ein Foto. Entschied mich für eins mit Crusoe, Neva hatte es am Tag zuvor aufgenommen, wir waren abends an den Strand gegangen. Das Meer in den Farben der untergehenden Sonne, im Hintergrund die weißen Häuschen der Lifeguards auf ihren hohen Stelzen. Crusoe hatte mir seine Pfote gereicht. Ich hängte das Bild an die Mail.

P. S. Bringe meinen Freund mit.

Unbedingt. Wenige Minuten später ihre Antwort in meinem Postfach. *Wow, Mia, du siehst so glücklich aus.*

40

In der *Haaretz* hatte ich einen Bericht über die Erdbebengefahr in Tel Aviv und ein neues Frühwarnsystem gelesen, unserer Wissenschaftsredaktion ein Stück dazu angeboten. Unter dem Jordangraben rieben zwei Kontinentalplatten aneinander, genau genommen die Arabische und die Afrikanische. Zuletzt hatten in Tel Aviv vor vier Jahren die Wände gewackelt, im ganzen Land waren Hochhäuser, Einkaufszentren und Schulen evakuiert worden.

Ich verabredete mich mit einem Geologen an der Bar-Ilan-Universität im nahe gelegenen Ramat Gan zum Interview. Er fuhr mit dem Zeigefinger über die Ausschläge auf der Richterskala, sie erinnerten an Schallwellen von O-Tönen, wenn ich sie im Studio auf dem Monitor sah. »Wo die Erde einmal gebebt hat«, sagte er, »wird sie wieder beben.«

Nach dem Termin lief ich über den Campus zur Bushaltestelle, sengende Hitze staute sich zwischen den Fakultäten, Studenten saßen auf niedrigen Mauern und Bänken, einige von ihnen mit Kopftüchern oder Kippot, suchten Schatten unter einer Robinie. Ich fühlte mich zurückversetzt in meine Studentenzeit in Berlin, auf jene Wiese zwischen Henry-Ford-Bau und Mensa, wo ich die Reclam-Ausgabe von John L. Austins *How to Do Things With Words* zum ersten Mal las. Damals wäre ich nie auf den Gedanken gekommen, dieses Stückchen Grün könnte jemals vom Erdboden verschwunden sein. Die Mensa der Universität von einer Scud-Rakete getroffen, Rauchsäulen über der Bibliothek, Betonpfeiler zu Boden gerissen, der Geruch von Schutt und Asche. Saddam Hussein hatte seine Raketen 1991 nicht nach Berlin-Dahlem geschickt, sondern hierher, in Richtung Tel Aviv. Hier schien es möglich, dass eines Tages Dattelpalmen am Wegesrand lagen und Sprenger unermüdlich Wasser auf die Trümmer warfen. Sicher würden Sirenen heulen, Studierende vielleicht mit Gasmasken über den Campus laufen, auf der aufgewühlten Wiese sitzen und den Beipackzettel von Atropin lesen. Ein Medikament, so hatte Leah mir erklärt, das bei einer Vergiftung durch Chemiewaffen zum Einsatz kam.

Das Meer mochte wie selbstverständlich am Ende des Boulevard Ben Gurion liegen, für Israel galt diese Selbstverständlichkeit nicht. Das Land war eine Kraftanstrengung, war es von Anfang an gewesen.

Am späten Vormittag hatte ich das Studio verlassen und Doris zugerufen, dass ich nicht mehr reinkommen würde. Die Wissenschaftsredaktion wollte das Stück über die Erdbebengefahr diese Woche mitnehmen, ich würde konzentriert daran arbeiten müssen, das konnte ich zu Hause besser. Außerdem wollte ich David in seiner Klosterzelle überraschen, bevor er Shiri aus dem Kindergarten abholte. Seit seine Frau vergangene Woche nach San Francisco geflogen war, hatten wir uns nicht gesehen.

Im Obstladen gegenüber von Davids Bürogebäude kaufte ich Feigen, betrat das Foyer. Auf dem Tresen pflügte ein Ventilator durch die träge Masse Luft. Inzwischen sah der Wachmann von seinem Kreuzworträtsel auf, wenn ich kam, heute überraschte er mich mit einem Gruß. Ich ging an ihm vorbei zu den beiden Aufzügen, drehte mich noch einmal um, hielt die Obstschale über den Tresen.

David öffnete barfuß. Strahlte. Das nahm mich jedes Mal für ihn ein. Wenn ich anrief, ihn besuchte, hörte ich die Freude in seiner Stimme, sah sie in seinem Gesicht. Während er mich im Arm hielt, ich meine Stirn an seine Schulter lehnte, spürte ich im Nacken den feinen Luftzug der Klimaanlage.

Augenblicklich fiel die Spannung von mir ab. Die Hitze des Asphalts hatte mich durch den Tag begleitet, auch die Eile, von einem Schattenflecken zum nächsten zu kommen. Es gab nicht viele Straßenbäume in Tel Aviv.

Ich stellte die Feigen auf den Schreibtisch.

»Einen Tee?«, David deutete auf den Wasserkocher, der auf einem getrödelten Art-déco-Tischchen an der Wand stand.

»Später.«

Er setzte sich auf den Bürostuhl, stellte seine Zehen auf das Fußkreuz, nahm eine Feige und brach sie auf. »Die sind gut.«

An der Wand links der Tür hing eine Landkarte von Bulgarien, David hatte bunte Pins an die Orte gesteckt, die für sein Drehbuch von Bedeutung sein könnten. Neben die Karte hatte er Bilder aus dem Internet geheftet und Post-its in frischem Gelb. Ich ging die Wand entlang, wandte mich ihm zu.

»Darf ich?«

Er legte die Stirn in Falten, streckte seine rechte Hand in meine Richtung, was für eine Frage.

Auf die Landkarte hatte er einen Pfeil geklebt, er kam aus Richtung Süden, aus Griechenland. Ein anderer, im Norden, beschrieb den Lauf der Donau. »Treblinka« stand auf einem Zettel links oben in der Ecke. Ein Fähnchen steckte in Sofia, südwestlich eines in Dupniza, südöstlich eines in Plovdiv. Die drei Nadeln beschrieben ein schiefes Dreieck.

»Augenblick«, sagte ich, fuhr mit dem Zeigefinger von Dupniza nach Plovdiv, sah auf den Index der Karte, schätzte die Entfernung zwischen den beiden Städten. »Das sind fast zweihundert Kilometer. Der Käseladen war in Dupniza?«

»Richtig.«

»Aber Doda Cheni war während des Krieges in Plovdiv.«

»Wow, Mia«, sagte er. »Du liebst mich wirklich.«

»Kommst du da erst jetzt drauf?«

»Du hörst mir zu.«

Er stellte sich neben mich vor die Landkarte. »Doda Cheni musste die Schule verlassen, als der Krieg ausbrach, da war sie fünfzehn oder sechzehn. Das war schwer für sie. Sie hat gerne gelernt. Ich weiß nicht, ob sie als Jüdin nicht mehr zur Schule gehen durfte oder ob das Geld nicht reichte, jedenfalls ging sie bei einem Cousin meines Großvaters, einem Schneider, in die Lehre nach Plovdiv. Vor dem Krieg muss er ein wohlhabender Mann gewesen sein, er lebte mit seiner Familie in einem zweigeschossigen Haus, hatte eine Nähmaschine. Das war nicht selbstverständlich, das meiste wurde noch von Hand genäht.«

Wir standen vor der Wand wie zwei Kommissare, die einem Täter auf der Spur waren. Weiter links hingen Bilder aus dem Internet. Ein Schnee-Engel, wie ihn Kinder machten – sich auf eine unberührte Schneedecke legen, alle viere von sich strecken, mit den Armen auf und ab, den Beinen hin- und herrudern. Daneben das Bild eines Klosters, es wirkte wie eine mittelalterliche Festung, ein schmiedeeisernes Tor, Bögen und Kolonnaden, überdachte Holztreppen, geschnitzte Balkone. Dahinter erhoben sich Berge, von Schnee bedeckt.

»Das Rila-Gebirge?«, fragte ich.

David nickte.

»Da würde ich gerne wandern gehen.«

Ein Moment des Zögerns. »Pflanzen und Tiere, das ist nichts für mich.«

»War das nicht der Plan?«

»Ich halte es mit Woody Allen: ›I am two with nature.‹« Er legte seinen Arm um meine Schulter. »Unten im Dorf ist eine Bar, da warte ich.«

»Was für eine Bar?«

»Ein local pub, etwas in der Art, die Nachbarn kommen abends vorbei, sitzen an der Theke, es gibt Bier vom Fass. Der Wirt ist ein stattlicher Mann, nicht dick, aber groß und kräftig«, David wechselte die Tonlage, »mit so einer tiefen, ruhigen Stimme. Er weiß, was in der Gegend vor sich geht.«

»Haben wir den schon kennengelernt?«

»Es ist immer gut, einen Charakter vorrätig zu haben.«

»Wanja könnte ihm von Alena erzählen«, sagte ich. »Vielleicht beschreibt er ihm den Weg zu der Hütte in den Bergen. Wie heißt unser Wirt eigentlich?«

»Dimitar vielleicht«, sagte David. »Oder besser Georgi.«

»Jedenfalls schafft es Georgi, Alena zu den Mönchen ins Kloster zu bringen. Dort überlebt sie den Krieg. Alles könnte auch gut ausgehen. Du entscheidest. Das ist doch das Schöne«, sagte ich. »Später holt Wanja Alena dort ab, gemeinsam gehen sie in Athen an Bord eines Schiffes, er nimmt sie mit nach Haifa.«

»Wanja eröffnet in Jaffa einen Käseladen, Alena hilft ihm hinter dem Tresen.«

»Die Israelis essen so gern bulgarischen Käse«, sagte ich, »dass der Laden in der dritten Generation geführt wird.«

David lachte. »Kannst du dir das vorstellen? Ich in einem Laden?«

»Du?«, fragte ich ungläubig. »Du müsstest dich sehen, wenn du morgens in den Tola'at kommst.« Ich strahlte und grüßte in jeden Winkel seiner Klosterzelle. »Shalom, wie gehts, hakol beseder? Für jeden ein freundliches Wort. Du bist die Idealbesetzung. Bis der Enkel den Laden eines Tages schließt und einen Film dreht.«

David schüttelte den Kopf. Legte seine Stirn in Falten. »Oach, hör auf, so schön zu sein.«

»Nur schön?«

»So klug, charmant, mutig, sexy, schnell, witzig, klug …«

»Klug hatten wir schon.«

Sein Telefon meldete den Eingang einer SMS, David ging zum Schreibtisch, um sie zu lesen. »Mache ich später«, sagte er, mehr zu sich selbst.

»Deine Frau?«

»Sie ist gerade aufgestanden.«

»Ich habe überhaupt keine Vorstellung, wie sie aussieht«, sagte ich.

»Als wir uns kennenlernten, war sie in der Armee, sie trug Uniform und hatte sehr langes schwarzes Haar, das war kurz nach Rabins Tod«, sagte er. »Sie war immer schon kämpferisch, hat sich bei *Peace Now* engagiert, auf die Demonstrationen sind wir häufig gemeinsam gegangen.«

»Hast du ein Foto von ihr?«

»Vielleicht ist es besser, sie bleibt abstrakt, meinst du nicht?«

Ich löste mich aus der Umarmung, legte meine Hände auf seine Schultern und sah ihn an. »Wir werden uns nicht gleich zwischen den Regalen im Supermarkt begegnen oder im Tola'at am Büchertisch. Der Atlantik liegt zwischen uns«, sagte ich. »Das ist hinreichend abstrakt, findest du nicht?«

»Bilder können viel verändern.« Er ging zu seinem Schreibtisch, sah auf den Monitor seines Computers. »Halb vier. Ich muss Shiri gleich abholen.«

»Wie läufts denn mit euch beiden?«

»Wir finden unseren Rhythmus. In der Kita bin ich jetzt der alleinerziehende Vater. Alle anderen Rollen sind besetzt: single mothers, lesbische Eltern, schwule Väter«, sagte er. »Es gibt sogar zwei, drei normale Familien.«

»Fehlt dir jemand, mit dem du reden kannst?«

»Was meinst du?«

»Du verbringst den ganzen Tag hier, in dieser Klosterzelle, am Nachmittag holst du Shiri vom Kindergarten ab. Wenn du nach

Hause kommst, kannst du mit niemandem über deinen Tag reden, was du erlebt hast. Fehlt dir das nicht?«

»Kann einem fehlen, was man nicht hatte?«

»Ich stelle mir so einen Abend schön vor. Auf dem Weg zum Supermarkt würde ich dich anrufen, fragen, ob wir noch Basilikum haben, Knoblauch und Zitrone. ›Kannst du kurz nachsehen?‹ Und du würdest fragen: ›Wieder Pesto?‹ Und ich würde sagen: ›Mach einen besseren Vorschlag, vielleicht Bolognese?‹ Ich meine, der ganze Tag hätte einen anderen Rahmen, eine andere Tonart, ich würde ihn für dich einsammeln. Und während du das Nudelwasser aufsetzt, würde ich die Einkaufstüte abstellen, dir die Wärmflasche zeigen, die Doris für mich im Tchibo-Onlineshop bestellt hat. Dich fragen, ob du mich liebst, wie Talansky den Ministerpräsidenten liebt.«

»Um ein Vielfaches mehr.«

»Da war sehr viel Geld in den Umschlägen.«

»Mia?« David strich eine Locke aus meiner Stirn. »Du kannst mich immer aus dem Supermarkt anrufen.«

41

Am Mittwoch war ich früher aus dem Studio gegangen, ich war mit meiner Vermieterin verabredet, sie wollte sich die defekte Klimaanlage im Wohnzimmer ansehen. Bei der Gelegenheit hatte ich sie gefragt, ob ich den Mietvertrag verlängern könnte, bis Ende des Jahres vielleicht. Zu meiner Überraschung hatte sie sofort zugesagt.

Meine ersten Stücke als Freie hatte ich inzwischen verkauft. Mit *Kopfkino*, unserer Kultursendung am Freitagabend, hatte ich ein Stück über die Graffiti-Szene in Tel Aviv vereinbart. Außerdem das Porträt eines Choreographen, der mit Gaga-Dance, einer neuen intuitiven Tanzmethode, eine Europatournee plante. Für die Wissenschaft war ich im Gespräch zu einem Feature über die Reproduktionsmedizin in Israel, die wesentlich fortschrittlicher war als in Deutschland, insoweit dem Bibelspruch folgte: »Seid fruchtbar und mehret euch.«

Mein Leben ging voran, während ich noch über die Richtung nachdachte.

***

David hatte am Nachmittag seine Sitzung bei M, seine Schwiegermutter holte Shiri im Kindergarten ab. Wir verabredeten, uns nach dem Termin in Jaffa zu treffen, gemeinsam zu Doda Cheni nach Bat Jam zu fahren. Auf dem Weg zur Bushaltestelle sah ich dort einen Eisbären sitzen. Er war vielleicht einen Meter groß, sein weißer Plüsch glänzte in der Sonne. Unter seiner rechten Tatze war ein rotes Herz als Flicken genäht.

Der weiße Jetta stand schon an der Haltestelle. David lehnte sich über den Sitz, um mir die Tür zu öffnen. Gab mir einen Kuss. Der Bus hinter uns hupte.

»M hat mir zu meinen Problemen gratuliert«, sagte er. Wir ließen gerade Jaffa hinter uns, fuhren mit offenen Fenstern am Meer entlang in Richtung Süden.

»Und?«

»Ich habe mich bedankt und wollte gehen.«

»Habt ihr auch darüber gesprochen, wie du sie lösen kannst?«

David zögerte einen Augenblick. »Er hat gefragt: Wenn es wirklich so gut ist – ob ich nicht will, dass es weitergeht?«

Ich sah ihn an.

»Mit meinem ganzen Herzen«, sagte er und wandte sich mir zu. Der warme Fahrtwind wehte herein. Auf der rechten Straßenseite waren Strandbars und Beachclubs zu sehen. »Aber du weißt, wie sehr ich an Shiri hänge.«

»Und wenn in deinem Herzen Platz für zwei ist?«

»Wie ist das denn bei dir?«

Wäre Shiri die Tochter meiner Schwester, meine Nichte, meine Patentochter vielleicht, wir hätten uns an den Händen gefasst, wären barfuß durch die Fontänen am Rabin-Platz gewatet, klatschnass nach Hause gelaufen. Wir hätten den Kindergarten geschwänzt, unsere Tage am Strand verbracht, Beine im Sand vergraben, Seifenblasen steigen lassen, uns von Eis ernährt, Geheimnisse gehabt. Ich mochte sie vom ersten Augenblick an, ihren scheuen, zugleich neugierigen Blick. Das mutige Vertrauen, mit dem sie sich in Davids Arme warf. Doch etwas hielt mich zurück. David hatte keinen weiteren Versuch unternommen, uns einander näherzubringen. Ich folgte ihm in seiner Weltordnung. Vielleicht weil ich das Kind vor Verwirrung schützen wollte. Vielleicht weil ich uns keinem Wettstreit aussetzen wollte. Drei waren immer zwei gegen einen. Vielleicht weil ich unsere Liebe vor der Realität bewahren wollte. Eine Weile noch.

Wir hatten die Fenster runtergekurbelt, auch wenn der Fahrtwind kaum Erfrischung brachte. Die vorbeiziehenden Palmen warfen ihre langen Schatten auf den Asphalt.

»Ich habe meinen Mietvertrag verlängert«, sagte ich schließlich.

David sah mich an, setzte den Blinker und lenkte den Wagen in den Schotter neben der Hauptstraße.

»Was machst du?«, fragte ich.

Er hielt an, nahm mein Gesicht in seine Hände, mit seinen Daumen strich er über meine Wangenknochen. »Ich freue mich.«

»Erzähl mir mehr von deiner Tante«, sagte ich, als er den Wagen zurück auf die Straße lenkte.

»Du lernst sie doch gleich kennen.«

»Ich möchte wissen, mit welchen Augen du sie siehst.«

»Du meinst, was sie mir bedeutet?« Er dachte nach. »Sie ist ein Wegweiser in meinem Leben, dem ich von klein auf folge. Sie war die Erste aus meiner Familie, die nach Palästina ging. Für mich ist sie eine Brücke in die alte Welt. Als Ben Gurion nach Sofia kam, ist sie mit dem Zug dorthin gefahren. Soweit ich weiß, war sie in einer zionistischen Jugendbewegung. 1944 muss das gewesen sein. Kinder auf den Straßen, die meisten barfuß, fast nackt und abgemagert, viele von ihnen waren krank, hatten Tuberkulose. Er erwarte, dass sie alle nach Palästina kommen, soll Ben Gurion gesagt haben. Die Wüste erblühen lassen, das war die Idee, eine neue Heimat finden, die kargen Böden fruchtbar machen. Zeigen, dass wir noch da sind«, sagte er. »Ich bin der Erste meiner Familie, der in Israel geboren ist. Der erste Sabre.«

Wir hielten an einem Zebrastreifen, ein Mann im Neoprenanzug überquerte die Straße, er hielt Taucherflossen in Händen. Hob sie zum Dank.

»Als ich mit Shiri aus Plovdiv kam, hat Tami mir die Kleider gebracht, die Doda Cheni früher für sie genäht hat. Auch jede meiner Hosen hat sie geflickt«, sagte er. »Ihren Kunden gegenüber hat sie nie etwas abgelehnt, kein einziges Kleidungsstück, auch wenn sie tagelang daran hatte arbeiten müssen. Bald wird sie das Geschäft aufgeben.«

»Warum?«

»Nächstes Jahr wird sie achtzig. Außerdem verlangt der Vermieter eine höhere Miete«, sagte er. »Der Laden wird mir fehlen. Ich war dort zu Hause.«

Das Haus, in dem Doda Cheni lebte, war fünfgeschossig, eine breite Straße trennte es vom Strand. Sie war in den Achtzigerjahren hierhergezogen, damals lebte ihr Mann Shlomo noch. Die Schneiderei war im Erdgeschoss. Sie kam mir vor wie eine Höhle, eine Tropfsteinhöhle vielleicht, das Licht gedämpft, überall hingen Hosen und Kleider, hintereinander und übereinander. Wolle, Cord und Seide. Die Zeit schien hier langsamer zu vergehen.

Doda Cheni stand vor einer der langen Reihen, sie hatte einen Warengreifer in der Hand, an dem ein leichter Rock hing. David trat neben sie, nahm die Stange in die Hand, hängte den Rock in die zweite Etage. Seine Tante reichte ihm knapp über die Schulter. Er beugte sich zu ihr und schloss sie in seine Arme. Bei ihr also hatte er das gelernt. In den Arm nehmen, das konnte David gut.

Die Nähmaschine hatte ein Trittbrett, sie stand hinten rechts in der Ecke, von dort hatte man den ganzen Laden im Blick. An der Wand dahinter hing ein dickes Brett aus Buchenholz, darauf steckten Garnrollen in verschiedenen Farben. Einige von ihnen waren nur noch zerknitterte Pappe, um die ein Faden gewickelt war. Vor der Nähmaschine stand ein Stuhl. Ich stellte mir vor, wie David darauf gesessen hatte. Mit aufgeschlagenem Knie, als seine Schnürschuhe noch in der Luft baumelten. Später, als er von zu Hause weglief und die Highschool schwänzte. Auch als Soldat war er hierhergekommen in seiner Uniform, die nach Schweiß stank und Waffenöl. Ein Ort, an dem er in Sicherheit war. Ob er Doda Cheni hier von mir erzählt hatte?

»Du musst Mia sein.« Ihr Blick war voller Wärme. David hatte sie gut beschrieben. »Ich freue mich.«

An der Wand hinter der Nähmaschine hingen verblichene Postkarten, ein Kalender mit asiatischen Schriftzeichen, ein gerahmtes Foto. Es war schwarz-weiß. Ein großes Boot war darauf zu sehen, die Segel eingeholt, am Bug hing mächtig der Anker. Schaulustige standen im Hafen. Ein Mann mit weißem Hemd schien im Zentrum des Bildes zu stehen, die Ärmel hochgekrempelt, die Hände in die Hüften gestemmt.

»Die *Pan York*«, sagte Doda Cheni. Sie ging näher an das Bild heran. »Mein Mann hat das Bild gemacht. Damals kannten wir uns noch nicht.«

»Onkel Shlomo?«, fragte David.

»Wir haben es später herausgefunden. Er war im Hafen, als wir in Haifa anlegten. Wir lernten uns erst in der Armee kennen, das war zwei, drei Jahre danach. Ich nähte seine Uniform, er kam oft zur Anprobe. Eine kleine Falte an der Schulterpartie, das Ärmelloch wenige Millimeter zu weit, irgendetwas passte nicht, das behauptete er jedenfalls. Bis er mich endlich fragte, ob ich seine schicke Uniform mit ihm ausführen wolle.«

Daneben hing das Bild eines Mädchens. Es war mit einer Stecknadel an die Wand geheftet. Das Foto war weichgezeichnet, schien in einem Fotoatelier aufgenommen. Das Kind hatte schwarze Locken und stützte sein Kinn auf die Lehne eines Ohrensessels.

»Veruschka«, sagte Doda Cheni.

»Wer ist sie?«, fragte ich.

»Wir waren auf Zypern zusammen. Tagelang stand sie am Fenster unserer Baracke, presste ihre offene Hand an die Scheibe. Wartete auf ihre Mutter. Wir schickten die anderen Kinder zu ihr, aber sie wollte nicht spielen. Eine Weile habe ich das mit angesehen, dann ging ich raus und hielt meine Hand von der anderen Seite gegen die Scheibe.« Sie bewegte ihre Hand in konzentrischen Kreisen. »So wurde es unser Spiel.«

»Und die Mutter?«, fragte ich.

»Sie war im Krankenhaus in Nikosia, aber das haben wir erst später erfahren. Sie hatte ein Kind bekommen, einen Jungen. Auf Zypern wurden damals viele Kinder geboren.« Doda Cheni lächelte. »Später besuchten sie uns im Atelier meines Mannes.«

Ich half ihr, die Teetassen auf den niedrigen Tisch zu stellen. Sie waren aus vergilbtem Porzellan und hatten eine fein gezeichnete Rose auf ihrem Grund. Ein Teller mit Gebäck. Es hatte die Form kleiner Pfirsiche. David verschwand mit der Wassermelone durch einen Vorhang zwischen den Kleidern. Kaum ein Geräusch drang von außen herein, die Mäntel und Kleider schienen jeden Schall zu schlucken.

Ich spürte ihren Blick auf mir. »Er hat viel von dir erzählt«, sagte sie.

In dem Moment kam David mit der aufgeschnittenen Melone zurück, stellte sie neben den Teller mit Gebäck. Seine Tante sah auf meinen hellblauen Schal, entdeckte den kleinen Riss darin.

»Das muss man reparieren. Sonst reißt er weiter auf.« Sie nahm die raue Seide zwischen Daumen und Zeigefinger, führte sie näher an ihre Augen, strich vorsichtig darüber. »Lass ihn nur hier, ich mache das.«

»Pfirsichkekse«, sagte David, nahm einen. »Shiri würde sich freuen.«

Ich setzte mich in einen der Sessel. Er war tiefer, als ich erwartet hatte.

»Wie geht es ihr?«, fragte Doda Cheni. »Und der Babura?«

»Die schläft mit den Füßen auf dem Kopfkissen.« David lachte. »Nach dem Aufstehen steht sie mit einem Opernglas auf dem Balkon, zählt die Falten im Gesicht von Frau Dori.«

»Frau Dori?«

»Die hundertjährige Nachbarin.«

Ich hatte keine Ahnung, wovon sie sprachen.

»Shiri hat die Babura erfunden«, sagte David, der Stolz in seiner Stimme war nicht zu überhören. »Ich zeige dir ein Bild, sie malt wirklich gut.«

»Hast du Kinder?«, fragte Doda Cheni.

»Nein.« Ich hatte mir inzwischen angewöhnt, auf diese Frage knapp zu antworten, um keine Nachfragen zu provozieren. In Israel kam man schnell zur Sache.

»Wir hätten gerne welche gehabt«, sagte sie. »Aber etwas war nicht in Ordnung, vielleicht wegen seiner Verletzung im Krieg. Er konnte keine Kinder bekommen.« David schien überrascht, seine Tante wandte sich ihm zu. »Wir haben nie darüber gesprochen, nicht wahr? Wir hätten gerne ein Kind gehabt. Oder eins adoptiert. So wie du. Aber damals war das nicht möglich.«

Ich konnte keine Traurigkeit in ihrem Gesicht erkennen, eher so etwas wie Gelassenheit, als habe sie dieses Kapitel ihres Lebens eingehend betrachtet. Frieden gefunden.

Als wir die Schneiderei verließen, schlug uns die Hitze des Asphalts entgegen. Wir überquerten die Straße, sahen uns noch einmal um. Doda Cheni stand in der Tür, im Schaufenster neben ihr eine bloße Büste, sie winkte uns nach. David nahm meine Hand.

»Ich wusste nicht, dass sie keine Kinder bekommen konnten«, sagte er. »Für mich war sie Doda Cheni, die mit Onkel Shlomo verheiratet war. Ich habe sie nie als junge Frau gesehen.«

42

Neva saß an einem Tisch im hinteren Teil des Clubs. Ein Discolaser streifte sie, tauchte ihren Körper in leuchtendes Grün. Sie winkte mir zu. Ich ging die letzten Stufen hinunter, bahnte meinen Weg über die Tanzfläche. Jugendliche in zu großen T-Shirts und mit Basecaps bewegten ihren Körper in Wellen, begleitet von erstaunlich präzisen Bewegungen von Armen und Händen. Ein dichter Geruch aus Nebel, Schweiß und Dope kam mir entgegen. Am Tisch angelangt, rief Neva mir einige Worte zu, die ich nicht verstand, drückte mir schließlich einen Kuss auf die Wange.

»Wo ist Crusoe?«, fragte ich.

»Zu Hause, zu laut hier.«

Ich hatte den Freitag mit dem Fragebogen der Künstlersozialkasse verbracht. Mit dem nächsten Monatsersten würde ich frei arbeiten und mich selbst versichern müssen. Also hatte ich meinen Berliner Untermieter durch Aktenordner gelotst, Sozialversicherungs- und Steueridentifikationsnummer herausgefunden, die Personalabteilung um einen Tätigkeitsnachweis gebeten. Auf Seite fünf des Fragebogens, dem voraussichtlichen Arbeitseinkommen, war ich stecken geblieben.

Dann hatte Neva angerufen und gefragt, ob ich am Abend mit zu einem Konzert von DJ Ismao kommen wolle. Er spiele in einem Club in Florentine.

DJ Ismao war ein Star der israelischen Hip-Hop-Szene. Neva hatte ihn über ein Sozialprojekt für Jugendliche kennengelernt. Auf YouTube hatte ich ein Video über ihn gefunden. Er war Jude äthiopischer Herkunft, Kindeskind des Königs Salomon und der Königin von Saba, in den Achtzigerjahren mit seiner Familie nach Israel gekommen. Bis dahin kannte er das Land nur aus der Bibel. Manna, das vom Himmel fiel. Gebratene Wachteln in den Straßen. Jakob, der im Traum eine Himmelsleiter erblickte. Dorthin wollte der Vater die Familie führen. In einem Treck von Flüchtenden liefen sie zwei Jahre lang. Zurück blieben die Alten und Kranken, sie starben am Wegesrand. Bei seiner Ankunft in Israel war Ismao acht.

Jetzt stand er in einem gelben T-Shirt auf der Bühne, eine silberne Panzerkette um den Hals, die Jeans hing auf seinen Hüftknochen. Hinter ihm liefen Bilder über eine Leinwand. Menschen in weißen Gewändern auf einer Gangway. Dicht nebeneinander auf dem Boden eines Frachtraums, die Wolldecken bis unter die Ohrläppchen gezogen. Ein schwarzer Fuß, der einen Schritt über die Türschwelle eines Flugzeugs setzte.

Der Rapper hielt das Mikrofon dicht vor seine Lippen.

»Out there in Africa
God heard our voice.
With lots of hope
To make the dream come true.
To walk the path of the bible
To a future of peace.
But our people is tired
Of this journey.
2000 years
Are a long way to go.«

Nach dem Konzert erzählte Neva, dass Ismao in Rehovot ein Studio eingerichtet habe, um mit den Jugendlichen aus der Nachbarschaft zu rappen. Sie seien schon im Barby Club in Tel Aviv und im Lab in Jerusalem aufgetreten. Dann ließ sie mich einen Moment allein, holte den Rapper an unseren Tisch.

Seine silbernen Ringe drückten sich in die Haut zwischen meinen Fingern.

»Mia?«, versicherte er sich, meinen Namen richtig auszusprechen. Sein Gesicht schien alterslos, seine Augen müde und wissend zugleich.

Ich nickte.

»Hat er eine Bedeutung?«

Jetzt, hier, in einem Musikclub in Florentine? Schließlich sagte ich: »Geschenk Gottes.«

»In Äthiopien sagt man, mit dem Namen geben Eltern ihrem Kind sein Schicksal mit auf den Weg.«

»Und Ismao?«, fragte ich.

»Der, den Gott hört.«

»Dein richtiger Name?«

Er lachte. »Mit fünfzehn habe ich angefangen zu rappen und bin in den Clubs noch unter einem anderen Namen aufgetreten. Mein Vater war von Anfang an dagegen. Das ist was für amerikanische Jungen, sagte er, immerhin ist es ihre Sprache. So findest du nie einen Job. Dann hörten wir im Radio einen Jungen, der Amharisch sang, mein Vater war begeistert. ›Hörst du das? Das ist ein junger Mann, der seine Tradition respektiert. Er wird es weit bringen.‹«

Ismao grinste.

»Der junge Mann warst du«, sagte ich.

»Seitdem trage ich den Namen, den meine Eltern mir gegeben haben.«

***

Gut eine Woche später waren wir in Rehovot verabredet, einer kleinen Stadt vierzig Kilometer südlich von Tel Aviv. Ismao hatte mich zu Proben mit den Jugendlichen in sein Studio eingeladen. Ich hatte *Soundcheck*, unserer Musiksendung, ein Stück dazu angeboten.

Die Wohnblocks waren vierstöckig, die Außenwände mit Klimaanlagen verbaut, über den Rasen wehte eine weiße Plastiktüte. Ismao trug ein Fußballtrikot, das ihm zu weit über die Schultern fiel, seine Rasterlocken in der Mitte gescheitelt. Er saß auf einer niedrigen Mauer und wartete auf mich.

»Ich war Hirte«, sagte er, während wir durch die Siedlung liefen, »wie die Propheten Abraham und Jakob.« Auf der Straße begegnete uns eine Gruppe Jugendlicher, Ismao grüßte sie im Vorbeigehen mit einem kräftigen Handschlag. Ein Polizeiwagen fuhr langsam durch die Siedlung. In Äthiopien war Ismao mit dem Alten Testament groß geworden. Es hatte ihn begleitet, durch die Wüste, in den Sudan, über die Wolken bis nach Rehovot. Doch was er hier sah, hatte nichts zu tun mit den Bildern, von denen sein Vater gesprochen hatte, während der Tage und Nächte auf der Flucht.

»Wir kannten das Land nur aus der Bibel«, sagte er.

In Rehovot sangen die Jungen und Mädchen von Gewalt, Alkohol und Drogen. Über die Musik kam er mit ihnen ins Gespräch. Er wollte, dass sie rausrückten mit ihrer Wut, ihrer Verzweiflung, auch ihrer Traurigkeit.

»In Afrika hatte jeder ein Stück Land, auch wenn es noch so klein war, aber er beackerte es mit Würde. Hier ist uns die Würde abhandengekommen, wir sind zu Bittstellern geworden. Wenn wir rappen, haben wir wenigstens das Gefühl, gehört zu werden.«

Das Studio war im Keller, wir gingen die Treppe runter, die Wände waren frisch verputzt, DJ Ismao öffnete eine schwere Tür, schaltete das Licht ein.

»Als ich herkam, dachte ich, das Licht falle vom Himmel.« Er sah zu der Glühbirne an der Decke. »Den ganzen Tag habe ich es an- und ausgemacht. Wundersamer war nur der Moment, in dem ich zum ersten Mal mein Ohr an einen Telefonhörer hielt. Ich glaubte, Engel sprächen zu mir.«

43

In vierzig Minuten war ich mit David vor dem GAT verabredet, dem Kino am Rabin-Platz, sie zeigten *Waltz with Bashir*. Wir hatten uns für die Vorstellung am späten Nachmittag entschieden, anschließend würde er Shiri bei seiner Schwester Tami abholen.

Ich war froh, den Laptop zuklappen zu können, mit dem Manuskript zu DJ Ismao kam ich langsamer voran als erhofft. Meine letzte Reportage hatte ich im Volontariat geschrieben, mir fehlte die Routine. Im Archiv fand ich Berichte über die Diskriminierung äthiopischer Juden bei Blutspenden und im Klassenraum. In jüngster Zeit hatte es einige Demonstrationen gegeben, von Polizeigewalt war die Rede. Ich wollte mit David über den Realitätsschock bei der Ankunft in Israel sprechen. Vielleicht konnte er mir helfen, den Zugang zu finden.

Hinzu kam die Hitze. Die Klimaanlage im Wohnzimmer war noch immer defekt, durch das geschlossene Fenster hatte ich den Tag über die anderen beobachtet, die klobig aus der Hauswand gegenüber hervorstachen. In ihrem Inneren drehte sich der Ventilator.

Ich lief über den Rabin-Platz, vor dem Rathaus wurde eine Bühne errichtet, rings um den Platz waren Absperrgitter aufgestellt. Für den Abend hatten Aktivisten zu einer Solidaritätskundgebung für den entführten Soldaten Gilad Shalit aufgerufen. Sie wollten den Druck auf die Regierung erhöhen, mit der Hamas einen Deal für seine Freilassung zu erreichen.

Auf der Straße vor dem Platz stauten sich Autos, Arbeiter rissen mit Presslufthämmern den Bürgersteig auf, Menschen mit Einkaufstüten eilten an mir vorbei.

David und ich waren um Viertel vor fünf verabredet. Ich stand an der Kreuzung vor dem Kino, doch er kam nicht. Ich beobachtete die Ampel, die immer wieder umschlug, von Rot auf Grün auf Rot, schrieb David eine SMS, rief ihn an, doch er meldete sich nicht. Bei unseren Verabredungen verspätete er sich von Mal zu Mal mehr, inzwischen aber waren zwanzig Minuten verstrichen, der Film lief bereits. Ich beschloss, nach der nächsten Ampelphase zu gehen. Endlich antwortete David – er habe an seinem Skript geschrieben, unsere Verabredung völlig vergessen. Jetzt müsse er Shiri abholen, er melde sich später. Ich stellte mein Telefon aus und ging ans Meer.

***

Am nächsten Morgen klopfte es an meiner Tür. David hatte mir im Laufe des Abends einige SMS geschrieben, auf die ich wortkarg oder gar nicht geantwortet hatte. Jetzt stand er vor mir, das hoffnungsvolle Lächeln, die Tüte vom Bäcker in der Hand. Ich gab ihm einen flüchtigen Kuss, ging zurück an meinen Schreibtisch.

»Oh, Mia, du bist richtig ernsthaft in deiner Wut«, sagte er, folgte mir durch den Raum.

»Ich muss arbeiten.«

»Es tut mir leid, ich hatte mein Telefon lautlos gestellt, entschuldige bitte.«

Er nahm einen Stuhl, stellte ihn neben mich, setzte sich rittlings darauf. Ich spürte seinen Blick auf meinen Fingern, als würde er eine Kamera darauf halten, wie sie einen Buchstaben nach dem nächsten in die Tastatur drückten. Dann schwenkte er auf mein Gesicht, fokussierte meine Augen, mein Kinn, die Partie um meinen Mund.

Ich hob meinen Blick über den Bildschirm, sah auf das Haus gegenüber. »David, ich kann so nicht arbeiten.«

»Du siehst ernst aus.«

»Konzentriert.«

»Mia, bitte«, sagte er, »ein Lächeln.«

»Ich schreibe.«

»Lächle, während du schreibst.«

Ich nahm einen Schluck Kaffee, hielt die Tasse in beiden Händen.

»Man wird es im Radio hören«, sagte er. Er öffnete die Papiertüte, bot mir ein Stück Croissant an.

»Danke, nein.«

Er ließ seinen Blick durch den Raum schweifen, entdeckte an der Wand neben meinem Schreibtisch das Ultraschallbild. »Wer ist das?«

Ich folgte seinem Blick. »Familie.«

»Willst du mich nicht vorstellen?«

»Das hat noch Zeit.«

»Bitte«, er ließ seine Stimme flehentlich klingen, den Blick auf meinen Bildschirm gerichtet, wusste ich, seine Stirn war in tiefe Falten gelegt. »Mia, lächle.«

Keine Chance. Ich sah ihn an. Lachte.

Er legte die Hände flach aufeinander wie zum Gebet. Küsste die Kuppen seiner Zeigefinger. »Endlich.« Dann stand er auf, bewegte sich mit dem Rücken zur Wohnungstür, ließ mich nicht aus den Augen. »Bleib so«, sagte er. Zog die Tür hinter sich zu.

44

Ich traf Ruth in der Galerie, sie lag in einer Nebenstraße der Dizengoff auf dem Weg ans Meer, im Souterrain. Der Raum war voller Menschen, sie standen mit einem Glas Wein vor den Bildern, im Vorbeigehen erkannte ich zwei offene Hände, in die arabische und hebräische Worte fielen. Daneben ein Briefumschlag, seine Vorderseite aus hebräischen Buchstaben gestaltet, die Adresszeile, der Platz für die Briefmarken ausgespart. Daneben die Rückseite, ein Kuvert mit einer spitzen Klappe, zusammengesetzt aus arabischen Lettern. Ruth stand im hinteren Teil des Raumes, im Gespräch mit dem Künstler, ihrem Kollegen Ido Levin. Sie winkte mir zu, stellte uns vor.

Beim Rausgehen traf ich eine Autorin, mit der ich eine Woche zuvor ein Interview geführt hatte. Sie war Dozentin für Gender Studies an der Universität von Tel Aviv, hatte eine Biografie über Golda Meir geschrieben. Sie war gerade auf Deutsch erschienen.

»Vor dem Interview hat sie einen Joint geraucht«, sagte ich zu Ruth, während wir die Dizengoff in nördliche Richtung zu ihrem Auto gingen. »Aus Sorge, nicht geistreich zu sein.«

»Sie wirkte nicht, als hätte sie das nötig.«

»Nach der Trennung von ihrem Mann ist sie depressiv geworden. Sie hat erzählt, dass der Arzt ihr ein Antidepressivum verordnete, dabei erwähnte, es könne die Libido beeinträchtigen. Eine Zeit lang gab sie sich verschiedenen Liebhabern hin, um ihre Lust zu überprüfen«, sagte ich. »Bis einer der Männer ihr riet, sie solle hin und wieder einen Joint rauchen, das hebe die Stimmung auch.«

»Es gibt Ärzte hier, die verabreichen Antidepressiva wie Smarties«, sagte Ruth. »Es mag sein, dass einige Menschen unter Nebenwirkungen leiden, aber heute lassen sich die Medikamente viel feiner einstellen.«

Ich stutzte.

»Uri hat eine Zeit lang Paroxetin genommen.«

»Uri?«

»Ja, ich weiß. Er wirkt wie ein Bär. Wie einer, den nichts aus der Ruhe bringen kann. Früher war das auch so, der Kibbuz vermittelte ihm Sicherheit und Geborgenheit, so habe ich ihn kennengelernt. Aber das Leben ändert sich selbst dort. In letzter Zeit gibt es viel Streit. Es ging los mit Dov, der Nachbar mit der üppigen Bougainvilleahecke. Seine Mutter starb, und er erbte viel Geld, weigerte sich aber, es in die Gemeinschaftskasse zu zahlen. Stattdessen reiste er mit seiner Frau nach Südafrika. Inzwischen ruhen sich viele auf ihrem Taschengeld aus, lassen thailändische Arbeiter auf den Feldern ernten. Langsam verstehen sie, was ich immer schon gesagt habe, dass die Menschen nicht dafür geboren sind, als Brüder und Schwestern zu leben. Dann wurde auch noch der landwirtschaftliche Betrieb privatisiert, und Uri musste sich da draußen einen Job suchen. Er, der sein Leben lang für den Kibbuz gearbeitet hat.«

»Sollen wir noch was trinken?« Ich blieb vor dem Café Michal stehen, auf der Terrasse waren einige Tische frei.

»Gern.«

Wir bestellten Zitronenlimonade mit frischer Minze. »Wie ist er da wieder rausgekommen?«, fragte ich.

»An manchen Tagen fühlte es sich an, als hätte ich ein Schiff über Sand gezogen. Morgens bekam er die Lippen kaum auseinander. Kein Wort. Kein Lächeln. Du hättest ihn nicht wiedererkannt. Ich habe ihn zu seinen Bienen geschickt, die mussten weiter versorgt werden, er hat Honig geschleudert, die Gläser auf den Wochenmarkt in Afula gebracht. Dann setzte er eine neue Königin ein, und ich wusste, dass es ihm langsam besser ging. Danach hat er den Granatapfelbaum im Garten gepflanzt und den Oleander gestutzt. Schließlich habe ich ihn gebeten, mein Atelier zu streichen.«

»Er hat Glück, dass er dich hat.«

»Das gilt genauso umgekehrt«, sagte sie. »Ein früherer Kollege hat ihm beim Wandern dann von dem Job in Afula erzählt.«

»Und Paroextin?«

»Irgendwann hat er vergessen, es zu nehmen«, sagte sie. »Dass es vorüber ist, merkt man vielleicht in einem flüchtigen Moment. So lange hat man sich gewünscht, dass dieser Zustand vorübergehen möge. Hat dieses versucht und jenes. Ist viele, viele kleine Schritte gegangen. Und dann fällt einem plötzlich auf, dass es vorbei ist. Vielleicht weil man eine Straße entlangfährt, die man früher auf dem Weg zur Arbeit fuhr, man erinnert sich, wie man sich dorthin schleppte, versuchte, die nächsten Stunden zu funktionieren. Oder man trifft einen Menschen wieder, den man um seine Leichtigkeit beneidet hatte, wie er von einem Wochenende mit den Kindern sprach, einem Familienurlaub auf Zypern. Auf einmal, während man zufällig beieinandersteht, miteinander spricht, wird einem klar, dass das eigene Leben wieder leichter wiegt, dass man nicht mehr daran denkt.«

»Weißt du, was meine Mutter genommen hat?«, fragte ich. »Sie schreibt in einem der Briefe davon.«

»Hast du deinen Vater gefragt?«

Ich schüttelte den Kopf. »Und Konrad?«

»Ob er Medikamente genommen hat? Das weiß ich nicht. Auf seiner Beerdigung wurde so etwas erzählt, alle rätselten über seinen Tod.«

»Das tue ich bis heute.«

Ruth legte ihre Hand offen auf den Tisch, ich legte meine hinein, zog sie schließlich wieder zurück.

»Die Beerdigung war furchtbar«, sagte sie. »Es war ein windiger, regnerischer Tag, obwohl es Sommer war, schwarze Mäntel am Grab, schwarze Schirme. Ein älterer Herr nahm mich unter seinen, später stellte sich heraus, dass er Konrads Professor aus Heidelberg war. Wir haben auf der Raue miteinander gesprochen, sie fand in der Mendelstraße statt, du lagst im Wohnzimmer in deiner Wiege. Er sprach in den höchsten Tönen von Konrad. Als wäre er sein eigener Sohn. Ich hatte den Eindruck, dass er sich Vorwürfe machte.«

»Warum?«

»Er fragte sich, ob er ihn enger hätte begleiten müssen. Konrad war ein brillanter Kopf und engagiert. Schon in der Schule las er lieber die französischen Existenzialisten als die deutschen Klassiker, diskutierte mit seinen Lehrern das Curriculum«, sagte Ruth. »Seinem Professor war aufgefallen, dass es ihm nicht gut ging. Aber er wagte nicht, ihn darauf anzusprechen. Fürchtete, ihm zu nahe zu treten. Konrad sei fülliger geworden, sein Blick stumpf, wo er doch früher geleuchtet habe.«

Ich fuhr mit meiner linken Hand über mein Schlüsselbein, ließ sie dort liegen. »Könnte das an den Tabletten gelegen haben?«

»Gut möglich.«

»Paradox«, sagte ich.

»Was meinst du?«

»Konrad hatte in seinem Leben etwas gefunden, das ihm Richtung gab, hätte geben können. Das Forschen, die Wissenschaft schienen ihn zu erfüllen. Und dann nahmen ihm die Tabletten die Kraft, seiner Arbeit nachzugehen. Als würde er von etwas angezogen, dem er nicht gewachsen war«, sagte ich. »Warum wird einem ein Talent gegeben, etwas Großes geschenkt, wenn man damit nicht leben kann?« Ich spürte, wie sich die erstarrte Wut zurückmeldete. »Das ergibt keinen Sinn.«

»Damals kam einiges zusammen«, sagte Ruth. »Die Ärzte wussten noch nicht so viel über Depressionen, die Betroffenen sprachen nicht darüber. Konrad musste es mit sich selbst ausmachen. Er dachte, er sei der Einzige. Ich kannte sonst auch niemanden.« Sie suchte meinen Blick. »Heute weiß ich, dass eine solche seelische Krise vorübergehen kann.«

45

In meinem Tagebuch war ich bei der Visitenkarte der Wüstenfarm Carmey Avdat angelangt und erinnerte David an seine Frage: »Waren wir hier?«

»Du schreibst zu schnell«, sagte er.

Ich trennte die Karte heraus, verhandelte mit ihm, wo ich sie wieder einkleben sollte. Schließlich versprach er, für Ende August eine Übernachtung zu buchen.

***

Er brachte Shiri zu Doda Cheni. Anschließend wollten wir uns an einer Bushaltestelle in der Nähe der Autobahn treffen, von da aus Richtung Süden fahren. Bis Carmey Avdat waren es knapp zweieinhalb Stunden. Ich wartete vor einer Leuchtreklame, darauf das Werbeplakat eines Reiseveranstalters. Ein Mann mit nacktem Oberkörper und langem Bart, er saß im Sand unter einer Palme. Ich brauchte einen Moment, um die hebräischen Schriftzeichen zu entziffern. »Ferien, so günstig, dass du für Jahre bleiben kannst.«

David entdeckte mich an der Haltestelle, ließ die Scheinwerfer des Jetta zweimal kurz aufleuchten. Er sprang aus dem Wagen, verstaute meine Tasche im Kofferraum, nahm mein Gesicht in seine Hände, gab mir einen Kuss. Ich schob Idan Raichel in den CD-Player.

Hinter der Wüstenstadt Be'er Sheva wurde die Landschaft karger, sanfte Hügel in Schattierungen von Orangegelb bis Graubeige, die wenigen Wolken warfen Schatten auf die Gesteinsschichten. Die Negev bedeckte die Hälfte des Landes.

Wir folgten den Schildern nach Carmey Avdat, fuhren eine Schotterpiste entlang, die rechts und links von sattgrünen Weinstöcken gesäumt war. An der Farm wartete Eyal bereits auf uns. Er hatte die Farm mit seiner Frau Hannah vor einigen Jahren auf den Fundamenten eines nabatäischen Weinguts errichtet, sogar das jahrtausendealte Bewässerungssystem hatten sie wieder nutzbar gemacht. Sie lebten hier mit ihren vier Kindern. Über den Hügel verteilt sah ich die Hütten, ockergelb gestrichen, sie lagen vereinzelt in dem weiten Gelände. Dazwischen Büsche von Palmen, Oliven- und Pistazienbäume, denen es gelang, Wasser aus dem rissigen Boden zu ziehen. Eyal begleitete uns zu unserer Hütte. Die Wüste war seine Heimat. Seine Eltern waren Anfang der Siebzigerjahre in den Sinai gezogen, hatte sich einem Moschav, einem landwirtschaftlichen Kollektiv, angeschlossen.

»Alles war Sand«, sagte er. »Gelb und sonst nichts. Ich bin barfuß groß geworden.«

Später war er mit seiner Familie durch die Erg Chebbi in Marokko und die Tanamiwüste in Australien gewandert.

»Die Wüste ist majestätisch«, sagte Eyal. »Unbezwingbar, so viel größer als wir selbst. Wie die Weite des Meeres.«

Unsere Hütte lag am Wegende. Sie hatte ein Vordach, das von Palmenblättern gedeckt war, auf der Terrasse war zwischen zwei Pfählen eine Hängematte befestigt. Eyal zeigte uns, wie man den Generator bediente, und fragte, wann wir Frühstück haben wollten.

»Zehn Uhr?«, fragte ich.

»Elf«, sagte David.

»Wir werden nicht stören.«

David ging mit Eyal zurück zum Haupthaus, um die Taschen aus dem Auto zu holen. Ich räumte die mitgebrachten Lebensmittel in den Kühlschrank, legte mich in die Hängematte. Sah in die Weite. Selbst die Sträucher und Bäume wuchsen hier nicht so dicht beieinander. Sie schafften es gegen jeden Widerstand, gediehen trotz Hitze und Dürre. Dachte, so könnte es für immer bleiben. Das Gefühl, geliebt zu werden, wuchs in mir wie eine kostbare Pflanze. Der gute Wolf durfte sich ausruhen, er lag satt und zufrieden neben mir im Kies.

Ich lauschte in die Stille, nur vereinzelt war die Stimme eines Vogels zu hören. Ein feiner Wind, kaum wahrnehmbar, trug Sandkörner über die Erde. Im Laufe der Jahrhunderte würden sie sich in immer neuen Schichten über die Felsen legen.

Irgendwann musste ich eingeschlafen sein.

David weckte mich mit einem Kuss.

»Nicht«, sagte er, »nicht bewegen.« Küsste mich auf meine Lider, legte mir seinen Zeigefinger auf den Mund. Hob mich auf seine Arme, öffnete mit dem Fuß die Tür zu unserer Hütte und trug mich zu dem breiten Bett unter dem Fenster. Schob die sorgfältig gefalteten Handtücher mit dem Stück Seife darauf vom Kopfkissen.

Ich hatte tief geschlafen. Draußen dämmerte es bereits. David hatte seinen Ellenbogen aufgestellt und sah mich an.

»Was hast du gedacht, als wir uns zum ersten Mal getroffen haben?«, fragte er.

»Wow!«

»Nein, im Ernst.«

»Alles war sofort da. Wir mussten die Liebe nicht lernen.«

»Was wäre passiert, wenn Nancy nicht vor dem Fenster gestanden, ich dich nicht angesprochen hätte?«, fragte er. »Wie wäre unser Leben weiter verlaufen?«

»Ich würde für immer glauben, dass es die große Liebe nur im Kino gibt.«

David stand auf, ich beobachtete ihn, wie er sich in der Hütte umsah. Die Flasche Cabernet auf der Anrichte, eine Schale mit getrockneten Datteln, eine andere mit frischen Feigen. Der Topf mit der orangenen Lilie auf dem Tisch unter dem Fenster, die Holzscheite neben dem Ofen. Er bewegte sich mit großer Selbstverständlichkeit, zugleich hatte ich das Gefühl, dass er sich nichts von alledem aneignete. Da war eine Sanftheit an ihm, die ich so noch bei keinem Mann erlebt hatte. Trotzdem war er in seiner ganzen Kraft spürbar. Vielleicht erinnerte er mich deshalb an einen großen Jungen.

Auch im Umgang mit anderen Menschen war mir das aufgefallen. Er hörte ihnen zu, ohne sie mit Fragen zu bedrängen oder seiner Meinung, er sparte es sich, Schlüsse zu ziehen. Vielleicht konnte er sich deshalb so gut aus allem raushalten, weil er noch eine andere Welt in Reserve hatte. Eine, die er durch die Kamera sah, die hinter den Dingen lag. Als sei er nur ein Gast.

So waren auch seine Berührungen, seine Hände auf meinem Körper. Er war nicht unentschlossen oder zögerlich. Aber in allem Begehren ergriff er nie Besitz. »Meins« wäre ihm nie über die Lippen gekommen. Vielleicht weil er seine eigene Unabhängigkeit so liebte.

»Ich weiß jetzt, warum du ein guter Kameramann bist«, sagte ich. »Warum die Leute gerne mit dir arbeiten.«

»Warum?«

»Du kannst Menschen gut sein lassen«, sagte ich. »Sie haben das Gefühl, sich vor der Kamera frei bewegen zu können. Du weißt um ihre Verletzlichkeit, ihre Verletzungen, aber du rührst nicht daran. Lässt sie sein, wie sie sind.« Ich stand auf, wickelte mir das weiße Laken um den Körper, drückte ihm einen Kuss auf die Schläfe. »Und dann setzt du sie auch noch ins rechte Licht. Verleihst jeder Träne, jeder Falte auf der Stirn, jedem Zucken des Mundwinkels seine Würde.«

46

Am nächsten Morgen klopfte es gegen 11 Uhr an unserer Tür. Ich öffnete und sah am Boden ein Tablett aus Holz, darauf Brot in dicken Scheiben, Butter und Marmelade, Omelett mit Frühlingszwiebeln, grüne Oliven, Tahini, ein Salat aus fein gehackter Tomate, Gurke, Petersilie. Klarsichtfolie straff darüber gespannt.

Wir deckten den Tisch auf der Terrasse und frühstückten, als Davids Telefon klingelte. Ich hörte eine Mädchenstimme ins Telefon sprechen. Shiri hatte ihm viel zu erzählen. Er ging langsam hinter die Hütte, Eyal hatte gesagt, dort sei der Empfang am besten.

Meiner Mutter hatte ich früher auch alles erzählt, nach ihrem Tod nicht damit aufgehört. Von den Buchstaben, die in das Haus in unserem Klassenraum einzogen. Von dem neuen Auto, das Frau Engelkamp fuhr, einem knallorangenen Citroën, der sich hinten aufpumpte, wenn sie den Wagen startete. Ich fragte meine Mutter um Rat, wenn ich mich mit Johanna stritt, und erzählte ihr, dass wir mit Buba in der Klinik waren, weil er mit dem rechten Hinterlauf humpelte, und dass ein Schwanenjunges auf einer Bahre aus dem Behandlungszimmer geschoben wurde. Dass der Kieferorthopäde mein Lippenbändchen kürzen wollte. Wie viele Kamelle ich beim Karnevalszug gefangen hatte und dass es endlich andere Bonbons gab, nicht mehr diese dünnen viereckigen, die an den Plomben zogen. Dass es bei Rialto in der Schlossstraße jetzt Spaghettieis gab, geraspelte Mandeln als Parmesansplitter. Jede dämliche Kleinigkeit.

Lange Zeit war meine Mutter so bei mir geblieben, für die anderen unsichtbar. Aber ich konnte ihre Stimme hören, die Stirnfalte über ihrem Nasenbein sehen, mir vorstellen, was sie tun oder sagen würde, wenn ich um den Sportplatz lief, in der Stadtbücherei ein Buch auslieh oder mit einer Platzwunde zum Nähen ins Marienhospital musste. In den Jahren danach hatte sich das kaum verändert, auch in der Universität und später im Studio setzte ich mich im Verborgenen mit ihr auseinander, bat sie stumm um eine Stellungnahme, zuweilen machte ich ihr Vorwürfe, stellte viele Fragen.

Ich lehnte mich zurück, schloss die Augen. Spürte ein tiefes Einverständnis. Ihren Blick, der auf mir ruhte.

Nach einer Weile hörte ich Davids Füße im Kies hinter mir, er setzte sich auf die Bank neben mich.

»Shiri beschwert sich, dass die Babura so frech ist.«

»Was unternimmt sie dagegen?«

»Sie muss im Luftschutzkeller unter unserem Haus bleiben.«

»Da unten«, sagte ich, »ganz allein, und wovon ernährt sie sich?«

»Gummibärchen und Kaffee«, sagte er, nahm einen Schluck aus seiner Tasse.

Ich sah den Wolken zu, wie sie hinter den Strommasten am Horizont verschwanden.

»Das muss schön sein«, sagte ich.

»Was meinst du?«

»Diesen kleinen Menschen wachsen zu sehen, das Besondere in ihr zu entdecken.«

»Es ist ein Wunder«, sagte er. »Sie ist ein Wunder. In dem Moment, in dem ich sie in Plovdiv auf den Arm nahm, ihren Geruch einatmete, wusste ich, dass es von nun an meine Aufgabe war, auf sie achtzugeben, sie am Leben zu halten.«

»Hast du dich verändert?«

»Seit sie in meinem Leben ist?«, fragte er. »Sie hat mich zu einem erwachsenen Menschen gemacht. Es tut mir gut, mich um sie zu kümmern. Die Verantwortung lenkt mich von meinen eigenen Themen ab. Der Stand des Bankkontos, die Stromrechnung, der Termin für die Tetanusimpfung. Zugleich darf ich mit ihr noch einmal Kind sein. Wenn ich mit ihr die Hügel rauf- und wieder runterlaufe, auf dem Spielplatz auf der Schaukel sitze, ihr aufs Fahrrad helfe, habe ich selbst wieder aufgeschlagene Knie.« Er lachte. »Vor ein paar Tagen habe ich sie in den Kindergarten gefahren, sie saß in ihrem Sitz auf der Rückbank, trank Kakao aus ihrer Plastikflasche. Ich wollte mit ihr über die Babura sprechen, habe sie gefragt, ob sie schon gefrühstückt habe, ob wir vielleicht kurz im Supermarkt halten sollten? Da sagte sie nur: ›Aba, ich bin beschäftigt, das siehst du doch.‹«

»Wie soll sie sich auch um alles gleichzeitig kümmern?«

»Ganz genau. Du weißt alles.«

»Du hast den Mut, sie zu lieben. Es gibt nicht viele Menschen, die das können«, sagte ich, zeichnete mit dem Zeigefinger ein S auf die Tischplatte. »Ich würde sie gerne einmal wiedersehen.«

»Erdbeereis essen?«, fragte David.

»Schokolade.«

»Sie scheint dich zu mögen.«

»Hat sie was gesagt?«

»Ich würde dich als Kind auch mögen. Du nimmst sie ernst, das spüren sie.« Er strich mir eine Strähne aus dem Gesicht. Legte seinen Arm um meine Schulter. »Unser Kind würde ein Junge sein.«

Ich lehnte meinen Kopf an seine Schulter. »David'le.«

»Blond.« Er strich mir durch die Haare. »Ein bisschen dunkler vielleicht, aber genauso altmodisch.«

»Was soll das heißen?«

»Er wird sich über Postkarten freuen, wenn andere Jungen nicht mehr wissen, was eine Briefmarke ist«, sagte David. »Kein draufgängerisches Kind, eher zart.«

»Aber auch eins, das sich was traut.«

»Eine Seele«, sagte er. »Neshamá.«

»Er wird fließend Deutsch und Hebräisch sprechen, sich mühelos in unseren beiden Welten bewegen, das Alte und das Neue Testament kennen«, sagte ich. »Überhaupt wird er sehr begabt sein.«

Für einen Moment erlaubte ich mir, David auch für das zu lieben, was er unserem Kind alles mitgeben würde. Waren wir nicht in einer Oase, trugen die Weinstöcke nicht Früchte inmitten der Wüste?

»Vielleicht wird er ein berühmter Regisseur«, sagte David. »Was denkst du?«

»Was für Filme wird er machen?«

»*Late Summer Blues*, vielleicht so etwas in der Art, für den Anfang, einen Film über den letzten Sommer vor der Armee, mit Mädchen, in der Sonne, am Strand.«

»*Caro Diario.*«

»*Papa ist auf Dienstreise* von Emir Kusturica«, sagte er. »Vielleicht machen wir später ein Family-Business wie die Coen Brothers oder die Coppolas.«

»Du sprichst, als hättest du zwei Leben«, sagte ich.

»Ich bin achtunddreißig.«

»Das eine Leben führst du mit mir«, ich lehnte mich ein Stück vor, stützte meinen Arm auf die Tischplatte und sah ihn an, »das andere mit Shiri und deiner Frau.«

»Könnten wir hier einen Cut machen?«

»Kamera: Close-up auf sein Gesicht«, ich legte Daumen und Zeigefinger zu einem Rechteck zusammen, nahm sie vor mein rechtes Auge. »Schnitt, kurze Pause, Ende des dritten Aktes, das Licht geht an, das Publikum kauft Eiskonfekt«, sagte ich. »Dann zieht sich der schwere Vorhang wieder zurück, das Licht geht aus.«

Er legte seine Hand in den Nacken, drehte den Kopf.

»Eine dunkle Leinwand«, sagte ich. »Im Saal wird es unruhig. Das Publikum will wissen, wie es weitergeht.«

»Er könnte sagen, dass er etwas Zeit braucht.«

»Wofür?«

David sah mich an. »Um zu verstehen, dass er ohne sie nicht leben kann.«

***

Am nächsten Morgen brachen wir früh auf, wir wollten die Sonne über dem Machtesch Ramon aufgehen sehen. Der jahrhundertealte Krater entstand, während sich vor Jahrmillionen das Meer zurückzog, unterseeische Felsen zurückließ. Wasser und Wind trugen sie immer weiter ab. Im Netz hatte ich Satellitenbilder gefunden, darauf sah der Krater aus wie eine tiefe Schramme in der Erdkruste.

Wie die Landschaft auf einem anderen Planeten, die Hügel ringsum staubtrocken, die ersten Sonnenstrahlen spielten mit dem kargen Beige. Nur unser Schatten folgte uns. Wir fuhren mit offenen Fenstern, der warme Wind wehte uns ins Gesicht, von außen drang das gleichmäßige Surren des Motors herein. Mischte sich mit dem Idan Raichel Project aus den Boxen des Autoradios. Der schwarze Asphalt mit der weißen Mittellinie lag wie eine Carrera-Bahn in der Landschaft. Einzig die Straße erinnerte daran, dass ein Weg hinausführte.

Je länger wir nebeneinander im Auto saßen, umso ruhiger wurden wir. Wir hatten einen geheimen Pakt geschlossen, ihn in den gemeinsamen Stunden noch einmal besiegelt.

»Wir könnten einfach weiterfahren«, sagte David.

»Wohin?«

»Richtung Osten, nach Jordanien vielleicht, ins Wadi Rum, nach Petra«, sagte er. »Weiter, immer weiter, in die Atacama-Wüste, wo nur ein Schild zwei Länder trennt.«

Ich sah ihn an.

»Nach der Armee bin ich durch Südamerika gereist, Argentinien, Chile, Bolivien. Schon lange her, aber an die Grenzübergänge erinnere ich mich. Orte, an denen ein Land begann, ein anderes friedlich endete«, sagte er. »Ich weiß noch, dass ich dachte: ›Mein Gott, das will ich auch.‹«

»Hätten wir uns damals kennengelernt, in einem Camp an der chilenischen Küste, im Schatten unter einer Palme am Strand.«

»Wir hätten unseren Rucksack aufgesetzt«, er nahm meine Hand, »wären einfach weitergezogen.«

47

Martin wollte Mitte September nach Deutschland fahren, zu den jüdischen Feiertagen Urlaub nehmen. Vorher lud er die Redaktion zu einem Essen am späten Samstagmittag ein. Er wohnte mit seiner Familie in Jaffa.

Während ich am Strand in Richtung Süden lief, in der Ferne den Uhrenturm vor Augen, bekam ich eine SMS von David. *Mit dir zu sein, ist ein Traum*, schrieb er. *Ich hoffe, niemals aufzuwachen.*

Seit er mich vor einigen Tagen zu Hause abgesetzt hatte, lief auch in mir dieser Wüstenfilm, als existiere er unabhängig von mir. Sobald ich am Morgen erwachte, meist war es früh, die Blendläden öffnete, in dem kleinen Supermarkt an der Ecke die *Haaretz* kaufte, im Tola'at einen Hafouch trank, immer wieder stieg ein Bild in mir auf, ich hörte das Lächeln in seiner Stimme, spürte meine Hand in seiner. Wie er sie immer wieder nahm, selbst wenn wir nur ein paar Meter bis zum Auto gingen. Die Erinnerungen kamen und gingen, mir blieb nur, das Tempo zu bestimmen, die Stopp-Taste zu drücken, zurückzuspulen, ein zweites und ein drittes Mal, die Sequenzen neu zueinander zu fügen. Idan Raichel auf der Tonspur. Davids Spiegelbild über dem Waschtisch, die kleinen dunkelblauen Kacheln, seine Zahnbürste im Becher neben meiner. Der Geruch von gegrilltem Lammfleisch, die schweren Zitronen in den Ästen, die Hängematte unter dem Vordach.

Nach Carmey Avdat würde ich in Gedanken immer zurückkehren können, die Farm war ein Schauplatz, an dem unsere Liebe beständig war.

Das Haus, in dem Martin wohnte, war aus hellem Kalkstein, es lag in einer schmalen Gasse, die sich den Berg hinaufwand. Seine Wohnung war in der obersten Etage, von der Terrasse sah man über die Altstadt. Kleine quadratische Terrakottafliesen am Boden, ein Sonnensegel aus hellem Tuch spendete Schatten. Ich trat an die Brüstung, sah auf die Sankt-Peter-Kirche, die Palmen auf dem weitläufigen Platz davor, den alten Hafen von Jaffa, dahinter das Meer.

Es klingelte. Doris kam, in ihrem Arm hielt sie eine große Tonschüssel, straff mit Alufolie überspannt.

»Schön, dich zu sehen«, sagte sie, umarmte mich, schob mich ein Stück zurück, um mich anzusehen. »Du strahlst ja richtig. Bist du schwanger?«

Schön wärs, dachte ich in diesem Moment, überraschte mich selbst.

»Wir würden es schon gemeinsam groß kriegen«, sagte Doris, ohne eine Antwort abzuwarten. Dann verschwand sie in der Küche, ließ mich mit ihrer Frage allein.

Ich blickte auf die Terrasse, den gedeckten Tisch, die bunten Kissen auf den Stühlen, das versilberte Teetablett, die kleinen Schalen mit frischen Pistazien und Cashewkernen, getrockneten Datteln und Feigen.

Eine Schwangerschaft konnte ich ausschließen. Ich war wie immer pünktlich. Aber für einen Moment ließ ich es geschehen, drehte mich in Richtung Meer, erlaubte mir, ein Ja zu denken. Die Antwort, die mir auf der Zunge lag.

***

Am frühen Abend nahm Doris mich im Auto mit, wir fuhren am Meer entlang zurück. Wenn die Sonne den Tag aus ihrem festen

Griff entließ, noch einmal über das Wasser tanzte, kamen auch die Menschen nach draußen, spazierten über die Promenade, Hand in Hand, mit Kinderwagen oder Surfboard.

»Die Abendsonne auf der Hayarkon«, sagte Doris. »Sie war einer der Gründe hierzubleiben.«

»Das wäre bei mir auch so.«

»Hier gab es ein nettes Restaurant in der Nähe, ein armenisches, wenn ich mich richtig erinnere«, sagte sie, als wir am Interconti vorbeifuhren, auf der gegenüberliegenden Seite die Ruine des Dolphinariums. »Ich war mit einer Kollegin dort, 2001, in der Nacht des Anschlags. Zvi war bei den Kindern. Es war spät geworden, einer der ersten Abende, an denen ich ausging, ich hatte gerade wieder angefangen zu arbeiten. Ich war auf dem Weg zum Auto, es stand in der Nähe, da krachte es. Polizeisirenen überall. Flatterband. Ich hatte eine Wunde am Schienbein, es sollte geröntgt werden, ich wurde ins Ichilov-Krankenhaus gebracht. Die ganze Zeit habe ich versucht, Zvi zu erreichen. Aber der Anruf ging nicht durch, zwischenzeitlich waren die Telefonleitungen zusammengebrochen. Ich wählte seine Nummer, immer wieder, aber ich konnte ihn nicht erreichen. Er war nicht da.«

»Grauenvoll«, sagte ich. »Eine solche Ohnmacht kennt man eigentlich nur aus Albträumen.«

»Es hat lange gedauert, bis ich ihm das verzeihen konnte. Obwohl es nicht seine Schuld war, obwohl er nichts, aber auch gar nichts hätte anders machen können. Später kam ich nach Hause, er stand leichenblass in der Tür«, sagte sie. »Danach habe ich Urlaub genommen, bin mit den Kindern zu meinen Eltern nach Augsburg gefahren. Meine Eltern haben mich bekniet zu bleiben, aber das hat mich eher darin bestärkt, wieder zu gehen.«

»Hätte Zvi in Deutschland leben können?«

»Vielleicht«, sagte sie, »vielleicht auch nicht.«

48

Nachdem mein Stück über den äthiopischen Rapper gelaufen war, erkundete ich die Graffiti-Szene Tel Avivs. Neva wollte mich mit Crusoe auf meinen Spaziergängen begleiten. Am nächsten Samstagnachmittag trafen wir uns in Neve Tsedek, als Treffpunkt hatte ich eine zerfallene bunte Häuserfront vorgeschlagen. Darauf ein überlebensgroßer Schimpanse, er saß auf einem Colakasten, hielt eine Spraydose in der Hand, seine Botschaft war beinah von pinkleuchtender Bougainvillea überwuchert: »Follow your dreams. Never give up.«

Neva konnte sich nicht entscheiden, welches Piece – wie sie es nannte – ihr am besten gefiel, sie schwankte zwischen einem kleinen Jungen, der ein Kampfschiff an einer Leine durchs Meer führte, und einer athletischen Frau mit Badekappe, die in einem verlassenen Hinterhof die Welt auf den Schultern trug.

Später saßen wir mit Sesamringen und Hummus am Strand, und sie erzählte von einem Freund aus der Armee, der während seines Militärdienstes zu sprayen angefangen habe. Manchmal hatte sie ihn begleitet, wenn er seine Botschaften für den Frieden auf Mauern von Schulhöfen oder verwaisten Markthallen sprayte. Sie hatten sich aus den Augen verloren. Im Laufe des Abends schickte sie mir einen Facebook-Link, ihr Freund war inzwischen ein bekannter Streetartist mit Followern aus London, New York und São Paulo. Er war zu einem Interview bereit, allerdings nur unter seinem Pseudonym *EYZO*. »Was ich mache, ist illegal«, hatte er mir geschrieben. »Aber es ist meine Art, mich auszudrücken.«

Wir waren am Mittag in Florentine verabredet, anschließend wollte ich zu Doda Cheni nach Bat Jam fahren. Sie hatte David ausrichten lassen, mein Schal sei fertig, ich könne ihn abholen.

Im Schaufenster neben der Büste hing ein Zettel. In schöner Handschrift stand darauf geschrieben, die Kunden mögen ihre Kleider bis Ende des Jahres abholen. Nach fünfzig Jahren werde die Schneiderei schließen.

Ich betrat den Laden, und das Glöckchen klingelte über der Eingangstür, Doda Cheni sah von ihrer Nähmaschine auf. Auf dem Stuhl vor ihr saß ein älterer Mann in einem kurzärmeligen Hemd, seine wenigen Haare ordentlich über die Glatze gekämmt. Er war gebürtiger Russe, mit der Perestroika nach Israel eingewandert. Ihm gehörte die Wäscherei einen Block weiter.

Kurz darauf verließ er uns, er musste seine Wäscherei wieder öffnen, ich nahm seinen Platz ein. Spürte die Ruhe, die von diesem Ort ausging. Zu hören war nur das Gurgeln des Samowars, der beständig Wasser erhitzte.

»Einen Tee?«, fragte Doda Cheni.

»Gerne.«

Sie ging zu dem Kessel aus angelaufenem Messing, goss Tee in ein kleines Glas, öffnete den Hahn, fügte heißes Wasser hinzu. Reichte es mir. Ich setzte mich in den tiefen Sessel, suchte in meiner Tasche nach meinem Geschenk, einem kleinen Teelicht in Milchglas, legte Aufnahmegerät und Mikrofon auf den niedrigen Tisch.

»Darf ich mal sehen?«, fragte sie.

»Natürlich.«

»Ein schöner Beruf, den du hast, man erfährt immer etwas Neues«, sagte sie. »Im Radio habe ich das erste Mal von David Ben Gurion gehört, von Palästina und dem Zionismus. Damals bin ich jeden Nachmittag zum Nachbarn gegangen, er war Gastwirt,

Kommunist wie mein Vater, bei ihm durfte ich eine Stunde in der Schankstube sitzen.«

»Durftest du zu Hause kein Radio hören?«

»Unser Gerät war schon konfisziert. Es muss eines der ersten Gesetze gewesen sein, 1940 oder 1941 vielleicht. Vorher war lange nicht klar, ob sich Bulgarien auf die Seite Deutschlands schlagen würde«, sagte sie. »Dann hieß es, alle jüdischen Radios raus auf die Straße. Als könnten Radios jüdisch sein. Sie wurden auf Lastwagen geladen und abtransportiert. Im Krieg ist es beunruhigend, nicht zu wissen, was vor sich geht.«

»Das kann ich gut nachvollziehen«, sagte ich.

Sie nickte. »Du hast hier sicher viel zu tun«, sagte sie. »Wir leben in einer Welt, die sich schnell verändert.«

Sie stand auf, ging vorbei an den Garderobenstangen, die sich lichteten, nahm meinen hellblauen Schal von einem Kleiderbügel. Reichte ihn mir. »Ich habe Burekas gemacht, willst du sie für David mitnehmen?«

»Gerne.«

Sie ging durch die schmale Tür zwischen den Kleidern, kam mit zwei länglichen Tupperdosen zurück.

»Die andere ist für dich.«

»Danke«, sagte ich. »David schwärmt von deiner Küche.«

»So mag er die Burekas am liebsten – mit frischem Spinat und Hüttenkäse, sie dürfen nicht zu trocken sein. Oder Moussaka, die isst er auch gerne, am liebsten ohne Kartoffeln«, sagte sie. »Früher hatte er dafür nichts übrig, da wollte er nur Schnitzel ohne alles oder Spaghetti mit Olivenöl essen.«

»War er als Kind schon so eigen?«

»Man musste Geduld mit ihm haben«, sagte sie und zeigte auf den Stuhl, der vor ihrer Nähmaschine stand. »Er konnte nicht still sitzen. Ständig ist er aufgesprungen, hat mit jedem Wollknäuel Fußball gespielt. In der Schule hat er mit den Jungen aus der Klasse gerauft, im Warenhaus Musikkassetten geklaut, immer Blödsinn gemacht. Aber ich konnte ihm nicht lange böse sein. Ich habe ihm Fußballschuhe gekauft, einen Judoanzug, später einen Tennisschläger, er wollte jede Sportart ausprobieren, auch Basketball, mit allem hat er wieder aufgehört«, sagte sie. »Er war immer ein bisschen in den Wolken, in Gedanken oder in Träumen. Vielleicht auch in beidem.«

49

Ein ehemaliger Kommilitone aus der Filmhochschule hatte David einen Produzenten empfohlen. Sein Name war Yaakov. »Ein Typ wie ein Bär«, sagte David nach einem ersten Treffen, legte seine Stimme tiefer, »mit einem dicken Bauch und dauernd einer Zigarette in der Hand.«

Tagelang hatte David an seinem Exposé geschrieben, es verworfen, überarbeitet, neu formatiert, schließlich an Yaakov geschickt. Und dann war keine Antwort gekommen. Schließlich hatte er um einen Termin gebeten, stundenlang in seinem Vorzimmer gesessen, aber der Produzent hatte keine Zeit für ihn gefunden.

»Das Drehbuch landet im Papierkorb«, sagte er, als wir uns anschließend im Café Masaryck trafen.

»Wo sonst?«, fragte ich. »Ich sehe ihn genau vor mir, so einen aus hellgrauem Plastik, oben mit diesen dünnen Stäbchen, darüber an der Wand hängt der Feuerlöscher.«

»Du nimmst mich nicht ernst.«

»Und du siehst nicht das ganze Bild«, sagte ich. »›Gam zu letova‹, um es mit den Worten des Talmuds zu sagen: ›Auch das Skript im Papierkorb wird zu etwas Gutem geführt haben.‹«

»Jetzt klingst du wie ein Rabbi.«

»Sagt der Mann, der mich dazu ermutigt hat, Schiwa für meine Mutter zu sitzen. Die Briefe in Ein Harod zu lesen, die Zeit mit Ruth und Uri zu verbringen hat mein Leben verändert«, sagte ich. »Ohne dich hätte ich das niemals getan.«

David winkte ab.

»Kennst du die Geschichte von den Blinden und dem Elefanten?«

»Nein.«

»Jeder Blinde berührt einen anderen Teil des Elefanten. Der eine schildert eine lange, kräftige Röhre. Der andere ein riesiges Fass mit ledriger Haut. Wieder ein anderer, der die Ohren berührt, meint, große Vorhänge zu erkennen.«

»Was hat das mit meinem Film zu tun?«

»Ich sehe den Papierkorb, aber auch eine Leinwand. Ein schmales Ladenlokal in den Vierzigerjahren, die ausgeleuchtete Käsetheke, ein Close-up auf Wanjas Gesicht. Vielleicht sieht er die eingeworfene Fensterscheibe, vielleicht ahnt er schon, dass er festgenommen wird. Sein Dilemma wird deutlich. Are you with me?«, fragte ich. »Dein Drehbuch wird im Müll landen. Aber erst, wenn daraus ein Film entstanden ist.«

»And then we'll take Berlin«, sagte David.

»Den Goldenen Bären.«

»Wird es sehr kalt sein?«

»Zur Berlinale fällt häufig Schnee. Das ist schön. Die Stadt ist dann leiser. Wir werden die U-Bahn nehmen, am Café Kranzler vorbei über den Ku'damm laufen, zum Zoo Palast, da hängen über dem Eingang die großen Plakate. Wir werden sie schon von Weitem sehen, die Szene vielleicht, in der Wanja das Mädchen hinter den Tabaksäcken findet, oder ihr gemeinsamer Weg ins Rila-Gebirge. Wie immer werden wir zu spät sein. Die Vorstellung ist ausverkauft. Aber du darfst natürlich rein. Wir werden uns auf die Stufen im Saal setzen, um die anderen nicht zu stören, gerade noch rechtzeitig für den Vorspann kommen. Deinen Namen in großen Lettern auf der Leinwand lesen. Anschließend question-and-answer.«

»Ich habe keinen warmen Mantel.«

»Wir kaufen dir eine lange Daunenjacke.«

»Doch lieber Cannes?«

Wir verließen das Café, und ich bat David, einen kurzen Abstecher zu dem Obsthändler an der Ecke zu machen.

An der Ampel stand ein junges Paar, zwei Frauen, die eine trug einen kleinen Jungen auf dem Arm, die anderen einen rosaroten Flamingo, aufgeblasen zu einem riesigen Badereifen. Offenbar waren sie auf dem Weg zum Strand. Die Frau fasste dem Vogel in seinen prall gefüllten Nacken, ließ ihn leicht mit dem Kopf wackeln, von Afrika erzählen. Er sei auf der Durchreise, nur kurz gelandet, um sich auszuruhen, die Flügel von sich zu strecken, sagte er an den Jungen gewandt. Dann sah er sich um und entzifferte das Straßenschild.

»Ah, Frishman, die kenne ich«, sagte er. »Tel Aviv?«

Der Junge nickte. Gespannt, was der Vogel als Nächstes sagen würde.

Die Fußgängerampel schlug auf Grün um, der Flamingo tat so, als müsse er jetzt weiterfliegen.

»Bye, bye«, sagte er, wackelte mit dem Kopf und lief über die Kreuzung davon.

David und ich sahen uns an, wir lachten, ich nahm seine Hand. Einen Augenblick spürte ich, wie sie sich in meiner lockerte, an der Obsttheke griff er nach einer Mango, um zu fühlen, ob sie schon reif war.

50

Ich roch die nasse Erde, den warmen Regen, auf den alle so sehnsüchtig gewartet hatten, als ich am Morgen durch das Treppenhaus nach unten ging. Neben dem Mispelbaum in unserem Vorgarten stand Leah in ihrer Kittelschürze, sie hatte den Kopf in den Nacken gelegt, die Hände von sich gestreckt.

»Geschem, geschem«, sagte sie, schien es kaum glauben zu können.

Mit dem Regen ging der Sommer zu Ende, die großen Ferien, zum Ende der Woche kam Davids Frau zurück. Er wollte mit Shiri zum Flughafen fahren, um sie abzuholen.

Am Freitagnachmittag war ich mit Neva im Tel Aviv Museum verabredet, wir wollten uns die Ausstellung einer israelischen Fotografin ansehen. Crusoe wartete vor dem Eingang auf uns. Anschließend beschlossen wir, ans Meer zu gehen.

Neva ging noch einmal zurück, um im Museumscafé Wasser für den Hund besorgen. Ich ließ ihn über das Plateau laufen, an Zentralbibliothek und Oper vorbei, dahinter lag das Cameri-Theater. Hier hatte Beckett früher in der Garderobe gesessen, von Glühbirnen umrahmt vor seinem Spiegel. Auf der Bühne im Scheinwerferlicht gestanden, Applaus hatte ihn getragen. Wer sich zeigt, wird auch gesehen. Jetzt sah nur noch ich ihn.

Am Ende des Platzes gab ich Crusoe ein Zeichen zu warten, ich lehnte mich gegen die Brüstung, sah hinunter in den Dubnov Park. Er lag wie eine kleine Oase inmitten des weißen Steins. Ausladend wuchsen Pappeln und Tipubäume, in deren Schatten Kinder spielten. Hunde lagen im Gras. Väter schoben Buggys über die gepflasterten Wege. Dann entdeckte ich David. Er saß auf der Kante des Sandkastens. Neben einer Frau. Seiner Frau? Sie hatte schulterlanges schwarzes Haar, trug eine weite Hose und hatte es sich im Schneidersitz bequem gemacht, aus der Ferne wirkte sie lässig. Sich ihrer selbst sicher. Ich spürte, wie mein Herz schneller schlug. Als würde ich etwas Verbotenes tun, als sei es mir nicht erlaubt, vom Museum durch den Park nach Hause zu gehen. Vielleicht sollte ich Neva und Crusoe über die befahrene Hauptstraße umleiten. Es würde ein Umweg sein. Besser als ein Zusammenstoß. Doch dann blieb ich stehen, fasziniert vom eigenen Schrecken. Ich sah zu, wie David und seine Frau ein Paar waren. Sie wirkten entspannt, hatten die Schuhe abgestreift, eine Flasche Wasser neben sich gestellt. Würde man die Kamera auf diesen Ausschnitt halten, man würde daran nichts Besonderes finden. Alles in Ordnung. »Hakol beseder.«

Hinter ihnen auf dem Rasen übte ein Mann in weißem Gewand Qigong, die Beine hüftbreit, streckte er die Arme aus, ließ den Oberkörper in Zeitlupe erst nach rechts sinken und dann nach links, die Übung hatte einen Namen. Er schwenkte den Regenbogen. Dann teilte er die Wolken. Als würde er das Bild segnen.

»Mia«, hörte ich Neva rufen. Ich duckte mich hinter die Brüstung, hielt den Zeigefinger vor meine Lippen. Crusoe sah mir interessiert in die Augen.

»Was ist los?«, fragte Neva.

»David.« Ich zeigte auf die dicke Mauer, hinter der sich der Park befand. »Und seine Frau.«

»Endlich lerne ich ihn kennen«, sagte sie. »Wer ist es? Aber nicht der Typ mit Glatze und kleinem Bauchansatz?«

Ich verdrehte die Augen.

»Etwa der gut aussehende Typ mit dem hellgrauen T-Shirt.«

Ich nickte.

»Alle Achtung, Mia«, sagte sie, ohne ihre Augen von der Szene im Park abzuwenden. »Keine Sorge, er sieht dich nicht. Du kannst wieder hochkommen.«

Vorsichtig erhob ich mich, sah hinunter. Folgte Davids Blick, auch dem seiner Frau, er hatte dasselbe Ziel, ruhte auf Shiri, die mitten im Sandkasten saß. Sie hatte die Beine weit von sich gestreckt. Wie in einem Dreieck traf sich die Aufmerksamkeit der Eltern, derjenigen, die sich dazu erkoren hatten, an ebendiesem Punkt. Vater, Mutter, Kind.

Shiri trug ein dunkelgrünes Trägerkleid mit weißen Punkten, die Locken im Nacken zu einem Zopf zusammengebunden. Schon einmal hatte sie so am Boden gesessen. Damals war ihr die Mutter abhandengekommen, der Vater sowieso. Wie konnte sie jetzt sicher sein, dass sie an Ort und Stelle sein würden? Als hätte Shiri meine Gedanken gehört, stand sie auf, lief auf wackeligen Beinen zu ihren Eltern, beide zugleich streckten ihr die Arme entgegen. Als stünden sie in einem Wettstreit, für wen sich das Kind entscheiden würde, und wieder, als hätte er mich gehört, ließ David die Arme sinken. Shiri ließ sich in seinen Schoß fallen. Ich dachte an seine Fahrt nach Plovdiv, nicht eine Nabelschnur war es gewesen, die sie als Familie zusammenwachsen ließ. Es waren Davids Arme, die Shiri aufnahmen.

»Warum gehst du nicht runter und stellst dich vor?«, hörte ich Neva fragen.

In diesem Moment sah David zu uns hinauf. Shiri folgte seinem Blick. Er lenkte ab, zeigte auf ein Flugzeug, es zog einen weißen Streifen über den wolkenlosen Himmel.

51

Autsch, David, das tat weh.

Ich löschte die SMS auf meinem Handy, entschied mich dagegen, sie abzuschicken.

Voilà, der Einbruch der Realität.

Das wars dann wohl?

Ein paarmal formulierte ich meine Nachricht neu, legte das Telefon zur Seite, nahm es wieder zur Hand, schickte die SMS schließlich ab: *Du hast recht, ein Bild kann viel verändern.*

***

Ich stand vor dem Spiegel im Badezimmer, sah die grauen geflammten Kacheln hinter mir. Der Flakon mit meinem Parfüm auf der Glasplatte darunter. Ich kämmte meine Haare hinter die Schultern zurück, sah in mein Gesicht, seit Monaten war es leicht gebräunt, nur unter meinen Augen lag ein leichter Schatten. Früh am Morgen war ich aufgewacht, das Bild vor Augen, der Spielplatz, die Wippe, der Sandkasten im Schatten der Bäume, David mit seiner Familie. Eine Weile hatte ich mich in dem breiten Bett gewälzt, von einer Seite auf die andere, doch sosehr ich mich bemühte, eine Lösung zu finden, war mir nichts Besseres eingefallen, als mit dem Badetuch ans Meer zu gehen.

Kaum saß ich an meinem Schreibtisch, klopfte es an der Tür. David schloss mich erleichtert in seine Arme, als käme er von sehr weit her.

»Wie gehts dir?«, fragte er, löste sich, betrachtete mich mit etwas Abstand. »Du siehst müde aus.«

»Du auch.«

Er setzte sich auf die Kante des Sofas. »War das Neva?«

»Sie hat sich gefreut, dich endlich zu sehen. Lieber hätte ich euch allerdings bei einem Abendessen vorgestellt«, sagte ich und kehrte zu meinem Stuhl am Schreibtisch zurück. »Später sind wir ans Meer gegangen und haben Gin Tonic getrunken.«

»Und ich hatte den ganzen Abend das Gefühl, doppelt zu sehen«, er legte die Hände vors Gesicht. »Ich habe gekocht, Wasser für die Spaghetti aufgesetzt, Tomaten geschnitten, Salat gewaschen. Die ganze Zeit habe ich mich selbst in der Küche gesehen, gleichzeitig euch da oben an der Brüstung.«

»Und deine Frau?«

Er lehnte sich im Sofa zurück. »Sie war müde von der Reise, ist früh ins Bett gegangen.«

»Immerhin wissen wir jetzt, dass es so nicht weitergeht.« Ich setzte mich zu ihm. »Ihr habt vertraut gewirkt, wie ihr da nebeneinander am Sandkasten saßt. Sprecht ihr denn nicht miteinander?«

»Nicht über uns.«

Ich legte meinen Kopf in seinen Schoß und schloss für einen Moment die Augen. »Das Leben war doch eben noch so einfach.«

David strich mir über die Wange. »Kannst du dir denn vorstellen, hier glücklich zu werden?«

»Ich kann mir vorstellen, mit dir glücklich zu werden«, sagte ich und sah ihn an. »Alles andere müsste sich entwickeln. Wir könnten zwischen Tel Aviv und Berlin pendeln. Ich könnte hier arbeiten, Reportagen machen, vielleicht hin und wieder einen Kollegen im Studio vertreten.«

»Und ich komme nach Berlin, setze mich in ein Café, arbeite an meinem Drehbuch, bis du aus dem Studio kommst. Eine deutschisraelische Koproduktion«, sagte er, »der Filmfonds könnte das Projekt unterstützen.«

***

In den folgenden Tagen sahen wir uns selten, Rosh Hashana stand bevor, Davids Frau hatte sich bis dahin Urlaub genommen.

Er rief häufig an, ich sah seinen Namen im Display und stellte mir vor, er habe mit ihr gesprochen. Mit wenigen Worten konnte sich vieles ändern. Vielleicht hatte sie ihm ein Ultimatum gesetzt, und er bat mich am Telefon um ein letztes Treffen – genauso gut konnte er fragen, ob ich zu Hause sei, um kurz darauf mit einem Koffer vor der Türe zu stehen.

Wenn ich dann seine Stimme hörte, er nicht mehr sagte, als dass er mich vermisse, war ich erleichtert und enttäuscht zugleich. Etwas in mir wollte wissen, wie es weiterging.

Eines Nachts wachte ich auf, als eine Kakerlake über mein Kopfkissen kroch. Ich schickte David eine SMS. Früh am Morgen stand er mit einer länglichen Dose Insektenspray vor mir, eingewickelt in eine abgegriffene rosa Plastiktüte.

52

Zu Rosh Hashana fuhr ich nach Ein Harod. Inzwischen konnte ich verstehen, warum Ruth und Uri trotz aller Schwierigkeiten geblieben waren, das Leben im Kibbuz hatte einen klaren Rhythmus, wirkte überschaubar, die existenzielle Unruhe des Landes kam hier nur gedämpft an.

Ich hatte meinen Laptop mitgebracht, die O-Töne für mein Stück über die Graffiti-Szene Tel Avivs lagen grob geschnitten in einzelnen Clips darauf, ich wollte es in diesen Tagen fertig machen. Nach dem Frühstück ging ich in die Bibliothek des Museums. Es roch nach in die Jahre gekommenem Papier, altem Wissen. Die Regale waren aus schlichtem Holz, reichten unter die Decke, Kunstbände standen hinter Schiebetüren aus Glas. Das Licht fiel durch die schmalen Oberlichter. Ich stellte meinen Laptop auf einen Tisch und setzte die Kopfhörer auf, die heisere Stimme von EYSO führte mich zurück in die Straßen von Florentine, zu zerbröckeltem Mauerwerk und rostigem Metall. »Ich will zeigen, dass es immer eine Alternative gibt«, hörte ich ihn sagen, entschied mich dafür, den Satz an den Anfang des Beitrags zu setzen. »Wenn es ein drängendes Problem gibt, darf man aufstehen und zeigen, was man davon hält.« Trotz seines lässigen Auftretens war er darauf bedacht, sich präzise auszudrücken, verwarf jeden Satz, setzte neu an. Das Schnittbild auf dem Monitor sah aus, als würde es Bindfäden regnen.

Mein Blick schweifte durch die Bücherreihen der Bibliothek, in einem Regal entdeckte ich einen Baedeker von Paris, ich stand auf und strich über den roten Einband: 20. Auflage von 1931. Vorne ein Name in hebräischen Lettern, die blaue Tinte war im Laufe der Jahre verwischt. Ich blätterte durch die abgegriffenen Seiten, schlug einen Stadtplan auf, fuhr mit dem Zeigefinger entlang der Seine. Von Süden nach Norden, Ost nach West. Rive Gauche, Jardin des Plantes, Île Saint-Louis, Notre-Dame.

Ein Spaziergang mit meiner Mutter, es musste kurz vor meiner Einschulung gewesen sein, wir waren am Ufer der Seine entlanggegangen, saßen in einer Bank der Kathedrale, die Sonne schien durch die bunten Fensterrosen. »Was haben wir getan, dass der liebe Gott uns so etwas Schönes zeigt?«, hatte ich meine Mutter gefragt. Später hatte sie es mir oft erzählt. Vielleicht hatten wir damals die schwarze Kladde gekauft, die jetzt in meinem Berliner Bücherregal stand, bei den französischen Romanen. Vielleicht hatten wir sie in den Pappkartons der Bouquinisten gefunden. Die Seiten vergilbt, der Rücken leinenverstärkt, ein graues Zeichenbändchen. »Monde des idées« hatte meine Mutter in ihrer schönen Handschrift auf das Etikett geschrieben. Die Seiten dahinter waren blank geblieben.

Ich setzte mich zurück an meinen Platz, suchte auf Google Maps einen Plan von Paris. Schrieb die Namen der Brücken auf ein weißes Blatt Papier.

Pont National
Pont de Tolbiac
Pont de Bercy
Viaduc d'Austerlitz
Pont d'Austerlitz
Pont de Sully

Pont Marie
Pont de la Tournelle
Pont Louis-Philippe
Pont Saint-Louis
Pont de l'Archevêché
Pont au Double
Pont d'Arcole
Petit-Pont
Pont Notre-Dame
Pont Saint-Michel
Pont au Change
Pont Neuf
Pont des Arts
Pont du Carrousel
Pont Royal
Pont de Solférino
Pont de la Concorde
Pont Alexandre III
Pont des Invalides
Pont de l'Alma
Pont d'Iéna

Tour Eiffel, Jardins du Trocadéro, die blühenden Linden, hochschießenden Fontänen und breit angelegten Alleen, ich folgte dem Trottoir meiner Erinnerung, mitunter war es holprig, und ich kam nur stockend voran. Hätte ich gewusst, dass uns nicht viel Zeit blieb, um Erinnerungen zu sammeln, sie zusammenzutragen wie Rohdiamanten, ich hätte besser achtgegeben, mein Gedächtnis schon früher trainiert.

Neben die hellgrauen Pflastersteine der Pariser Straßen setzte sich der helle Sandstein in den Gassen von Neve Zedek, ich stellte mir vor, ihr Tel Aviv zu zeigen. Wir würden im Garten Suzanas sitzen, dem Restaurant unter den dichten Ästen des Feigenbaums, die sich wie Dachstreben über die Terrasse legten. Blumenkohl mit Tahini auf dem Tisch, gefüllte Weinblätter, gegrillte Auberginen. Der Geschmack des gerösteten Fruchtfleischs vermischte sich mit Joghurt, Knoblauch und Dill.

Über die Mauern rankte der Oleander, weiß und pink. Wir würden durch die Gassen spazieren, vor den Schaufenstern stehen, vielleicht ein Kleid anprobieren oder doch ein anderes, später zurückkommen.

Ich würde Karten fürs Tanztheater besorgen, wollte anschließen an das, was sie begonnen hatte. Sie hatte mir die Welt gezeigt, mich auf Reisen mitgenommen, meine Neugierde genährt, Talente gefördert. Die Ballettstunden, zu denen sie mich brachte, die alljährliche Aufführung in unserer Stadthalle. Ich stand als Schneeflöckchen hinter den schweren Vorhängen in der Kulisse, dicke Seile hingen von der Decke, der leicht muffige Geruch aus staubigem Samt, Schmieröl, Mottenschutz und Lampenfieber. Ich trug eine weiße Strumpfhose und einen Rock aus Tüll, in den wir zuvor Wattebäuschen genäht hatten. Es war schwer gewesen, sie im Zuschauerraum zu sehen, gegen das grelle Scheinwerferlicht, aber ich wusste, sie war da.

Sicher würde ich ihr David vorstellen, im Tola'at vielleicht an dem Tisch unter dem Sprossenfenster, er würde auch ihr Herz gewinnen. Ich würde es sehen, in ihren Blicken, der Art, wie sie umstandslos ins Gespräch kamen. Als seien sie alte Bekannte. Später würde sie sagen, seine Liebe werde mich ein Leben lang nähren.

Am frühen Abend würden wir am Strand sitzen, während sich das Meer hob und senkte, die untergehende Sonne sich auf seinen ruhigen Atem legte.

»*La mer a bercé mon cœur pour la vie*«, würde sie vielleicht singen, leise nur, und ich würde einstimmen, während unsere Plastikstühle im Sand versanken.

Ich klappte den Laptop zu, packte ihn mit den Kopfhörern in meine Tasche. Dann blätterte ich durch die antiquarischen Seiten des Baedeker, las in den historischen und architektonischen Beschreibungen der Brücken, suchte nach einem Detail, fuhr mit dem Zeigefinger durch den Lauf der Seine bis zur Île de la Cité. Dort musste der Eisladen gewesen sein, Berthillon, ich erinnerte mich an die lange Schlange davor und die vielen Sorten Schokoladeneis. Ich ging mit dem Reiseführer zum Kopierer, probierte verschiedene Ausschnitte und Formate, vergrößerte einzelne Teile des Stadtplans auf DIN A4.

Im Atelier legte ich die Kopien auf den Tapeziertisch, nahm das Lavendelöl aus dem Regal hinter der Leiter, fand Schere und weiße Pappe, schnitt schmale Streifen heraus.

Ruth bemerkte ich erst, als sie zu mir an den Tisch trat, auf die Papierbögen sah. »Was hast du vor?«, fragte sie.

»Das weiß ich noch nicht genau«, sagte ich, faltete die Hände, legte die Zeigefinger über meine Oberlippe. »Ich lege Schokolade ins Flussbett, lasse sie in der Sonne schmelzen, die Seine herunterlaufen. Aber wohin mich das führt, weiß ich noch nicht.«

»Das wirst du schon sehen.« Sie zeigte auf die Pappstreifen. »Und was ist das?«

»Staumauern, damit die Schokolade nicht über die Ufer tritt.«

»Warum sollte sie nicht?«, fragte Ruth. »Lass sie doch ihren Lauf finden. Nicht alles braucht gleich eine feste Form.«

Ein Gefühl von Stimmigkeit stellte sich ein. »Das hätte meiner Mutter gefallen«, sagte ich, legte die Papierstreifen zur Seite. »Was denkst du?«

»Das Bild entsteht im Kopf, nicht in der Realität.« Sie schob die Kopien des Stadtplans über den Tisch, legte sie in verschiedenen Formationen zusammen. »Das sagt Ido immer, mein Kollege, ich habe euch bei der Vernissage vorgestellt.«

»Ja, ich erinnere mich.«

»Vergangene Woche war er hier, Nurit wollte ihn kennenlernen, im nächsten Frühjahr plant sie im Kabinett eine Ausstellung mit seinen Arbeiten«, sagte sie. »Er war begeistert von dem Museum, möchte es seinen Studenten zeigen, vielleicht einen Workshop machen, das wäre doch auch für dich interessant.«

Am Nachmittag brachte Uri mir aus dem Supermarkt einen Stapel Schokolade mit. Ich trug die Papierbögen in den Garten, legte sie auf den Tisch in die mediterrane Sonne, brach einen Riegel ab, ließ ihn im Mund zergehen, legte den nächsten in den Lauf der Seine. Keine Stunde später war sie über beide Ufer getreten. Ein satter, unbändiger brauner Strom durchzog Paris. Spuren darin, offenbar war ein Vogel durch das Flussbett gewatet, hatte seinen Schnabel hineingedippt.

53

Die Tür zum Garten stand offen, frühe Sonne fiel auf Stockrosen und Sommerflieder, Uri saß auf der Terrasse. Schnürte seine Wanderschuhe.

»Willst du mitkommen?«, fragte er. »Der Tag verspricht schön zu werden.«

Ich ging in mein Zimmer, um meine Turnschuhe anzuziehen, ließ mein Telefon samt Ladekabel an der Steckdose. Gönnte mir den ersten Tag Funkstille, seit ich in Israel lebte, schließlich arbeitete ich nicht mehr für die Aktualität.

Uris Pick-up stand vor dem Tor, an dem Ruth mich vor einigen Monaten in Empfang genommen hatte. So viel war seitdem geschehen. Die beiden waren zu einer Art Familie geworden.

Ich sah Uri an, wie er mit aufrechtem Gang zur Fahrertür ging, seine Haut von Sonne gegerbt, die Selbstverständlichkeit, mit der er sich bewegte.

Es tat gut, neben ihm zu sitzen, wir sagten nicht viel, nahmen den Weg hinunter ins Tal des Harod. Durch die offenen Fenster zog ein milder Wind. Wir fuhren Richtung Norden, ließen Nazareth links liegen, nahmen die Bundesstraße Richtung Tiberias. Üppige Oleanderbüsche wuchsen entlang der Fahrbahn, der Ginster blühte rot.

Über eine staubige Straße gelangten wir zum Eingang des Nationalparks. Der Parkplatz war leer. Uri nahm den Rucksack, wir gingen über ein Hochplateau nach Westen, Kugeldisteln und Winden in zartem Violett, Muschelblumen und Kapernsträucher, die

Gräser rundum fast vertrocknet. In einer, vielleicht zwei Stunden würden sie wieder ungeschützt der Sonne ausgesetzt sein.

Schon aus der Ferne sah ich an der Klippe einen einzelnen Affenbrotbaum stehen, drei schmale Astgabeln verbanden sich zu einer dichten Krone.

»Er wächst gegen jeden Widerstand«, sagte Uri.

Die Wurzeln lagen zwischen großen Brocken von Kalkstein, jemand musste sie dorthin geschafft haben, um den Baum zu stützen. Ein verrostetes Band Eisen war um den Stamm gespannt. Dahinter öffnete sich der Blick auf den See Genezareth. Ich sah hinunter auf die vielen Schattierungen von Blau. Aus dem Tal war ein Rauschen zu hören, Autos vermutlich, wie in einem Trichter schienen alle Geräusche auf den Grund des Sees zu sinken.

Wir nahmen den Weg in Richtung Festung. Ich lief hinter Uri, scheinbar ohne Anstrengung setzte er einen Schritt vor den anderen, er wusste genau um seine Kraft. Ich zog meinen Körper, mochte dieses Gefühl, so wie ich früher den Berg am Bismarckturm hinaufgelaufen war, dabei schweigend mein Mantra wiederholte: »Ich werde Journalistin. Ich werde Journalistin.« Als hätte ich einen Pakt mit mir selbst geschlossen: Wenn ich diesen Berg schaffte, würde ich auch alles andere schaffen.

Wir liefen den ganzen Weg mehr oder weniger schweigend, hin und wieder hielt Uri an, wartete, bis ich aufholte, reichte mir die Flasche Wasser.

Nach gut drei Stunden setzten wir uns schließlich auf eine Bank unter einem Niembaum. Wir sahen auf die Golanhöhen und den Hermon, aus dem Dorf im Tal drangen Autohupen und arabische Musik zu uns. Eine Hochzeit wurde gefeiert. Uri öffnete eine Tüte Mandeln, legte sie auf die Bank zwischen uns.

»Wann hast du es gewusst?«, fragte ich.

»Ich musste sie erst vermissen«, sagte er. »Erst dachte ich, es könnte vielleicht einfacher sein, ich könnte auch mit einer anderen Frau glücklich werden. Aber es ging nicht«, sagte er. »Heute wundere ich mich, wie sehr das Leben von einem Zufall abhängt.«

»Ich liebe diese Zufälle.«

»Damals war ich bei der Armee, die Orangenbäume trugen schwer in diesem Herbst, es war Eile geboten, damit sie nicht verfaulten. Also wurden wir Soldaten auf Busse verteilt, in die Kibbuzim geschickt, um bei der Ernte zu helfen. Alles wäre anders gekommen, wenn ich in einen anderen Bus gestiegen, in einen anderen Kibbuz gefahren wäre. Wenn die Bäume in jenem Herbst nicht so viele Orangen getragen hätten«, sagte er. »So aber bin ich nach Ein Harod gekommen. Und da stand sie zwischen den Bäumen. Erst hat sie mich nicht bemerkt, ich habe sie nur beobachtet. Wie sie die Früchte in ihrer Hand wog, auf ihre Reife prüfte, sie leicht drehte, bis der Stiel sich vom Ast löste. Dann sah sie mich an«, sagte Uri. »Das wars. Manchmal reicht ein Blick.«

»Bei euch klingt es einfach.«

»Vom Ende gedacht, ist es das«, sagte er. »Wir hatten Glück, unser Timing hat gestimmt. Wir haben unseren Rhythmus gefunden, wie gute Tänzer es tun. Manchmal muss einer vorangehen, keine Fragen stellen. Es ist doch nicht so, dass alles von vornherein feststeht. Man hat Einfluss darauf. Ich hatte keine Ahnung, was geschehen würde, als ich in Düsseldorf aus dem Flugzeug stieg, ich wusste nicht, ob Ruth einen Freund hatte, sie antwortete nicht auf meine Briefe. Ich wusste nur, dass ich sie sehen musste. Und dann stand ich auf einmal vor dem Grenzer, der meine Sprache nicht sprach, nicht wusste, von welcher Seite er meinen Pass öffnen musste.«

»Wie alt warst du?«, fragte ich. »Anfang, Mitte zwanzig?«

»Jung genug, um zu glauben, dass die Liebe alles überwinden kann«, sagte er. »Für Ruth war es schwerer, sie hat ihre Heimat verlassen, musste sich an das Leben im Kibbuz gewöhnen. Als ihre Eltern älter wurden, schließlich starben, wäre sie gerne bei ihnen gewesen. In dieser Zeit fühlte sie sich sehr einsam. Wünschte sich jemanden, mit dem sie hätte reden können. Jemanden, der dieselben Bücher gelesen hat, durch dieselben Straßen gegangen ist, in seiner Kindheit dieselben Gerichte gegessen hat.« Er sah mich an. »Du tust ihr gut.«

»Und ihr mir.«

»Was ist mit dir?«, fragte er.

»Hat Ruth dir davon erzählt?«

»Sie hat gesagt, ich soll dich selbst fragen.«

Ich erzählte ihm von David, unserem Kennenlernen im Tola'at, unserer Reise nach Carmey Avdat und von Shiri, dem Mädchen im Sandkasten. »Letztlich endet jeder Gedanke bei ihr«, sagte ich. »Manchmal kommt es mir vor, als sei Shiri es, die ihn am Boden hält, obwohl sie so ein zierliches Wesen ist.«

»Kinder haben die größte Schwerkraft«, sagte Uri.

54

Nach der Wanderung war ich angenehm erschöpft, ich ging auf mein Zimmer und legte mich aufs Bett. David hatte eine SMS geschickt, außerdem zeigte das Display meines Telefons einen verpassten Anruf, die Nummer des Berliner Funkhauses. Die Durchwahl kannte ich nicht. Ich rief zurück, erreichte das Vorzimmer der Chefredakteurin. Sie melde sich morgen, sagte die Sekretärin. Ich hatte keine Vorstellung, worum es ging. Kurz zog ich in Erwägung, Martin anzurufen, verwarf den Gedanken, ich wollte ihn im Heimaturlaub nicht behelligen.

Früh am nächsten Morgen fuhr ich mit dem Pick-up zu den Fischbänken im Tal. Ruth und Uri hatten in den Tagen zuvor für Rosh Hashana eingekauft. Die Lachsforelle sollte fangfrisch sein. Auf den Straßen war wenig Verkehr, es fuhren nur einige Linienbusse, an den Haltestellen stiegen junge Soldaten aus, die zu den Feiertagen nach Hause kamen.

Schon auf dem Parkplatz nahm ich den leicht salzigen Geruch wahr, ich lief durch die reichhaltige Auslage in Eis gekühlter Fische, als die Chefredakteurin anrief.

Sie sagte, dass sie meine Stücke aus Israel gehört habe, sie seien ein Gewinn für das Programm. Wann ich nach Deutschland komme? Und dass demnächst eine Stelle in der Außenpolitik zu besetzen sei. Ich bat um Bedenkzeit. Wir verabredeten, Mitte der Woche wieder zu telefonieren.

Ich versuchte, David zu erreichen. Vergebens. Er war bei seiner Familie, in den nächsten Stunden würde er nicht ans Telefon gehen. Ich schrieb ihm eine SMS.

»Sorry, es ging nicht früher«, sagte er, als er am Nachmittag zurückrief. Ich hatte die vergangenen Stunden mit Uri in der Küche verbracht, Kartoffeln geschält, Salatgurken in dünne Scheiben gehobelt, Dill gehackt. »Ist etwas passiert?«

»Nein«, sagte ich, ging nach draußen in den Garten. »Oder vielleicht doch, ich habe einen Anruf bekommen.«

»Von wem?«, fragte er. Im Hintergrund waren Schritte auf Asphalt zu hören, das Schlagen von Autotüren, vereinzelt Vogelstimmen, offenbar war er gerade mit dem Hund draußen.

»Aus Berlin, die Chefredakteurin hat gefragt, wann ich zurückkomme. Sie hat mir heute Morgen eine Stelle in der Außenpolitik angeboten«, sagte ich. »Ich kann es kaum fassen.«

Schweigen in der Leitung. Ich hörte seinen gleichmäßigen Atem.

»Wow, Mia, das freut mich für dich«, sagte er. »Es ist nur, dass es etwas plötzlich kommt. Ich wusste gar nicht, dass so etwas im Gespräch war.«

»War es auch nicht.«

»Und wann soll das sein?«

»Wir telefonieren Mittwoch«, sagte ich. »Aber ich denke, es wäre bald.«

Ich stellte mir vor, wie David sein Telefon in die Hosentasche steckte, vielleicht noch einmal die Straße hoch- und wieder runterging, in einem Hausflur verschwand. In seinem anderen Leben war der Tisch gedeckt, vielleicht stand ein Teller mit Apfelschnitzen darauf, eine Schale Honig. Sicher hatte auch er einen Fisch in den Ofen geschoben. Später würde der Kopf des Tieres auf einem Teller liegen, ein jeder würde sich wünschen, so wollte es der Brauch, im neuen Jahr das Haupt zu sein, nicht der Schwanz: sich selbst in die Zukunft zu führen, sich nicht von anderen führen zu lassen.

55

»Ich bin hier«, rief Ruth aus dem hinteren Teil des Hauses. Ich ging durch den schmalen Gang, rechts und links von Wandschränken gesäumt, die Tür am Ende stand offen. Das Bett mit Blick in den Garten, die weiße Gardine bewegte sich leicht im Wind, auf der Terrasse davor ein rechteckiger Tisch aus dunkelblauen Kacheln. Auf dem niedrigen Regal an der Wand standen Fotos. Bilder der Familie, einige in Schwarz-Weiß, schon leicht verwaschen. Ein Mann mit einem breiten Gürtel Munition um die Brust, über seine Schulter ragte der Lauf seines Gewehres, im Hintergrund waren Felder zu sehen. Eine Kaffeetafel im Garten, ein Service aus Porzellan und Waffelröllchen, eine junge Frau mit Perlenkette. Davor standen Bilder von Yoav und Roni, sie waren in Farbe, wirkten jünger.

Ruth und Uri waren in eine neue, in ihre Familie hineingewachsen. Sie hatten sich nach und nach aus ihren Herkunftsfamilien gelöst, waren in etwas Neues hineingewachsen. Änderte sich das Gefühl von Zugehörigkeit? Konnte man auf diese Weise Familiengeschichte hinter sich lassen, oder war es genau umgekehrt, führte man sie fort, gab sie von Generation zu Generation weiter?

Gegen einen alten Tonkrug gelehnt, stand die Postkarte aus dem Atelier, darauf der Kussmund meiner Mutter, ihre Handschrift, die mir in den vergangenen Wochen wieder so vertraut geworden war: »C'est moi.«

Ich nahm sie in die Hand, setzte mich auf die Bettkante. Ruth kam aus dem Bad, setzte sich neben mich.

»Grußlos gehen, sich französisch verabschieden, sagt man das nicht so?«, fragte ich. »Als hätte sie die Tür offen stehen lassen.«

»Du kannst die Tür schließen«, sagte sie. Ruth legte ihren Arm um meine Schulter. »Sie wäre stolz auf dich.«

Ich drehte die Postkarte um, ein Straßencafé, schwarz-weiß, hinter einer Scheibe aus Musselinglas konnte man einen Bistrotisch vermuten, ein junges Paar vielleicht. »Hatte sie in Paris einen Freund?«, fragte ich. »Einen anderen Mann?«

»Es war dein Vater, den sie liebte.«

»Bei ihr hat es auch in einer Sackgasse angefangen«, sagte ich. »Erinnerst du dich an die Briefe? Sie wollten zusammenziehen, heiraten, und mein Großvater strich ihnen den Wechsel.«

»Das war eine andere Zeit. Und du lebst nicht das Leben deiner Mutter«, sagte sie. »Mia, dir steht die Welt offen, du bist in einem hell erleuchteten Haus, du kannst dich darin umsehen, von einem Zimmer ins andere gehen.«

***

Was würde geschehen, wenn ich nach Deutschland zurückkehrte? Würde David den Mut finden, mit seiner Frau zu sprechen? Würde er nach Berlin kommen oder ich nach Tel Aviv – würden wir uns heimlich in einem Hotelzimmer treffen? Oder würde uns die Entfernung schon bald entfremden, ein ganzes Meer zwischen uns? Zwei Schiffbrüchige, die auf offener See auseinanderdrifteten? Ich würde David, seine selbstverständliche Nähe auf ewig vermissen. Oder lag in dieser Sehnsucht zugleich ihre Erfüllung, Beruhigung vielleicht, eine eigenwillige Form von Lebendigkeit? Alles war da. Das würde ich von nun an wissen. David hatte mich an einen Ort geführt, den ich vorher nicht gekannt hatte. Sein Blick war längst Teil von mir geworden.

56

Wir saßen beim Mittagessen, als David in den Garten kam. Er hatte Shiri zu seiner Schwester gebracht, war kurz entschlossen nach Ein Harod weitergefahren.

»Wie hast du uns gefunden?«, fragte Ruth.

»Ich habe im Museum nach dir gefragt«, sagte er.

Uri holte ein viertes Gedeck aus der Küche.

»Warst du schon mal in Deutschland?«, fragte Ruth.

»Nein«, sagte David. »Aber durch Mias Erzählungen habe ich das Gefühl, dort gewesen zu sein. Ich würde gerne sehen, wo sie herkommt.«

»Eine Reise zu den Wurzeln«, sagte Uri.

»Wir sollten in Berlin anfangen«, sagte ich.

»Klingt verlockend«, sagte David.

»Wann könnte das sein?«, fragte Ruth.

»Vielleicht wenn es nicht zu kalt ist?«, sagte David.

»Wenn du den Job annimmst, wirst du auch viel beschäftigt sein«, sagte Ruth zu mir.

»Stimmt, vielleicht bin ich dann gar nicht in Berlin, sondern … lass mich nachdenken, in Reykjavik zum Beispiel.«

»Was willst du da?«, fragte Uri.

»Über die Bankenkrise berichten, bald stehen die Menschen dort vor geschlossenen Schaltern«, sagte ich. »Oder ich bin in Tiflis, um über die abtrünnigen Regionen Südossetien und Abchasien zu berichten. Wenn Obama die Wahl gewinnt, könnte ich auch nach Washington fliegen, ein Porträt der First Lady machen.«

»Besser, du bittest in ihrem Vorzimmer um einen Termin«, sagte Ruth zu David. Damit stand sie auf, um den Obstsalat zu holen. Ich lachte, nahm die leeren Teller vom Tisch und folgte ihr in die Küche.

»Sieh dir diese Frauen an«, hörte ich Uri sagen. »Und sie sind mit uns zusammen.«

***

Nach dem Essen gingen David und ich spazieren. Ich spürte seine kühle Hand in meiner, wir liefen durch die ruhigen Straßen, trafen nur vereinzelt Nachbarn. In den nahe liegenden Ställen waren die Kühe zu hören. Wir setzten uns auf die Bank am Rand des Basketballplatzes.

»Das Angebot scheint dir gutzutun«, sagte David. »Du bist in guter Verfassung.«

»Es ist wohl eher das Pfeifen im Walde.«

»Was heißt das?«

»Ich singe, um keine Angst zu haben.«

»Wovor?«

»Dich zu verlieren.«

»Dann wirst du den Job zusagen?«

»Ich denke schon«, sagte ich, lehnte meinen Kopf an seine Schulter. »Oder wir bleiben einfach hier. Leben im Kibbuz, am Rande des Sommers, ziehen uns zu Ruth und Uri zurück.«

»Hier gibt es noch nicht einmal ein Kino.«

»Wir könnten eins eröffnen.«

»Filme über das Leben auf dem Land haben Konjunktur«, sagte er. »*Lemon Tree* oder *The Band's Visit* – ich sehe die Titel schon auf der Leuchtreklame.«

»Oder wir zeigen französische Liebesfilme mit allerlei Verwicklungen, zu den Feiertagen veranstalten wir ›Journées de cinéma français‹.« Ich nahm seine Hand, fuhr mit dem Daumen über seinen Handrücken. »David, lass uns gut auf uns aufpassen«, sagte ich, hob meinen Kopf und sah ihn an. »Nicht dass wir uns irgendwann wiedersehen, auf einen Kaffee in Berlin – oder ich komme nach Tel Aviv, wir sitzen uns im Tola'at gegenüber. Anat wird auffallen, dass wir uns immer noch sehr mögen, aber unser Alltag wird nichts mehr miteinander zu tun haben.«

Er zog mich an sich, nahm mein Gesicht in beide Hände. »Ich werde nie ein Mann sein, mit dem du dich nur auf einen Kaffee triffst.«

***

Am späten Nachmittag brachen wir in Ein Harod auf. David nahm die Bundesstraße, bog kurz vor einem arabischen Dorf ab. In der untergehenden Sonne fuhren wir den Berg hinauf, bis wir an einen Aussichtspunkt kamen, setzten uns auf eine Bank, sahen hinunter auf mehrgeschossige Häuser, Wassertanks und Antennen, auf Minarette und Moscheen. Der Muezzin rief. In Schallwellen legte sich sein Ruf über die Stadt.

Ich nahm mein Telefon aus der Tasche. »Bist du sicher?«, fragte ich.

»Und du?«, fragte er.

57

Am Abend vor meiner Abreise, ich lag schon im Bett, klopfte es an meiner Tür. Ich zog meinen Mantel über, öffnete, das Licht aus dem Treppenhaus fiel hinein, neben mir im Flur standen die gepackten Koffer.

David sah müde aus.

»Ich kann nicht schlafen«, sagte er.

»Und was sagst du deiner Frau?«

»Dass ich nicht schlafen kann.«

Er nahm meine Hand, half mir aus dem Mantel, legte sich zu mir in die Schlafzimmergarnitur des Ionel Corpus. Seine Arme hielten mich, sein Atem in meinem Rücken, langsam wurde er ruhiger. Das Fenster stand offen, wir hörten die Stadt in der Nacht.

»Morgen wird es unseren dreaming room nicht mehr geben«, sagte ich.

»Er existiert unabhängig von diesem Ort.«

»Woher willst du das wissen?«

»Wir werden uns immer wieder begegnen.«

Ich drehte mich zu ihm. »Versprochen?«

»Versprochen.«

Ich gab ihm einen Kuss, stand auf und ging ins Wohnzimmer, holte mein Aufnahmegerät aus der Reisetasche.

»Was machst du?«

»Augenblick.«

Stöpselte das Mikrofon ein, setzte die Kopfhörer auf, stellte das

Gerät ein. Hörte den Sound der Nachbarschaft. Eine Autotür schlug, vermischte sich mit einzelnen Stimmen auf der Straße, bei Beckett lief der Fernseher. Ich ließ das Gerät einen Moment laufen, wollte die Geräusche mit mir nehmen. Ohne sie wäre mein Leben in Tel Aviv unglaubwürdig.

Ich setzte mich neben David ins Bett, lehnte mich zurück, stellte meine Beine auf, zog das weiße Laken darüber.

»Test, Test, Test«, sagte ich ins Mikrofon, prüfte, ob es richtig ausgesteuert war. »Herr Begerano«, sagte ich, »Sie haben gerade Ihren ersten Film gedreht, er ist zur Berlinale eingeladen und zu den Filmfestspielen nach Venedig, herzlichen Glückwunsch.«

David richtete sich auf, machte ein offizielles Gesicht, tat, als würde er sich eine Brille von der Nase nehmen.

»Herzlichen Dank«, sagte er, strahlte. »Ja, mir fehlen die Worte, ich bin überwältigt, einen solchen Erfolg hätte ich mir nicht träumen lassen.«

»Der Film trägt den Titel *Das Versprechen*, was hat es damit auf sich?«

»Wissen Sie«, sagte er, »ich habe eine Tante, die ich sehr liebe. Sie ist nach dem Krieg aus Bulgarien nach Palästina ausgewandert. Doda Cheni. Sie ist mein Kompass im Leben, von ihr habe ich gelernt, was es heißt, ein ›Ben Adam‹ zu sein.«

»Was heißt das?«

»Sich nicht wegzuducken, zu seinem Wort zu stehen«, sagte er. »Ich weiß noch, wie sie einmal zu mir sagte, wir saßen damals im Hof vor ihrem Haus: ›Wenn dir jemand vertraut, David'le, zeig ihm, dass er recht daran tut.‹«

»An welches Versprechen fühlen Sie sich gebunden?«

»Jedes Jahr zur Berlinale zu kommen.«

»Egal, ob ein Film von Ihnen läuft oder nicht?«

»Ganz egal.«

»Sie haben einmal gesagt, Tel Aviv und Berlin sind die Städte, in denen Sie sich zu Hause fühlen. Woher kommt die Liebe zu Deutschland?«

»Das ist eine sehr persönliche Frage.« Er hielt seinen Mund neben das Mikrofon, flüsterte. »Ist es in Ordnung, dass sie so persönliche Fragen stellt?«

»Sollen wir off the record sprechen?«, fragte ich.

»Nein, ich möchte Ihnen von meinem nächsten Filmprojekt erzählen.«

»Wir sind neugierig.«

»Es wird die Geschichte einer großen Liebe sein.«

»Ist sie autobiografisch?«

»Lassen Sie sich überraschen.«

David streckte die Hand nach dem Mikrofon aus. »Jetzt ich.«

Ich reichte es ihm zusammen mit den Kopfhörern, zeigte ihm, wie man das Gerät einpegelte.

»Sie sind eine bekannte Journalistin«, sagte David, »kennen das Werk von Francis Ford Coppola, Martin Scorsese, Steven Spielberg, werden Sie Zeit finden, auch mit David Begerano zu sprechen?«

»Er kommt nach Berlin?«

»Jedes Jahr zur Berlinale«, sagte David. »Es heißt, er käme nur Ihretwegen.«

DANKE

Den Wunsch, diesen Roman zu schreiben, trage ich seit vielen Jahren in mir.

Ich danke meiner Familie und meinen Freunden, die in entscheidenden Momenten mehr an meinen Mut glaubten als ich selbst.

Ich danke Angelika Klammer für Handwerkszeug, Lebensklugheit und die Kraft ihrer Worte.

Ich danke Elisabeth Klink für unermüdliches Lesen und ihre Begleitung.

Ich danke Liane Dirks für »erster Gedanke, bester Gedanke« und ihren Zuspruch.

Ich danke Anja Johannsen von der Agentur Graf & Graf für eine Mail, die mein Leben veränderte.

Schließlich gilt mein Dank dem Team Dumont: Sabine Cramer und Annette Weber, stellvertretend für alle KollegInnen im Verlag, für ihr Vertrauen in meinen Text und dafür, dass sie aus dem Manuskript einen Roman haben werden lassen.

FSC
www.fsc.org
MIX
Papier | Fördert gute Waldnutzung
FSC® C083411

Das bei der Produktion dieses Buches entstandene CO_2 wurde
durch die Finanzierung von Klimaschutzprojekten kompensiert:
climate-id.com/17531-2110-1001/de

1. Auflage 2025

Amsterdamer Straße 192, 50735 Köln,
info@dumont-buchverlag.de

Umschlaggestaltung: Lübbeke Naumann Thoben, Köln
Satz: Angelika Kudella, Köln
Gesetzt aus der Dante
Druck und Verarbeitung: CPI books GmbH, Leck
Gedruckt auf säurefreiem und chlorfrei gebleichtem Papier
Printed in Germany
ISBN 978-3-7558-0021-7

www.dumont-buchverlag.de